愛する人に裏切られるのはとてもつらい体験です。
その人を信じたせいで危険な目に遭ったとなればなおさらでしょう。
この物語に登場する子どもたちは大人を信じていました。
〝愛しているよ〟という言葉を信じて消息を絶ちました。
似たような出来事は世界のあちこちで日常的に起きています。
守ってくれるはずの大人に騙された子どもたちの絶望を想像すると、
まさに身を切られる思いがします。
わたしに現実の子どもたちを助ける力はありませんが、
物語のなかの子どもたちを救うことならできます。
フィクションの世界を通じて、児童売買というおそろしい犯罪を
みなさんに知ってもらいたいのです。
消えた子どもたちのために祈ります。
どうか彼らが家へ帰る道を見つけられますように。

翼をなくした日から

おもな登場人物

チャーリー・ドッジ――私立探偵
ジェイド・ワイリック――チャーリーのアシスタント
アニー――チャーリーの妻
タラ・ビヤン――弁護士
ジョーダン・ビヤン――タラの娘
ジャド・ビヤン――タラの元夫
アーロン・ウォルターズ――カルト組織のリーダー
ピーター・ロング――カルト組織の元メンバー
ハンク・レインズ――FBI捜査官
ルイス・チャベス――FBI捜査官
サイラス・パークス――〈ユニバーサル・セオラム〉創始者

1

陸軍レンジャー部隊の過酷な訓練。三度のアフガニスタン派兵。そして軍人から私立探偵という大きなキャリア転換。それらを淡々と乗り越えてきたチャーリー・ドッジの髪に白いものが交じるようになったのは、ふたりの女性の影響が大きい。

ひとりは若年性アルツハイマーにかかって日に日に現実とのつながりを失っていく妻のアニーで、もうひとりはずば抜けた知能と技術で実質的に探偵事務所を牛耳っているアシスタントのワイリックである。

〈ドッジ探偵事務所〉の入っていたオフィスビルがガス爆発で倒壊して、チャーリーのタウンハウスを仮事務所にしたことで、ストレスはさらに強まった。仕事とプライベートを分けられないのは精神的にきつい。近ごろのワイリックは何かというと皮肉を言うし、帰宅したあとでさえ、彼女の気配が家のなかに残っていて、このままでは人生まで仕切られそうな勢いだ。

そういうわけで、ひとつの案件が片づいたのを機に、チャーリーは本腰を入れて新しい事務所をさがしはじめた。そしてフォートワースとダラスのダウンタウンの中間地点にあるオフィスビルに、ワイリックも納得する部屋が見つかった。

それから一カ月。ワイリックから、新事務所の改装工事が終わって注文していた家具も届いたという報告を受けた。今日はいよいよ引っ越し作業だ。

タウンハウスに引っ越し業者がやってきて、一時的に保管してあったコンピュータやファイルを運びだす。それを見届けてから、車で三十分ほどのところにある新事務所へ向かった。

事務所のあるビルの立体駐車場に到着し、ワイリックのベンツの隣に国産ジープをとめる。連絡通路へ向かうチャーリーの心は軽かった。

ワイリックはその日、グレーとシルバーのトップスに黒のストレッチパンツを合わせていた。アイシャドウは赤とシルバーで、唇も赤いルージュをさっと引いただけ。引っ越し作業のことを考えて、いつもよりも控えめを心がけたのだ。

所長室の床にはすでに東洋風の赤いラグが敷かれ、大きな執務机と黒い革張りの椅子が置かれている。前の事務所とくらべて見栄えがよくなったのはもちろんだが、何より収納スペースが倍になって、ずっと機能的になった。

チャーリーが提示した予算に合わせて、内装はすべてワイリックが決めたのだが、われながら満足のいく出来栄えだ。窓の外に広がるダラスの街並みに目をやる。この眺めこそが、事務所のいちばんの魅力だ。

自分のデスクに戻って残りの作業を確かめているとき、背中に視線を感じた。

ふり返ると扉の前にチャーリーが立っている。白いニットシャツが日焼けした肌に映えてまぶしかった。ボトムスはリーバイスのジーンズとブーツだ。

チャーリーに対するひそかな好意を隠すためにいつもはわざと不愛想な態度をとるワイリックだが、今日は内装を気に入ってもらえるかどうかが気になってそれどころではなかった。

ワイリックと視線が合ったところで、チャーリーがわれに返ったように入り口のドアを指さす。ガラス戸に黒とゴールドで〈ドッジ探偵事務所〉とロゴが入っていた。

「なかなかいいね」チャーリーはガラス戸をこんこんとたたいた。途中で手をとめ、首を傾げる。「これはひょっとして――」

「防弾ガラスです」ワイリックはうなずき、壁と天井の境目を指さした。「クラウン・モールディング仕上げにしたんですよ」

チャーリーはワイリックの発言を無視して続けた。「防弾ガラス？　そこまでする必要があるのか？」

ワイリックは肩をすくめた。「この先、どんな案件があるかわかりませんから」

チャーリーが目を瞬(しばた)く。

ワイリックはしつこく壁と天井の境目を指さした。

チャーリーがしぶしぶそちらに視線を移し、満足そうにうなずく。「うん、高級感がある。天井高はどのくらいだ？」

「五・五メートルです。奥の所長室も同じです」

所長室に入ったチャーリーは目を見開いた。何から何まで彼好みにしつらえてあったからだ。ワイリックとは十分も一緒にいたら口論になるのに、どうしてこちらの考えていることがわかるのか不思議だった。

「この部屋ならデスクワークも悪くない」

その言葉を聞いて、ワイリックはようやく肩の力を抜いた。「どちらの部屋にもバスルームがついています。ミニバーの向こうのドアを開けてみてください」

「ミニバーがあるのか」

「今や、セレブのクライアントもいますから」

チャーリーはふたたび室内を見まわし、バーの奥のドアを開けたところで足をとめた。

「ベッドがある」

「クローゼットもついていますよ。仕事で遅くなることも、クライアントと会う前に着替えが必要なこともあるでしょう。バスルームはベッドの反対側のドアです」

チャーリーは信じられないという表情で、ウォークインクローゼットとバスルームを点検した。シャワーヘッドは長身のチャーリーでもかがまなくていい高さに設置してある。

限られた予算でよくここまでできたものだと感激して、礼を言おうとふり返ったものの、すでにワイリックの姿はなかった。玄関のほうから話し声がする。引っ越し業者がパソコンや書類を運んできたらしい。

「ちょっとそこ、気をつけてよ」

ワイリックの不機嫌そうな声からして、さっそく誰かが何かやらかしたにちがいない。

作業員が反乱を起こす前に割って入らなければと共有スペースに戻ったところで、引っ越し業者と家具の配達業者がかち合ったことが判明した。ワイリックはレザーソファーをぞんざいに運んだ作業員にご立腹のようだ。

「それはうしろの壁につけて置いて」きびきびと指示が飛ぶ。

新たに三人の作業員が、朱に金の刺繍が入ったブロケード張りの椅子を運んできた。

「それは奥の部屋へ」

立派な椅子が所長室に運びこまれる。二脚はクライアントが座るよう執務机の前に、もう二脚は壁際に、最後の一脚は棚の横にそれぞれ配置された。

チャーリーの反応を見て、ワイリックが満足そうな顔をする。

「実にいい部屋だ」

ワイリックはチャーリーの言葉にうなずき、執務机に目をやった。

「ランプが……デスクランプはどこ?」そう言いながら共有スペースに戻って、金色のコンパクトなデスクランプを運んでくる。

「完璧だな」そう言ったとき、チャーリーの携帯が鳴りだした。

着信音が響くと同時にワイリックの視界がぼやけ、横たわるチャーリーの妻の姿が脳裏に浮かんだ。顔が血だらけだ。

不吉なイメージはすぐに消えた。

速まる鼓動を抑えながらチャーリーを見る。きっとよくない知らせだ。

携帯画面を見たチャーリーの動きが一瞬、とまった。〈モーニングライト・ケアセンター〉と表示されている。

「もしもし?」

「ドクター・ダンレーヴィーです。お仕事中に申し訳ありません。先ほど奥様が室内で転倒して、頭と膝、それに肘を負傷されました。頭の傷は油断できないので病院へ搬送しました。診断をして入院の必要があれば私のところに連絡があります」

チャーリーが小さくうめいた。「出血はひどいんですか? どのくらいの傷なんです?」

「傷そのものは浅いんですが、頭を打ったのでレントゲンを撮らないといけません。脳震(のうしん)

盪を起こしている可能性もあります」

「どこの病院に運ばれたんですか?」

「ベイラー大学病院です。付き添いのスタッフに奥様のカルテを持たせました」

「私もこれから病院へ行きます」チャーリーは電話を切ってポケットに戻した。「アニーが転んだ。頭を切って出血しているそうだ」

ワイリックは目を見開いた。さっきのイメージがよみがえる。いったいなんであんなものが見えたんだろう?

「ここはわたしひとりで充分です。病院へ行ってください」

言いおわる前に、チャーリーが廊下へ飛びだしていった。

チャーリーの心情を察すると胸が痛んだ。ただ、彼のプライベートは自分には関係のないことだ。今すべきことは、滞りなく事務所の移転を終えること。

ワイリックは深呼吸すると、作業員を仕切ることに心を集中させた。

数時間後、最後の作業員が帰ったところで改めて室内を見まわした。家具や装飾品があるべき場所に収まっていることを確かめてからパソコンなどの配線にとりかかる。Wi-Fiの設定をして、パソコンやプリンター、スキャナーなどの電源を入れた。さほどせずにすべての回線が開通し、問題なく機能することがわかった。

次は所長室のミニバーを整え、バスルームに備品を入れる。続いてチャーリーのベッドに新しいシーツとブランケットを広げた。その上にクローゼットから出した新しい上掛けをかける。深みのあるバーガンディー色の上掛けが部屋の雰囲気によくマッチしていた。枕もとにふかふかのクッションをいくつか配置して部屋を出る。所長室を出る前にふり返って仕上がりを点検してから共有スペースへ戻った。

地元の新聞社に新しい住所で〈ドッジ探偵事務所〉の広告掲載を依頼してある。

自分の机に座ってメールを確認しはじめたところで、頭から血を流すアニーの映像がよみがえってきた。新たに妙な能力を獲得したということか。また一歩、ふつうの人間から遠ざかってしまった。

チャーリーのジープは、州間高速道路（インターステート）６３５を大学病院のある地区へ向かっていた。最悪の事態ばかりが頭に浮かぶ。ここ数カ月、アニーの認知力は低下の一途をたどっていた。本人にけがをしたという認識があるのかどうか、そもそも痛みを感じているのかさえわからない。

アニー、大事なアニー。どうしてきみばかりが苦しまなきゃならない？　幸せな日々はどこへ行ってしまった？　こんなはずじゃなかったのに。

病院に到着したチャーリーは、表示を頼りに救急救命室の入り口をさがした。空いているスペースに車をとめて受付へ駆けよる。

「〈モーニングライト・ケアセンター〉から運ばれてきたアニー・ドッジはどこですか。夫のチャーリー・ドッジです」

運転免許証と私立探偵の免許証を差しだす。

受付の女性が写真とチャーリーを見くらべてうなずき、アニーの名前をパソコンに打ちこんだ。

「10のAにおられます。あちらのドアからどうぞ」チャーリーの右手にあるドアを指さす。

チャーリーは免許証をポケットにしまってドアに向かった。ずらりと並んだ処置室からせかせかした足音や泣き声が聞こえてきたが、どれもアニーのものではなかった。ルームナンバーを確かめながら歩いていくと、10Aという表示が目に入った。器具のぶつかる音や早口の指示が聞こえてくる。

チャーリーはノックもせずに処置室に入った。

医師とふたりの看護師がアニーの治療をしており、ケアセンターで見たことのあるスタッフが壁際に控えていた。

アニーの顔は左側が青紫に変色していて血がにじんでいる。美しいブロンドにも血がこびりついていた。

看護師のひとりがアニーの両手を押さえながら大丈夫ですよと話しかけ、医師ともうひとりの看護師が医療用ステープラーで頭部の傷をとめようとしていた。

「アニー！」チャーリーは思わず声をあげた。

医師が顔をあげて不審の表情を浮かべる。

「失礼、夫のチャーリー・ドッジです」

「どうも、ドクター・ベイカーです」医師は患部に注意を戻して言った。

アニーが看護師の手をふり払って頭の傷にさわろうとする。

「手伝います」

チャーリーは平静を装って看護師の横に移動し、アニーの頬に手をあてた。

「アニー、ぼくだよ。わかるかい？」

アニーがこちらを向いた。一瞬、夫を認識したような表情をしたものの、すぐに目の焦点が合わなくなった。

「頭を動かさないで」医師が頭部の傷にステープラーを打つ。

アニーがぎゅっと目をつぶったのでチャーリーは取り乱した。

「きっと痛いんだ。局所麻酔をかけていないんですか？」

「傷の位置からして麻酔注射も相当痛いんです。医療用ボンドを使うには傷が深いし、これがいちばん早くて負担が少ない」

医師の説明にチャーリーはしぶしぶうなずいた。

「奥様は転倒時に右手首をひねったようで腫れていますから、押さえるときは気をつけてください」看護師が患部を顎で示す。

チャーリーはうなずいて、手の位置をわずかに上へずらした。

アニーの腕をがっちりと押さえつつ、やさしく話しかける。

「かわいそうに、痛い思いをしたんだね。転んだときに支えてやれなくてごめんよ。ちょっとのあいだの辛抱だ。先生に治療してもらわないとよくならないからね。頭の傷を治してくれているんだよ。愛しているよ、アニー。少しだけ我慢して」

低い声で語りかけるうち、アニーがおとなしくなってきた。細い指がチャーリーの手をつかむ。

「さあ終わりました」医師が体を起こす。

チャーリーはほっと息を吐いた。「何箇所とめたんですか?」

「六箇所です。さっき骨に異常がないかレントゲンを撮りました。結果待ちです」

「脳震盪の恐れもあるということでしたが」

「今のところ大丈夫そうです。でも傷の深さからすると軽い脳震盪になっていてもおかしくありませんから、二十四時間は注意が必要です」

壁際にいたケアセンターのスタッフが近づいてきた。

「ミスター・ドッジ、レイチェル・デルガードと申します。これまでも何度か施設でお見かけしましたが、話をするのは初めてです。奥様が病院を出られるまで責任を持って付き添いますのでよろしくお願いします」

「ありがとう」チャーリーは礼を言ってから医師を見た。「入院が必要ですか？」

「レントゲンの結果を見ないとなんとも言えません。脳内出血があると急変することもありますからね」

「痛みどめか何かもらえませんか？」

「申し訳ないのですが、それもレントゲンを確認してからになります」

チャーリーはくいさがった。「せめて顔や髪の血をぬぐってもいいですか？」

「もちろんです。看護師がやりますからお任せください」

医師の合図を受けて、看護師のひとりが部屋を出ていった。

アニーはおとなしく横になっていたが、表情の変化は乏しく、その目は何も見ていないようだった。

「さっきよりも落ち着いたかな」チャーリーはつぶやいてレイチェルに目をやった。「転んだときは声をあげましたか？」

「はい。でも一瞬だけでした。認知症の患者さんにはできないことがたくさんあります。痛みや空腹を感じたり、表現したりすることさえ難しい場合もあるので」

チャーリーは途方に暮れて妻を見おろした。アニーをアニーたらしめていた要素のほとんどはすでに失われ、人間らしい反応さえも日を追うごとに薄まってきている。これだけのけがをすれば痛いだろうに、アニーはそれを訴えることさえできないのだ。

ベッドの横に椅子を寄せて座り、妻の手をとる。

かつてはすぐに指を絡ませてきたのに、今は手に力がこもることさえなかった。肌はひんやりと湿っている。

「手が冷たいな」足もとにあった予備のブランケットを広げて体にかけてやる。

アニーの視線は反対側の壁にとりつけられたテレビに向けられていた。テレビは消してあったが、つけてほしいわけでもなさそうだ。何も映っていない画面を見つめているうち、アニーのまぶたがさがってきた。

さっきの看護師が洗面器と石鹸(せっけん)とスポンジとタオルを運んできたので、チャーリーはベッドから離れた。看護師たちがアニーの顔や髪についた血をぬぐいはじめる。アニーは何をされているかわかっていないようだったが、ぬれたスポンジが肌にあたるたびに顔をしかめていた。

チャーリーは黙って作業を見守った。看護師たちが乾いたタオルをたたんでアニーの頭の下に入れ、部屋を出ていく。残ったチャーリーとレイチェルは医師が戻ってくるのを待つしかなかった。

アニーが眠りに落ちたところで、レイチェルがベッドの足もとへまわった。

「かわいそうに（ポブレシータ）」そう言いながら上掛け越しに足をさする。

チャーリーは込みあげてきた涙をこらえ、視線をそらした。今のアニーはまちがいなく〝かわいそう〟な存在だ。それでも大事な妻に変わりはない。病めるときも、健やかなるときも愛すると誓った。

医師はいつまで経（た）っても戻ってこない。さがしに行こうかと思ったとき、ドクター・ベイカーが処置室に入ってきた。

「お待たせしました。幸い、頭部に内出血は認められませんでした。体のほかの部位にも内出血はありませんし、骨折もありません。顔の傷はあざになるでしょうが、時間が経てば治ります。ただ、顎を打った可能性がありますから、一週間ほど固い食べものは避けたほうがいいでしょう」

「わかりました。もうケアセンターに連れて帰っても構わないのですか？」レイチェルが尋ねる。

「看護師に救急車を手配させます。あなたも同乗されますね？」

レイチェルがうなずく。

「では必要書類をそろえておきます」

医師はチャーリーに向き直った。「若年性アルツハイマーを発症される方はそう多くありません。本人はもちろん、家族にとっても耐えがたい試練でしょう。どうぞご無理をなさらないように」

チャーリーはアニーに視線を落とした。胸が一定のペースで上下していなければ、生きていることさえわからない。

「こんな状態の妻を見ているのはつらいです。いっそ何もわからなくなって、痛みも感じないほうが楽なのにと思うこともあります」

ドクター・ベイカーはチャーリーの手をぎゅっと握って、病室を出ていった。入れちがいに看護師が入ってくる。

「間もなく救急車が到着します」そう言ってレイチェルに書類を渡し、アニーのバイタルチェックをする。

「安定していますね。点滴と血圧測定計は救急車に移すときに外しますので」看護師は返事も待たずに廊下へ消えた。

「ミスター・ドッジ、わたしもちょっと失礼させていただきます。五分ほどで戻りますが、いないあいだに何かあったらナースコールを鳴らしてください」

レイチェルが病室を出ていく。気を利かせてくれたようだ。

妻とふたりきりになれたことを喜びながら、寝ているアニーのほうへ上体を寄せ、唇にキスをする。

「アニー、ぼくがわかるかい？　心から愛しているよ。きみがいなくて寂しい。もう一度笑い声を聞きたいし、ベッドで抱き合いたい。ぼくはあきらめない。いつもきみのそばにいるからね」

胸をえぐる悲しみはすっかりなじみとなった感情でもあった。声をあげて泣きたかったが、泣いてどうなるものでもない。

五分ほどして救急隊員が入ってきて、アニーをストレッチャーに移した。アニーは目を開けて眉間にしわを寄せたあと、不安そうな表情をした。

「大丈夫、帰るだけだよ」

チャーリーは彼女の手を握ってストレッチャーの横を歩いた。レイチェルがうしろをついてくる。ストレッチャーが救急車に乗せられ、レイチェルも乗りこんだ。

そのまま救急車を見送ってから、ジープに戻ってエンジンをかけ、車内が冷えるのを待った。

涙がひと筋、頬を伝う。

突然、無音の車内に携帯の呼び出し音が響いた。ワイリックが事情を知りたがっているにちがいない。

新しい事務所のことは気になるものの、まだ職場に戻れる状態ではなかった。

チャーリーは携帯を出してメールを打った。

〝骨折も内出血もなかった。頭は六箇所を医療用ステープフーでとめたし、あちこちに打ち身があるが、入院の必要はないということでケアセンターに戻った。緊急の用があったらメールしてくれ〟

メールを送信して、ギアをドライブに入れる。駐車場からジープを出したものの、どこへ向かえばいいのかはわからなかった。

2

チャーリーからメールが届いたとき、ワイリックは所長室のキャビネットを整理しているところだった。そっけない内容だが、恐れていたほど状況は悪くない。チャーリーはしばらく戻らないだろうし、それを責めるつもりはなかった。タウンハウスに一時保管していたファイルを段ボール箱から出してキャビネットに並べていく。

ミニバーにはアイリッシュウイスキーと上等なバーボン、ウォッカとテキーラ、スパークリングウォーターがそろっている。グラス類には一点の曇りもない。製氷機がかすかな動作音をたてている。

午後四時、チャーリーが書類とスターバックスのカップを持って事務所に入ってきた。

「きみはキャラメルマキアートでいいだろう？　この書類は遺言状と一緒に綴じておいてくれ」

ワイリックはうなずいて書類を受けとった。

チャーリーがワイリックのカップを机に置く。「引っ越し作業をきみひとりに押しつけてすまなかった」

　ワイリックはチャーリーを見た。その表情からは何も読みとれない。しかしカップを脇に寄せて書類の中身を確認したところで、アニーのけがが彼にどれほどのダメージを与えたかを実感した。

「これは……墓地と葬儀に関する書類ですね。奥様のけがは大丈夫だったんじゃないんですか？」できるだけおだやかな声で尋ねる。

「そうなんだが〝先が見えた〟とでもいうか……アニーはどんどん日常から乖離していく。そもそも転んだのだって、うまく歩けなくなったせいなんだ。そのうち痛みもわからなくなって、呼吸の仕方だって忘れてしまうだろう。今日のことで、そういう未来が見えたんだ」

　ワイリックは書類を手に立ちあがり、チャーリーの個人ファイルに綴じた。「新しい依頼についてメールを送っておきましたので、時間のあるときに目を通してください。どの案件を受けるか決まったら面会の予定を入れます」努めて事務的な声で続ける。「今日はもう家に帰ってください。お酒を飲みすぎないように。二日酔いのあなたは手に負えませんから。それと私事ですが……近々、引っ越そうと思います」

　最後の発言にチャーリーの顔つきが変わった。「また何かあったのか？」

「ちょっと反撃をしたんです。ダンレーヴィーの件が片づいたあと、〈ユニバーサル・セオラム〉のシステムをシャットダウンして世界規模で操業停止に追いこんでやりました。ずっと前からあたためていた計画なんですが、いい頃合いだなと思ったので。きっちり三日後にシステムを復旧させて、サイラス・パークスに〝この次はあんたと、あんたが所有するすべてを破壊する〟という警告メールを送りました。これであの人も下手な手出しはできなくなったはずです。だからダラスに家でも買おうかと思って」

チャーリーは目を瞬(しばたた)いた。

「サイラス・パークスというのは？」

「〈ユニバーサル・セオラム〉の創業者で、わたしの父親を自称している男です」

「きみの――いや、それはいい。シャットダウンというと、具体的に何をしたんだ？」

「〈ユニバーサル・セオラム〉が所有する電子機器をひとつ残らず停止させました。社員の家のパソコンも含めて。銀行口座は凍結。携帯も固定電話も不通。これまで積みあげてきた研究成果などにもアクセスできないようにしました」

「そんなことが可能なのか」

ワイリックは眉をあげた。「実際にやりましたから」

外はうだるような暑さだというのに、チャーリーは背筋が寒くなった。「きみは、いったいどこでそんなことを覚えたんだ」

ワイリックは目を細めた。いつもならスルーする質問だが、チャーリーがアニー以外のことに気を向けられるなら答える価値がある。

「今さらですが、わたしはふつうの人間じゃありません。〈ユニバーサル・セオラム〉が実験的につくりだしたいわば超人類で、生まれながらにさまざまな能力を身に着けていました。でも、彼らの前では、できることの半分もやりませんでした。いちばんの理由は、あの人たちがわたしの母を――わたしを産んだ女性を殺したからです」

　チャーリーは息をのんだ。「殺した？」

「はい。わたしを産んだ女性は、幼いわたしに対する実験に反対し、わたしを手もとに置きたがったそうです」

「母親なんだから当然だ。親権がある」

「いいえ、なかったんです。わたしの所有権は〈ユニバーサル・セオラム〉にありました。そこからしてふつうの子どもとはちがうんです」ワイリックはカップに視線を落とした。

「コーヒーをごちそうさまでした」

　チャーリーはしばらくワイリックを見つめたあとで口を開いた。「過去がどうであろうと、きみはこの事務所に欠かせない存在だ。アシスタントになってくれて感謝している。では、また明日」

　チャーリーが事務所を出たところで、ワイリックは詰めていた息を吐いた。ばけもの扱いされなかったことに安堵(あんど)する気持ちはあるが、虚(むな)しさも感じた。彼が取り乱すのはアニーのことだけ。それくらいわかっていたはずなのに。

自分の机に戻ってタイ料理店にテイクアウトを注文し、パソコンをログアウトして荷物をまとめる。スターバックスのカップを持って、事務所を出た。

タウンハウスのなかはすっかりもとどおりになっていた。清掃業者が来たらしく、窓ガラスはぴかぴかに磨きあげられ、トイレットペーパーの端は三角折りにしてある。チャーリーは鍵の束をテーブルに投げて寝室へ向かった。シャワーを浴びるために服をぬぎながら、アニーのことを考える。エロティックな想像ではない。アニーはこのタウンハウスに住んだことがないので、寝室やベッドに彼女の名残はないのだ。服をぬぎながら思い出したのは、頭皮に刺さったステープラーの針や、青紫に変色した打ち身のことだった。

寝る前にケアセンターに電話して様子を訊(き)こう。何かあれば連絡が来るのはわかっていても、世話をしている人の口から〝大丈夫〟という言葉を聞きたかった。

シャワーの温度があがるのを待ってタオルをとり、バスルームに入る。ぬれた髪や体を乾かしてTシャツとスエットパンツをはき、裸足(はだし)のままキッチンに行った。

冷蔵庫をのぞいたあと、中華料理店に出前を頼む。出前を待つあいだ、ビールを片手にソファーに座り、メールのチェックをした。ワイリックの送ってくれた新規依頼について、メモをとりながら読む。行方不明の子どもをさがしてほしいという母親からの依頼を読んだ瞬間、次の仕事は決まっていた。

ダラスの幹線道路は仕事を終えて家路につく人々で渋滞していた。ワイリックはキャラメルマキアートを飲みながら、定期的にバックミラーへ視線をやった。尾行されている様子はない。いったんハイウェイを降りて〈ホワイトジャスミン〉で夕食を受けとり、ふたたびハイウェイに戻った。

助手席に置かれたタイ料理の香りに鼻をひくつかせながら、渋滞を抜けてマーリン邸に向かう。わざとエンジンをふかしてベンツを私道に入れ、帰ってきたことを知らせた。屋敷の裏に車をとめる。

借りている地下室のドアを開けると、日の出前に淹れたコーヒーの香りが残っていた。キッチンカウンターに荷物を置き、まっすぐ寝室に向かう。

大股で歩きながらどんどん服をぬいでいった。シャワーをひねって温度があがるのも待たずに体をぬらす。すべてを洗い流さないと家に帰ってきた気がしないのだ。空腹も手伝って、一刻も早く素の自分に戻りたかった。

泡を洗い流してシャワーをとめる。髪がないのはこういうときに楽だ。五分もかからずに体を拭きおわり、下着を省略してTシャツとショートパンツを身に着けた。

キッチンに戻ってテイクアウトの袋を開く。まだあたたかい。

料理を皿に移して冷蔵庫からワインクーラーを出し、リビングへ行った。テレビをつけてフォークを持ち、タイ米を口に運ぶ。

ニュースを見ながら食事をするあいだも、次の依頼のことをぼんやり考えていた。チャーリーはもうメールを読んだだろうか？

行方不明の娘をさがしてほしいというタラ・ビヤンの依頼を読んだ瞬間、チャーリーが選ぶ案件はこれだとわかった。絶対の自信があったので、所長室のカレンダーに打ち合わせの仮予定を書きこんだほどだ。

明日、チャーリーの返事を確認してからタラに電話をしよう。タラはかなり焦っているようで、いつでもいいので顔を合わせて話がしたいと書いていた。

ベッドに入るとき、ワイリックはふたたびタラのことを考えた。自分には子どもがいない。放射線治療のせいで、今後、子どもができる可能性もなくなった。だが、家族を失うつらさはよく知っている。

タラのメールには娘の写真が添付されていた。その顔を見たワイリックは、彼女がまだ生きていると直感した。生きているかぎり、あきらめるわけにはいかない。

チャーリーが〈モーニングライト・ケアセンター〉に電話をしたのは夜の九時半をまわ

ったところだった。キッチンでポップコーンをつくりながら呼び出し音に耳を澄ます。

「〈モーニングライト・ケアセンター〉のワンダです」

「チャーリー・ドッジです。アニーの様子を知りたくて電話しました。病院から帰ったあとはどんな具合ですか？」

「安定していますよ。ちょうど巡回を終えたところですが、よく眠っていました。こちらへ戻ってしばらくは落ち着きがなかったんですけど、処方された痛み止めを飲んだら楽になったようです」

「何か食べましたか？　転倒して顎を痛めた可能性もあると医者が言っていました」

「食べものはいやがりましたが、チョコレート味のプロテイン飲料をあげたらストローで上手に飲んでいました。たしかに顎が痛いのかもしれませんね。現時点では頭を打ったことによる後遺症などはなさそうです」

背後で電子レンジが音をたてた。

「何かあったら夜中でも連絡をいただけますか？」

「もちろんです」

電話を切りたくなかった。アニーが大けがをしたのにそばにいることもできない。彼女との距離を耐えがたいほど遠く感じた。スタッフと話していると、少しはアニーに近づける気がする。

だが訊くべきことは訊いてしまった。もう話すことがない。

「教えてくれてありがとう」

「どういたしまして、あなたも休んでくださいね。アニーはわたしたちにとっても特別な人なんです。ちゃんとお世話しますからご安心を」

電話を切ってポップコーンをボウルに移し、テレビの前に座った。一時停止していた『ジョン・ウィック』の映画を再生して、ポップコーンをひとつかみ口に入れる。画面のなかで、キアヌ・リーブスが悪役を壁に押しつけている。

「あれくらいならぼくにもできる」ひとり言を言いながら飲みものをとりに行き、映画を観ながらポップコーンを平らげた。

どうしようもなく孤独だった。一日を終え、疲れたときを狙いすましたかのように孤独が押しよせてくる。

チャーリーは新事務所を思い出した。ガラス戸のロゴや、細部まで気遣いに満ちた所長室を。

ワイリックがいなかったら、明日、起きて仕事へ行く意味を見いだせなかったかもしれない。

昨日は引っ越し作業にかかりきりだったので、今日が正式な仕事始めといっていい。ワイリックはいつもよりかしこまった服装をすることに決め、男物の白いドレスシャツに黒いピンストライプのストレッチパンツを合わせた。袖口できらめくダイヤモンドのカフスボタンは控えめとはいえないが、そのくらいはよしとする。胸もとはドラゴンのタトゥーがぎりぎり隠れるところまでボタンをとめた。

黒のアイシャドウを引き、目尻側だけあざやかな赤を差す。上唇はそろいの赤、下唇には〈アナスタシア・ビバリーヒルズ〉のミッドナイトを選んだ。

仕事の段取りを考えつつ駐車場に車を入れ、PCバッグを肩にかけて車を降りた。助手席からスイートロールの箱を出し、歩きながら事務所の鍵をとりだす。

事務所に入って電気をつけ、給湯室のコーヒーカウンターにスイートロールを運んだ。コーヒーメーカーをセットしてから所長室に行き、パソコンを起ちあげて机の上にノートとペンを用意する。電動ブラインドを上まであげて自分の机に戻ったときには、電話が鳴っていた。

「〈ドッジ探偵事務所〉です」

「ぼくだ」チャーリーの声だった。「もうすぐ到着するんだが、誘拐された女の子の案件を受けるから、タラ・ビヤンに連絡して、事務所に来られないか訊いてみてくれ」

「十時で調整しようと思っていました。もちろんあなたの意向を確認してからですが」

「この依頼を受けるとわかっていたのか？」

「はい」

電話の向こうでチャーリーが沈黙する。「十時でいい。すぐ調整を」

「わかりました。遅れましたがおはようございます。今日のキーワードは〝プリーズ〟です」

チャーリーのしかめ面を想像しながら電話を切り、さっそくタラ・ビヤンの番号に発信した。昨日のチャーリーはかなりまいっていた。いきなり葬儀関連の書類を持ってきたのがいい証拠だ。

彼には今、打ちこめる仕事が必要だ。

タラ・ビヤンは腕のいい顧問弁護士だ。娘のジョーダンが失踪した日、家には定期的に掃除を頼んでいるデラ・ウィットマンがいた。ジョーダンは前日の夜から体調が悪く、学校を休んでいた。母親としてそばにいてやりたかったが、どうしても裁判所に行かなければならず、デラの仕事が終わる前に戻るつもりで家を出た。ところが予想よりも裁判が長引き、帰りが遅くなった。

昼にはデラが掃除を終えて帰宅し、十二歳のジョーダンだけが残された。十二歳ならひとりで留守番をさせてもいいのだろうが、具合が悪いとなれば話は別だ。

タラの元夫のジャド・ビヤンが訪ねてきたとき、タラはまだ裁判所にいた。

ジョーダンは黒髪に、抜けるような青い瞳の活発な少女だ。体つきはすらりとして、大人になったらさぞ美しくなるだろうと思わせる。昨日は夜になって吐き気がして、朝になってもまだ気持ちが悪かったので、学校を休んで寝ていることになった。

昼近くになって調子がよくなったジョーダンは、デラが帰ったあとでキッチンへおり、食べものをさがした。チャイムが鳴ったのは、レンジでインスタントのスープ麵をあたためているときだった。家にひとりのときに誰かが来てもドアを開けるなと母親から言われていたので、チャイムを無視してスープ麵を食べた。

ところがチャイムがしつこいので、ついに好奇心に負け、足音を忍ばせてリビングルームの窓辺へ近づいた。次の瞬間、ジョーダンは歓声をあげて玄関へ走った。

「パパ！」

ドアを開けてうれしそうに飛びついてきた娘を、ジャドは両腕を広げて受けとめた。

「ああ、ジョーダン、大きくなったな。すっかりお姉さんじゃないか」娘を地面におろしてまじまじと眺める。

「どうして来たの？　わたしが学校を休んでるって知ってたの？」

ジャドは娘の質問を無視した。

「おまえにプレゼントがあるんだ」ポーチに置いた袋をとって、家のなかに入る。

「もうすぐママが帰ってくるの。きっとびっくりするね。今までどこにいたの？　どうして連絡してくれなかったの？　すごく寂しかったのに」

「パパはお勉強をしていたんだ」

ジョーダンが怪訝(けげん)そうな顔をした。「学校で？」

「まあ学校みたいなものかな。さあ、リビングでプレゼントを開けよう」

父親にプレゼントをもらったことがうれしくて、ジョーダンはわくわくしながら包みを開けた。メイク道具一式を見て息をのむ。

「ママのよりすごいね！」

ジャドは手をのばして娘の髪をなでた。

「髪をのばしているんだね。よく似合っているよ」

ジョーダンがにっこりする。「男の子は長い髪が好きなんでしょ」

ジャドが眉をひそめる。「まさか、もうボーイフレンドがいるのか？」

ジョーダンはくるりと目玉をまわした。「いるわけないよ。いつかはほしいけど」そう言ってくすくす笑う。

「ボーイフレンドなんておまえにはまだ早いさ」

ジャドの台詞(せりふ)に、ジョーダンの笑顔がかげった。二年も音信不通だったくせにいきなり父親面をするのは虫がよすぎるというものだ。ジャドは慌てて提案した。

「パパは〈ヒルトン・アナトール〉に泊まっているんだ。今日一日、遊びに来ないか？ピザを食べて映画を観るのもいいし、モールで買い物をしてもいい。おまえの好きなことをしよう。夜中にお腹が減ったらルームサービスを頼もう」

「行きたいけど、ママに訊いてみないと」

ジャドはうんうんとうなずいた。「久しぶりだからパパが電話するよ。そのほうがママも安心するだろう。おまえは着替えなんかを準備しておいで」

ジョーダンは立ちあがった。「わかった。すぐに準備するね」メイク道具を持って二階に駆けあがる。

背中で揺れる黒髪やすらりとした脚を見ながら、ジャドは考えた。あの子ならマスターも満足するはずだ。

ジョーダンの部屋のドアが閉まる音を聞いたところで、この家に住んでいたころ、みずから設置した監視カメラの存在を思い出す。ジャドはいそいそと廊下の先に向かった。

自分の部屋に入ったジョーダンは、パジャマと下着をひと組、それに明日、学校へ着ていく服と、よそ行きの服を出した。パパが、どこかいいレストランに連れていってくれるかもしれないからだ。パパから連絡すると言っていたけれど、いちおうママにメールしておく。何も言わずに姿を消したパパについていったとわかったら、ママが悲しむかもしれない。ベッドに座って言葉を選びながらメールを打つ。

〝ママ、びっくりしないでね。なんとパパが帰ってきたの！　お土産をくれて、アナトールに泊まっているから遊びにおいでって。映画を観ながらピザを食べて、モールで買い物しようって！　もう元気になったから行ってもいいでしょう？　明日はパパに学校まで送ってもらうようにする。学校から帰ったらいろいろ話すね。パパに会えてすごくうれしいの。だからお願い。怒らないで〟

メールを送信したジョーダンは、携帯と充電器をベッドの上に放った。

ジャドは監視カメラの映像を巻き戻し、自分が映っているところを削除してからシステムの電源を落とした。コンソールの指紋もきちんと拭きとっておく。それから何食わぬ顔で二階へあがり、娘の部屋をノックして、返事も待たずにドアを開けた。

「いやだ、パパったら！　急に入ってこないでよ。着替えをしてたらどうするつもり？」

強い口調で言われて面食らう。もう子どもじゃないんだよな。娘が年頃だという事実がうまくのみこめていないのだ。

「ごめん、ごめん。次からは気をつけるよ。準備ができたら荷物を車まで運ぼうかと思って」

「じゃあ、そのバッグを持っていってくれる？　携帯と充電器も入れておいて」ジョーダンがベッドの上を指さした。

「わかった」

「すぐに着替えるね」

ジョーダンがTシャツとジーンズを手にバスルームへ消える。扉が閉まり、鍵がかかった。

ジャドは目を細めた。携帯と充電器を枕の下に押しこんでから、バッグを車へ運ぶ。戻ってきたとき、ペールピンクのTシャツにスキニージーンズをはいたジョーダンが踊り場に現れた。

「お待たせ！　パパがこの家にいるなんてまだ信じられない」そう言いながら階段を駆けおりてくる。

「本当にきれいになったね」ジャドは娘の手を自分の腕にかけた。

ジョーダンが眉をひそめた。なんとなく違和感を覚えたようだ。だがすぐに笑顔に戻った。

「それを言うなら〝かわいい〟でしょう。わたしはまだ十二歳なんだから」

玄関を出たジョーダンが、鍵を閉めてバッグに入れた。

ジョーダンからメールが届いたとき、タラは最終弁論をしていた。電話はマナーモードにしてブリーフケースにしまっていたので、着信に気づかなかった。裁判官が休廷を宣言したところでようやく携帯をとりだす。

メールを読んだタラは大きなショックを受けた。続いて怒りが込みあげてくる。二年以上も音信不通だった元夫が、いきなり現れて娘を連れだすなんてとんでもないことだ。もう死んでいるのかもしれないとさえ思っていたのに。

一方で娘の気持ちも理解できた。ジョーダンはむかしから父親のことが大好きで、ジャドが出ていったときは、二度と立ち直れないのではないかと思うほど落ちこんでいた。父親が訪ねてきて、あの子がどれほど喜んだかは想像がつく。

それにしても、ジャドはどうして平日の昼間に来たのだろう？　ふつうなら家には誰もいない時間帯だ。ジョーダンが学校を休んでいることを知っていたのだろうか。

裁判所を出てすぐにジョーダンに電話をした。呼び出し音のあとで留守番電話に切り替わる。折り返し電話するよう伝言を残して家に帰った。ジャドの行動に激しい怒りを感じていたが、このときはまだ娘の身に危険が及ぶとは思っていなかった。

家に帰って数分おきに電話をしても娘が出ないので、初めて不安になった。しかも電話をするたびに、どこかからボン・ジョヴィが聞こえてくる。ジョーダンが母親からの着信音に割り当てた曲だ。音の出どころをさがそうとしたが、留守番電話に切り替わるのが早くてたどりきれなかった。

何度も電話しながら一階を歩きまわり、二階へ向かう。階段をのぼりきったところで、ジョーダンの部屋から音がすることがわかった。部屋に入ってもう一度電話をすると、枕の下に押しこまれた携帯と充電器が見つかった。ベッドは寝起きのまま整えられていない。

初めてパニックが襲ってきた。

あの子が携帯を置いていくなんておかしい。家のなかを移動するときでさえポケットに入れているのに、久しぶりに再会した父親とホテルに一泊するときに携帯を置いていくはずがない。

そもそもどうして枕の下に押しこまれていたのだろう？　まるで見つからないように隠してあるみたいに。

そこで二度めのパニックに襲われた。

ひょっとするとジャドが隠したのかもしれない。ジョーダンが母親と連絡をとれなくするために。そして母親に、娘の居場所を秘密にするために。

「監視カメラ！」タラは叫んで一階におりたが、システムの電源が落ちていた。電源を入れ直して映像を巻き戻したが、掃除をお願いしているデラが家を出た以降はデータが削除されていた。

もうまちがいない。ジョーダンは意図的に連れ去られたのだ。

「いったいどういうつもり？」

がたがた震えながら近くの椅子に腰をおろす。恐怖で息が苦しくなった。唯一、知っているジャドの連絡先に電話をしてみる。呼び出し音はなく、すぐに留守番電話に切り替わった。

「ふつうじゃない。ぜったいにおかしい」

警察に通報しても意味がないことはわかっていた。ジャドが失踪したとき、ジョーダンの親権を単独親権にしておかなかったからだ。

法的にジャドはまだジョーダンの父親で、親権を有している。父親が娘を連れだしても誘拐にはならない。

ジョーダンがアナトールホテルへ行くとメールに書いていたので、祈るような気持ちでホテルに電話をして、ジャド・ビヤンの部屋につないでくれと頼んでみた。予想どおり、該当する宿泊客はいませんと言われる。

次に仕事部屋からジャドの古いアドレス帳をひっぱりだし、かつてジャドと親しかった人に片端から電話してみた。誰かひとりくらいは今でもつきあいがあるかもしれない。ジャドがジョーダンをどこへ連れていったか、心当たりがあるかもしれない。

最初の三人は何も知らなかった。四人めはゴードン・バトラーだ。ジャドがゴーディーと呼んでいた男で、タラもよく覚えていた。

何度か呼び出し音がして、留守電に切り替わるかと思ったとき、ゴードンが電話に出た。

「はい、もしもし？」

「ゴードン、ジャド・ビヤンの元妻のタラです。今、お話しできますか？」

「もちろんだよ、べっぴんさん！　久しぶりだなあ！」

むかしと同じ人懐こい声に、タラは息を吐いた。

「お久しぶりです。あの、突然なんですが、ジャドがダラスを出たあと何をしていたかご存じありませんか？」

短い沈黙があって、ゴードンがためらいがちに話しだした。「何をしていたかって言われても、おれも最後に会ったのが二年前だからなあ。一緒に旅行をしたんだが、そのあとは連絡してなくて」

「旅行したって、どこへ行ったんですか？　どんなことでもいいので教えてください」タラはすがるように言った。「実は今日、ジャドが家に来て、娘のジョーダンを連れだしたんです。ジョーダンは体調が悪くて学校を休んでいたんですが、ジャドはそれを知っていたらしく、わたしになんの連絡もなく、行き先も告げずにあの子を連れていきました。二年以上も連絡がなかったのにいきなりですよ。家を出る前に娘がメールをくれたのですが、わたしは裁判所にいて、仕事が終わるまで気づきませんでした。パパのホテルに泊まると書いてありました」

「ええっと……そのホテルの名前はわかるのかい？」

「ええ。連絡してみましたが、ジャド・ビヤンという宿泊者はいないんです」

「うーん、きみに連絡もしないで娘さんを連れだしたのはあいつが悪いと思うが、そんなに心配しなくてもいいんじゃないかな。父親が娘をひと晩預かるなんてよくあることだし」

「娘は無理に連れていかれたんじゃないかと思うんです。家に帰ったら、枕の下に携帯と充電器が押しこまれていたので。家のなかを移動するのにも携帯を手放さない子なのに、置いていくはずがありません。わたし、怖くなって……」

ゴードンが短く息を吸った。「そうか……二年も前のことだから参考になるかどうかわからないが、あいつは家を出たあと、アーカンソー州のユーレカスプリングスにあるでっかい山荘で開かれた超能力ワークショップに参加したがった。おれを誘ったのは、ひとりで参加するのが心細かったからだろう。ほら、あいつは前から特殊能力があるって言ってたじゃないか」

タラはどきりとした。そう、ジャドには特殊な能力があった。ひょっとしてジョーダンが学校を休んだことも、その力で知ったのかもしれない。

「ワークショップで何をしたんですか？」

「なんだか参加者をひとりずつテストして、どんなことができるか調べてた。ジャドはどのテストでも結果がよくて、ワークショップの主催者が興奮してたぜ。入会して勉強しないかってスカウトされてた。あんなにリラックスして楽しそうなあいつは初めて見たよ。これこそ自分のすべきことだって何度も言ってた」

「入会ってどこに？　勉強って何をするんですか？」

「さあ、そこまでは知らない」

「主催者の名前を教えてください。本部がある場所はわかりますか？」

「主催者の名前は忘れたけど、そいつが主催するグループの名前は覚えてるぜ。〈フォース・ディメンション〉って言ってた。どこにあるとかはぜんぜん話題に出なかったな。繰り返しになるが、これはあくまで二年前のことだ。今はまったくちがうことをしてるかもしれないぜ」

「わかってます」タラは教えてもらったことを残らず書きとめた。「どうもありがとう。本当に助かったわ」

「どういたしまして。娘さんから早く連絡があるといいな。取り越し苦労だったってわかるように祈ってるよ」

「ありがとう」タラは礼を言って電話を切った。しかし、取り越し苦労で終わるとはみじんも思っていなかった。自分とジャドしか知らない娘の秘密があるからだ。

ジョーダンが父親の特殊な能力を受け継いでいるという秘密を。

こうなったら優秀な私立探偵を雇ってジャド・ビヤンについて徹底的に調べてもらおう。

そのグループの本部がどこにあるのか突きとめてもらうのだ。

優秀な私立探偵には心当たりがあった。パソコンの前に座ったタラは、検索画面に〝チャーリー・ドッジ〟と打ちこんだ。ダラス一と評判の探偵だ。〈ドッジ探偵事務所〉のホームページが現れる。ところが事務所の番号にかけるといきなり留守番電話に切り替わった。

留守番電話に吹きこめるほど単純な話でもない。タラはメールで事情を説明することにした。

3

出発してすぐ、ジャドがガソリンスタンドに車を入れた。ジョーダンは携帯電話をバッグに入れてもらったままだったことに気づいてトランクを開けたかったが、車が給油計量器ぎりぎりにとめてあるせいで助手席のドアを開けられなかった。仕方なく父親が戻ってくるのを待つ。

ジャドはまずサービスルームに入った。ガソリン代を現金で先払いするらしい。どうしてクレジットカードを使わないのか不思議に思ったが、父がカウンターに運んできた炭酸飲料の銘柄を見て細かいことはどうでもよくなった。ドクターペッパーが好きなことを覚えていてくれたのだ。

運転席側のドアを開けた父が、キャップをゆるめたドクターペッパーのボトルとピーナツ入りのエムアンドエムズを差しだす。エムアンドエムズもジョーダンの好物だ。ジョーダンはさっそくチョコレートを頬張ってドクターペッパーを飲んだ。父が給油をすませてエンジンをかける。

携帯電話のことを思い出したのは車が走りはじめてからだった。

「あ、バッグから携帯を出してって言おうと思ってたんだ」

「ホテルに着いてからでいいじゃないか」父親はそう言ってエムアンドエムズの袋に手をのばし、いくつか口に放りこんだ。自分のコーラをドリンクホルダーに入れてから、ドクターペッパーを指さす。「早く飲まないとぬるくなるぞ」

太陽光が助手席の側から入ってきて、スモークガラス越しでも肌をじりじりと焼いた。冷たい炭酸が喉をすべり落ちる感覚が心地いい。ジュースを飲みほして、食べきれなかったチョコの袋をポケットに入れると、ジョーダンは座席に寄りかかってまぶたを閉じた。

車がダラスを抜けて北上し、オクラホマ州に入っても、ジョーダンは眠りつづけていた。目が覚めたのは、太陽が西の地平線に近づくころだ。

窓の外は薄暗かった。自分がどこにいるのかわからなくて混乱する。ハンドルを握る父親の横顔が、まったく知らない人の顔に見えた。

ジャドがこちらを向く。ジョーダンの脳に父の思念が見えたのはそのときだった。キャップをゆるめたドクターペッパーには鎮静剤が入っていた。アナトールホテルに宿泊しているというのも嘘だったのだ。

「ここは、どこ?」震える声で尋ねる。

「おまえを特別な場所に連れていこうと思っているんだ。そこへ行けば世界を変える手伝いができるぞ」

ジョーダンはパニックを起こした。「世界を変える手伝いなんてしたくない。家に帰りたい。今すぐママのところへ連れてって」

「それはできない。パパにとっておまえは、すごく大事な存在なんだ」

「ママにとっても大事よ！　それにわたしにはわたしの生活がある！」ジョーダンの頬を涙が伝った。

ジャドが手をのばしてきたのでふり払う。

「さわらないで！　パパの言うことなんて信じるんじゃなかった。ママの言うとおりだった」手の甲で涙をぬぐう。

「何が言うとおりなんだ？」

「パパのために泣く価値なんてないってことだよ。勝手に出ていったくせに娘を誘拐するなんて信じられない」

「物騒な言い方をしないでくれ。おまえはパパによく似てる。パパとおまえが力を合わせれば、いろんなことができるんだぞ」

「一緒にしないで。パパは逃げただけじゃない。ふつうの生活に飽きたからわたしたちを捨てたんでしょう。わたしに何を期待しているのか知らないけど、思いどおりになんてならないんだから」

娘の激しい拒絶に、ジャドは戸惑った。〈フォース・ディメンション〉にもめごとを持ちこむわけにはいかない。ただ、施設に連れてこられた少女が、初めのうち泣いたり家に帰りたがったりするのはめずらしくない。

「少し落ち着きなさい」ジャドは娘の腕に手をのばした。赤ん坊のころから、抱きあげるといつも首に巻きついてきたわが子の腕に。

ふれられた瞬間、ジョーダンには残りのすべてが見えた。どこへ行くのか、そこで何をさせられるのかも。

恐怖で息が詰まる。

「吐きそう。車をとめて。さもないとケンタッキー州までゲロくさい車で走ることになるから」

ジョーダンが行き先を当てたことにショックを受けつつ、ジャドはブレーキを踏み、車を路肩に寄せた。運転席から降りて助手席側に走り、ドアを開ける。

次の瞬間、ジョーダンがドアにしがみついて体をうねらせ、胃の中身をアスファルトの上にまきちらした。何度もえずいたあとで、震えながら息を吸う。

ジャドがポケットからハンカチを出して差しだす。ジョーダンはその手につばを吐いて、いきなりドアを閉めた。

ジャドは茫然(ぼうぜん)として嘔吐物(おうとぶつ)のそばに立っていた。われに返って、手についたつばをハンカチでぬぐう。

無言のまま運転席に戻ってキーを差し、エンジンをかけた。ジョーダンが逃げられないようにチャイルドロックもかける。

「水を飲むか？」

「あんたなんて死んじゃえ」

かっとなって娘の頬をひっぱたいたジャドは、自分のしたことに驚いてうめいた。

「すまない。悪かった。おまえがそんな言葉を使うとは思わなかったから、つい」

ジョーダンは唇の端から流れる血をぬぐうこともせず、ジャドをにらみ返した。「そんな言葉？　死ねって言ってどこが悪いの？　いやらしいおじさんに娘を差しだす父親に〝お父さん大好き〟なんて言うと思う？」

ジャドは唇を引き結び、砂利を跳ね飛ばしながら車を発進させた。十二歳の娘に対して返す言葉もなかった。

ジョーダンを〈フォース・ディメンション〉に連れていくのは、たしかにほかの男と結婚させるためだ。児童買春とかそういうことではない。仲間の花嫁候補として組織で育てるのだ。十二歳のジョーダンはまだ性的に未成熟なので、子どもを産める年齢になるまでほかの花嫁候補たちと一緒に寝起きして、料理や裁縫を学ぶことになる。

ジャドはすでに花嫁を選んでいた。その娘と結婚したいなら、代わりとなる少女を血族から連れてくるのが組織の決まりだった。

黙って運転する父親の横で、ジョーダンは母親のことを考えていた。今ごろママはパニックを起こしているだろう。わたしの携帯はトランクのバッグには入っていない可能性が高い。でなければとっくにママから着信があるはず。家を出る前に母親にメールしたことが唯一の希望だった。少なくとも誰に連れだされたのかを伝えることができたからだ。

暗い窓に映る自分が見知らぬ少女に見える。チョコレートや炭酸と一緒に、子どもらしさや無邪気さを吐きだしてしまった。タイヤの下を過ぎ去るアスファルトのどこかにぶちまけてきた。

ここから先は誰も信頼できない。自分を裏切った父のような男がたくさんいる場所に連れていかれるのだから。

ジョーダンはワンダーウーマンを思い出した。若くてきれいな女の人が正義の味方として悪者を懲らしめる映画のヒロインだ。

わたしもあんなふうに強くなって、悪と戦わなくちゃいけない。

ぜったいに生きて家に帰るんだ。

ひと晩じゅう走りつづけて空が白んできたころ、車はケンタッキー州に入った。どこかで給油をしなければならないが、車をとめればジョーダンは逃げようとするにちがいない。鎮静剤をのませて眠らせたいところだが、すっかり警戒して父親が差しだすものには口をつけようとしない。

「給油する」

ジャドはガソリンスタンドに車を入れ、ポケットのなかの注射器をつかんだ。抵抗する少女たちをおとなしくさせるために〈フォース・ディメンション〉が用意した鎮静剤が入っている。

「トイレに行きたい。水も飲みたい。でも、あなたのくれるものはぜったい口にしない。何が入っているかわからないから」

ジャドは顔をしかめた。「父親に向かってそんな言い方をするんじゃない」

「父親じゃない。人さらいよ」

「……そうか」ジャドは息を吐くと注射針のキャップをとり、ジョーダンの首に突きたてた。

「いや！」

ジョーダンが首に手をやったときには薬剤が体内に注入されていた。三十秒もしないうちにジョーダンの目が虚ろになり、体の力が抜ける。

ジャドは注射器を抜いて、キャップと一緒にガソリンスタンドのごみ箱に捨てた。カードを使うつもりはないので先にサービスルームへ行く。六本パックの水とポテトチップスを買い、ガソリン代を払って車に戻ると、水はジョーダンの足もとに、ポテトチップスをダッシュボードに置いた。ガソリンを満タンにして車を出す。

アパラチア山脈にある施設まで、あと四時間ほどのドライブだ。ジョーダンは死んだように眠っていた。

ジョーダンが目を覚ましたとき、車は森のなかの道路を走っていた。

助手席を見たジャドが車をとめる。「トイレ休憩だ。クマも出る山のなかだから、逃げようなんて考えないほうがいい。トイレが終わったらすぐに車に戻るんだ。おとなしくしていればもう注射はしない」

ジョーダンはこわばった表情で車を降り、ドアを閉めた。しげみで用をすませて助手席によじのぼる。手足に力が入らなかった。

「脱水症状になりかけているんだ。足もとの水のボトルは封を切ってない。何も入ってないから飲みなさい」

ジャドの言葉に、ジョーダンは水のボトルを見た。飲みたくなかったが、脱水症状になるのもいやだ。おぼつかない手つきでパッケージを破って、ボトルを一本とりだす。なんでもない動作なのにひどく時間がかかった。

生きてさえいればきっとママが見つけてくれる。それまでがんばらないと。

キャップを開けていっきに半分ほど飲んだ。それからダッシュボードのポテトチップスを一枚ずつ食べる。ポテトチップスを袋半分ほど食べて、水を二本飲んだところでようやく気分がましになった。

「落ち着いたか？」

「誘拐されて落ち着いていられる人なんていないと思うけど」

ジャドがため息をついた。「皮肉を言うのはやめなさい。施設に着いたら同じ年頃の女の子たちと暮らすんだ。危険なんてない」

ジョーダンは何も言わなかった。これから行く場所がどんなところか、腕にふれられたときにぜんぶ見えていた。

人とちがう能力があると自覚したのはいつのことだったろう。最初のうちは見たことや聞いたことをそのまま口にしていたけれど、物心がついてからは家の外でおかしなことを言わないように注意してきた。友だちに気味悪がられるのがいやだったからだ。

これから行く場所でも気をつけたほうがよさそうだ。そこにいる男たちは特殊能力の持ち主だが、さらわれてきた少女たちは男たちの家族や親戚というだけで、ふつうの子どものようだった。

ジャドのほうを見ると、おでこにしわが寄っている。

〝難しい顔をしてるね。反抗的なわたしが気に入らないの？〟ジョーダンは心のなかで呼びかけてみた。

ジャドは息をのみ、信じられないという表情で娘を見てから、道路に注意を戻した。

「いつからそんな力が使えるようになった？」

「ずっと前から」

反抗的なうえに強い力を持っているとなると厄介だ。ジャドは娘を連れてきたことを後悔しはじめた。今からでも家に送り返したい。

だが、そうなると代わりに捧(ささ)げる娘がいない。

やはりこうするしかないのだ。

残りの二時間ほどはどちらもしゃべらなかった。しんとした車内に、ジョーダンがポテトチップスの残りを食べたり、水を飲んだりする音だけが響く。

ショーニーギャップという小さな集落を抜けたところで車はハイウェイを降り、暗い山道をのぼりはじめた。最後の人里が小さくなっていくのを、ジョーダンがサイドミラー越しにいつまでも見ていた。

道はカーブしながら上へ上へと続く。道路の両側は木々がうっそうと茂っていて、木のほかは何も見えなかった。

ジャドは娘のほうへ手をのばした。

ジョーダンがさっとよける。「さわらないでって言ったでしょ！」

「ほかの人の前ではそんな口の利き方をするなよ」

「したらどうするの？」ジョーダンはあくまで反抗的だった。「あなたのことなんて怖くないし、あなたの仲間も怖くない。子どもとセックスしたがる変態の集まりじゃない」

「なんてことを……」

「本当のことでしょ。殴られたってレイプされたって、わたしは負けないし、泣かないんだから」

あどけなかった娘の口から次々と飛びだす辛辣な言葉に、ジャドはどうしていいかわからなくなった。唇を噛みしめて前方に注意を集中する。道の終点に、高い塀に囲まれた建物が見えてくる。ジョーダンをちらりと見ると、身じろぎもせずに前方を見つめていた。何を考えているのかわからない。

塀の向こうには複数の建物があった。中央の建物は二階建てで、凝った装飾がほどこされているが、周囲の建物は飾り気のない鉄筋コンクリート製で、地面は土がむきだしだった。

「到着だ」ゲートの前で車をとめたジャドが、窓から手をのばして暗証キーを押した。

機械音がして、門が開きはじめる。

ジョーダンは息を詰めた。強がっていても怖いものは怖い。

正面の建物の前に停車すると、周囲の建物からばらばらと人が出てきた。

ジョーダンは自分と同じくらいの子どもの姿をさがした。平屋建ての細長い建物の窓に少女たちが張りついているのに気づく。外に出ることは許されていないのだろう。

正面の建物のドアが開き、白いローブを着た大柄な男が出てきた。ところどころ茶色い筋の残った白髪は肩よりも長く、背中に垂れていた。顔全体がオイルでも塗ったようにてかてかしている。

ジャドが車を降りて助手席のドアを開けた。娘の腕に手をのばそうとして、やめる。

「降りなさい。荷物はパパがおろすから」

ジョーダンは未開封の水を二本つかんで車を降りた。頭をふって黒髪を背中に払い、両脚をふんばって男たちをにらみつける。

白いローブ姿のアーロン・ウォルターズは、この集団ではマスターまたはセラフィム（天使の最上位、熾天使）と呼ばれている。

ジャドがトランクから荷物を出して、ジョーダンに声をかけた。「ついてきなさい」

「いや」

仕方なく荷物を娘の足もとに置くと、ジャドはひとりアーロンの前に進みでた。

「マスター、わが花嫁の代わりに娘のジョーダン・ビヤンを献上します」

「娘は承知していないな」アーロンが言う。

「二年ほど会っていなかったので、なかなか言うことを聞きません。母親の教育のせいでしょう。父親に対する憎しみを植えつけたのです」

アーロンは目を細めただけで何も言わなかった。ふたりの男に娘を連れてこいと指示を出す。

近づいてくる男たちを見て、ジョーダンは両手のボトルを握りしめた。最初に手をのばしてきた男の顔を、右に持ったボトルで思いきり殴りつける。

男がよろめき、顔を押さえた。

もうひとりが飛びかかってきたので、よけると同時にもう一方のボトルで鼻を打った。鼻血が噴きでて、男が悲鳴をあげながらうずくまる。

「わたしに近づかないで！」

ジョーダンはそう警告すると、茫然としている父親の横をすり抜けて、アーロンが立っている階段の下まで進んだ。両手のボトルをぎゅっと握りしめる。

「ここへ来たのはわたしの意思じゃない。あんたたちの言いなりになるくらいなら死んだほうがましよ」

ジャドはうめいた。マスターを怒らせたらたいへんなことになる。

アーロンが片手をあげ、男たちをさがらせた。

「ジョーダン・ビヤン、いい根性だ」

ジョーダンは何も言わなかった。

アーロンは片眉をあげた。ジョーダンの思考が読めなかったからだ。どうやら思考をガードしているらしい。となるとこの娘も超能力者ということか。手なずけることができれば何かと役に立つだろう。とはいえ、しばらくほかの少女たちと一緒にしないほうがよさそうだ。先頭に立って反乱を起こされてはかなわない。

「この子を旧館に連れていけ。ほかの妖精(スプライト)に悪い影響を与えないよう、当面は隔離する」

アーロンが指示すると三人の男がジョーダンのほうへ足を踏みだした。

「近づかないでって言ったでしょう！　自分で歩けるわ。それより手がふさがっているから荷物を運んで」ジョーダンがホテルのボーイに命令するようにバッグを顎で示す。

三人の男は顔を見合わせたあと、ひとりがバッグを持ち、ジョーダンを囲むようにして今は使われていない建物へ誘導した。きしむドアを開けてなかに入ると、いちばん近くのベッドにバッグを放る。

「バスルームはそこだ。食事はあとで運んでくる。おまえはほかの者と一緒に食べることはできない」

ジョーダンはつんと顎をあげた。「枕とシーツを忘れないで。石鹸(せっけん)とタオルもね」

男たちは信じがたいという表情をしたあと、無言で出ていった。

ドアの鍵が閉まる音が響く。ひとりになったジョーダンは泣きたい気持ちと必死で闘った。男たちがいつ戻ってくるかわからないからだ。泣いているところを見られたくない。問題児でいるほうが安全な気がした。

大人に盾つくのは初めてで、本当は胸がどきどきしていたし、心細くてたまらなかった。反抗的な演技でどのくらいあの人たちを遠ざけていられるだろう。家に帰してもらえる可能性は低いし、ジャドが助けてくれるとも思えない。チャンスを見つけて、自力で逃げるしか方法はなさそうだ。

ここがどこかはわからない。でもショーニーギャップという町からはずっと一本道だった。今この瞬間も、ママがさがしてくれているはず。

「神様、お願い。ママが早くわたしを見つけてくれますように」

4

娘がいなくなった夜、タラは何十回もジャドの番号に電話したが、呼び出し音が鳴りつづけるだけだった。恐怖と怒りで一睡もできず、朝になって、こんな状態で出勤するのは無理だという結論に達した。休職願を出すついでに、娘のことを弁護士事務所の上司に相談してみよう。法律のプロがそろえばいい案が浮かぶかもしれない。

サーバーに残っていたコーヒーを捨てて新たにコーヒーメーカーをセットしてから、シャワーを浴びて着替える。昨日から何も食べていないので胃がむかむかした。食欲がわかないままトーストを焼き、淹れたてのコーヒーをタンブラーに移して、ダウンタウンにあるオフィスへ車を走らせる。トーストは運転しながら食べた。

ロビーに入ってきたタラを見たとき、受付のミリーは、関係者以外は入れませんと注意しそうになった。いつもきちんとスーツを着こなしているタラが休日のティーンエージャーみたいな格好をしていたからだ。

「タラ？　いったいどうしたんです？」

「ミスター・リクターはもう出社しているかしら?」

「さっき到着されましたよ。エリックと裁判のことを話していました」

「今すぐ話したいのだけど。できればエリックにも同席してほしいわ」

「あなたが部屋へ行くと伝えておきます」

受付の声を背に、タラはロビーとオフィスを仕切るガラス戸へ突進した。

トビー・リクターは〈ハーマン弁護士事務所〉を設立したハーマン・リクターの長男だ。父親のあとを継いで所長に就任し、弟ふたりもパートナー弁護士として事務所に所属している。朝食代わりのドーナツを食べて指についた砂糖をなめているとき、インターコムが鳴った。受付のミリーだ。

「なんだ? エリックと打ち合わせをするから、しばらく邪魔をしないでほしいと言ったはずだが」

「申し訳ありません。タラ・ビヤンがそちらへまいります。何か至急の要件のようで、おふたりの力を借りたいとのことです」

隣で聞いていたエリック・プリンスは心配になった。タラは聡明(そうめい)で賢い同僚だ。法廷での巧みな弁論には常々感心させられている。

ノックの音に続いてタラが飛びこんできた。くったりしたコットンシャツにジーンズ、足もとはテニスシューズで、髪も頭の上で適当にまとめただけだ。目は泣きはらしたように腫れぼったかった。

憔悴しきった表情と目の下のくまを見て、トビーが椅子から飛びあがった。

「タラ！　何があった？」

「昨日、わたしが裁判所にいるあいだに娘が元夫に連れ去られたんです」タラは早口で説明した。「夫にも親権はありますが、一年前に家を出ていって以来、音信不通でした。それが突然現れて、娘を自分の泊まっているホテルに誘ったんです。娘からメールがなかったら、何が起きたのかわからないままでした。監視カメラの映像は消去されていて、周辺のホテルに夫が宿泊した様子はありません」

「ち、ちょっと待ってくれ。もう少しゆっくり話してくれるか？　元夫という人物に電話してみたのか？」

タラは近くの椅子に崩れ落ちて泣きだした。「ひと晩じゅう電話していました。でも出ないんです！」

「娘さんの携帯は？」

「娘の枕の下に押しこまれていました。元夫が隠したにちがいありません。あの人が失踪したときに単独親権を要求しなかったので、警察に通報しても何もしてもらえません。あの人の古い友人に電話をしたら、最後に会ったとき、一緒に超能力者の集まりに行ったと言われました」

キツネにつままれたようなトビーとエリックの表情を見て、タラは顔をこすった。

「ジャドには――元夫には、なんというか、人の考えていることを読む力があったんです。それを使って何かするわけではありませんが。とにかくそのことと、ジョーダンが行方不明になったことが関係しているような気がして……娘にも特殊な力があったので」

「その超能力者の集まりに参加していた人たちが何か知っているのかもしれないね」エリックがうなずいた。

「そうなんですけど、わかったのは〈フォース・ディメンション〉という組織の名前だけで、主宰者の名前もわからないんです」

「いかにもカルトくさい名前だな」トビーが言った。

「わたしもそう思います。ああ、もうどうすればいいのか」タラは両手で顔をおおった。

「タラ、かわいそうに」

「元夫がどこに住んでいるか、心当たりはないのか？」トビーが尋ねた。

「ありません」タラはしゃくりあげた。「まったく連絡がないので死んでいるんじゃないかと思っていたくらいですから」

「一刻も早く私立探偵を雇って捜索を開始したほうがいいだろう。そう、チャーリー・ドッジのような一流の探偵を」

タラはトビーの机からティッシュを何枚かつかんで涙をぬぐった。

「昨日、ドッジにメールを打ちました。でもまだ返事がなくて」

エリックが身を乗りだした。「義理の兄がＦＢＩの捜査官でダラスにいるから相談してみようか」

タラは顔をあげた。「ええ、ぜひお願いします！　どうしていいかわからないんです。世界が音をたてて崩れていくみたい」そこでトビーに視線を移す。「あの、こんな状態では満足のいく仕事ができるとはとても思えませんので、申し訳ないのですがしばらくお休みをいただけないでしょうか。差し迫った案件はないので――」

「仕事のことは何も心配しなくていい。もう家に帰りなさい」トビーが言った。「ドッジが依頼を受けなかったらほかの探偵をさがすんだ。こういうことは一刻も早く調査にとりかかったほうがいいからね」

タラは立ちあがった。「ありがとうございます。おかげで少し心が軽くなりました」それからエリックのほうを見る。「ＦＢＩのお義兄様から何か情報や助言があったら、ぜひ教えてください」

「今夜、一緒に食事をする予定だからちゃんと話しておくよ」エリックが請け負った。

オフィスを出たタラは、来たときよりも前向きな気持ちになっていた。仕事の心配をしなくてよくなったうえ、ＦＢＩの捜査官が助けてくれるかもしれない。

車に戻ってチャーリー・ドッジからメールが届いていないか携帯を確認する。残念ながらまだだ。

時計を見るとちょうど学校が始まる時間だった。次はジョーダンの通う学校に電話をして、欠席の理由を説明しなくては。

エリック・プリンスは一日じゅうタラの娘のことを考えていた。外食の準備をしながら妻のモナにも相談する。

「どうするのがいいか、ハンクに相談してみようと思って」

モナはうなずいた。「それがいいわ。兄さんは誘拐事件とか連続殺人事件を何度も担当しているから、いろいろ教えてくれるはずよ」

「少しでもタラの力になれるといいんだが」

一時間後、ハンク・レインズとその妻とテーブルについたエリックは、前菜を食べながらさっそく話を切りだした。

ハンクは熱心に耳を傾けた。自分にも子どもがいるので、とても他人事とは思えなかった。「私立探偵を雇うのは正解だし、チャーリー・ドッジなら申し分ない。ずいぶん評判がいいからね。私もいつか会ってみたいと思っている人物だ。タラ・ビヤンの夫は二年前に失踪してから、どこにいたのかわからないのか？」

「タラが夫の友人に尋ねたところ、〈フォース・ディメンション〉とかいう超能力者のグループに入ったかもしれないと言われたそうだ」

ハンクが背筋をのばす。「〈フォース・ディメンション〉だって？」

エリックはうなずいた。「知っているのか？」

「名前だけはね。よし、ちょっと調べてみるよ」

「そうしてもらえると助かる」エリックはそこで女性陣を見た。「食事時に物騒な話をしてすまないね」

妻たちは構わないと言いつつも、話題が変わるとほっとした表情を見せた。

レストランを出て車に乗ったハンク・レインズは、料理の感想を並べる妻に相槌を打ちながら〈フォース・ディメンション〉のことを考えていた。明日、出勤したら何本か電話をしてみよう。

ジョーダンがいなくなって、タラは一生分とも思えるお祈りをした。二回めの朝を迎えても携帯は沈黙している。ジャドどころか、〈ドッジ探偵事務所〉からも折り返しの連絡はなく、もう一度、電話したほうがいいだろうかと迷いはじめていた。

八時を過ぎてコーヒーを淹れたとき、携帯が鳴った。画面を見て心臓がとまる。ついに来た！

「タラ・ビヤンです」

「〈ドッジ探偵事務所〉のワイリックと申します。あなたのご依頼を受けることになりました。午前十時に空きがあるのですが、こちらへ来ていただくことはできますか？　急なことで対応ができないようでしたら午後の――」

「だ、大丈夫です」タラは震えていた。「お引き受けいただいてどれほど心強いか。必ず伺います」

「事務所を移転したばかりですので、この電話を切ったあとで新住所をメールでお知らせします。別れた旦那さんと、娘さんの最近の写真を持ってきてください。それから枕の下に隠してあったという携帯電話もお願いします。娘さんはパソコンを使っていましたか？」

「はい、ノートパソコンがあります。それも持っていったほうがいいでしょうか？」

「お願いします。では十時にお待ちしています」

電話を切ったとき、安堵のあまりその場にへたりこみそうになった。

ダラス一の探偵に助けてもらえる。

口をつけていないコーヒーをカウンターに置いたまま、二階に駆けあがって着替える。それから事務所に持っていくものを準備した。すべてを車に積み、送られてきたメールで事務所の住所を確認してカーナビをセットする。事件解決に向かって進みだしたという充実感があった。チャーリー・ドッジの評判は聞いているし、彼が裁判で証言するのを聞いたこともある。彼を信じよう。

約束の時間の十分前に事務所のあるビルに到着した。荷物を持って建物内に駆けこむ。エレベーターで六階へあがり、十時五分前に事務所のドアを開けた。

正面の机に座っていた女性が顔をあげ、机をまわって近づいてきた。「ミセス・ビヤン？」

「はい。タラと呼んでください」

女性がうなずいた。「おかけください。ミスター・ドッジは電話中です。お待ちのあいだコーヒーはいかがですか？」

カウンターの上に置きっぱなしのコーヒーを思い出す。

「いただきます。ブラックでお願いします」

ワイリックは給湯室からコーヒーとナプキンを運んできて、タラの横にある小さなテーブルに置いた。

タラの疲れた様子や青白い肌を気の毒に思ったが、何も言わずに机に戻る。

数分後、外線のランプが消えたのを確認して、インターコムを鳴らした。

「なんだ？」

「ミセス・ビヤンがいらっしゃいました」

「お通ししてくれ」

ワイリックはタラを見た。「こちらへどうぞ。コーヒーのお代わりはいかがですか？」

「いえ、大丈夫です」タラはワイリックのあとをついて短い廊下を進み、所長室に入った。

チャーリーが立ちあがり、ワイリックに目で合図する。

「しばらく電話はつなぎません」

「留守番電話にして、きみも一緒に話を聞いてもらえるか」

ワイリックはうなずき、いったん部屋を出てレコーダーと筆記用具をとってきた。

チャーリーがタラに椅子を勧める。ワイリックはキャビネットの前の椅子に腰をおろした。

「ミセス・ビヤン、娘さんが別れた旦那さんに連れ去られて、連絡がとれないそうですね」

「わたしのことはタラと呼んでください。娘がいなくなって二日になりますが、夫にも娘にも連絡がつきません」

「警察に通報しましたか？」

タラは首をふった。「これでも弁護士ですから、警察が対応してくれないことはわかっています。別れたあとも共同親権にしたままだったんです。父親が娘を連れていっても犯罪にはなりません」

「実際に父親が娘さんを預かっただけで、事件性がないということはありませんか？」

「元夫のジャドは二年前に失踪して、ずっと音信不通でした。それなのにわたしが仕事で裁判所にいて、娘が体調不良で学校を休んだ日を狙って家を訪れ、あの子を無断で連れだしたんです。娘のジョーダンが家を出る前にメールをしなかったら、あの人に連れだされたなんて考えもしなかったでしょう」

「娘さんが父親とひそかに連絡をとっていたということは？」

「ありえません。ジャドが消えたとき、娘はひどく落ちこんでいました。父親と仲がよかったので、黙っていなくなったのが相当ショックだったんです」タラはそこで言葉を切った。「それでも最初はジャドの勝手な行動に腹が立っただけでした。裁判所から戻って娘の部屋で携帯電話を見つけたとき、初めていやな予感がしました。今どきの子はどこへ行くにも携帯を持ち歩きますから。自宅の玄関には監視カメラをつけているのですが、録画された映像を確認しても、掃除をお願いしているデラが作業を終えて家を出たところで映像が途切れていました。あれはむかしジャドがとりつけたシステムなので、あの人が削除したんだと思います」

ジャドという男はかなり綿密な計画に基づいて行動しているようだ。

「ジョーダンはいくつですか？」

「十二歳になったばかりです。年の割に背が高いですが」

チャーリーはうなずいた。「ジャドが娘さんと連絡をとっていなかったなら、どうして家にひとりでいることがわかったのでしょう？」

タラがためらいがちにチャーリーを見た。「その、信じていただけないかもしれませんが、ジャドには特殊な能力があって――」

ワイリックは顔をあげた。

「あの人はむかしから、実際に見聞きしなくてもいろんなことを知っていました。娘のこともその力を使ったんだと思います」

チャーリーがタラの発言をそのまま受け入れて話を続ける。「娘さんの部屋で見つかった携帯を見せてもらえますか？」

タラは携帯と充電器、写真とノートパソコンを差しだした。

「しばらくうちでお預かりしてもいいですか」

タラがうなずいたので、チャーリーはそれらをワイリックのほうへ差しだした。

ワイリックが無言で受けとる。

「娘さんの居場所について何か手がかりはありますか？」

タラはジャドの友人知人に電話をしたことや、ゴードン・バトラーが二年前にジャドとワークショップに参加したことを話した。

「ジャドが誘われた組織は〈フォース・ディメンション〉というんですね」ワイリックが確認する。

タラはうなずいた。

ワイリックは続けて尋ねた。「ゴードン・バトラーは主催者の名前を覚えていないということですが、ワークショップが開かれた場所はわかりますか」

「アーカンソー州のユーレカスプリングスにある個人の山荘のようです」

ワイリックが立ちあがり、無言で所長室を出ていった。

タラが目を丸くする。

「心配には及びません。あなたから聞いた情報でわかることがないか調べに行ったのでしょう。リサーチにかけてワイリックの右に出る者はいないんですよ」

「わたしの話を信じてくださるんですね！」タラは緊張の糸が切れたように涙をこぼした。

「怖くてどうしようもないんです。わたしの知っているジャドは他人を傷つけるような人じゃありませんでした。でもカルトに入ると洗脳されると聞きますから、ジョーダンの安否が気にかかって――」

チャーリーはティッシュを箱ごと差しだした。

「どうも」タラがティッシュを抜きとって涙をぬぐった。「お金は必要なだけ払います。手付金はいくらでしょう?」

「あとでワイリックが見積もりを出します。調査に関することは電話かメールで連絡します。そのとき電話に出られなくても、なるべく早く折り返してください。答えを急ぐ場合もありますから」

「もちろんです」

「ほかに何かありますか?」

「いえ、とくには……あ、ジャドの特殊能力についてですが、娘も受け継いでいるんです。本人も持て余しているようで、ふだんは使いませんが」

「それはどういう力ですか?」

「たとえば死期の近い人がわかります。顔が溶けて骨が見えると言っていました。そういうふうに見えた人は一カ月以内に亡くなります。それから一度見たものは細部まで忘れませんし、天災や事故の予知夢を見ます」

チャーリーはうなずいた。

「わたしが把握しているのはそのくらいです。幼いころはいろいろ話してくれたのですが、学校の友だちに気味悪がられたりして、今は話題にもしません」

「なるほど。それではさっそく調査にかかります。あなたは家に帰って、何か食べて、少しでも眠ってください。長丁場になりますし、あなたが倒れては元も子もない」

タラはまた涙をぬぐった。「ありがとうございます。どうか娘を見つけてください。この世でたったひとりの大事な家族なんです」

「受けた依頼は解決するまであきらめません」

タラはうなずいた。「そういう評判を聞いてあなたにお願いしたんです」

チャーリーはタラを先導してワイリックのところへ戻った。「見積もりをお渡しして。手付金は今日、払っていただけるそうだ」

ワイリックがキーボードから手を離して、見積もり用ファイルをとりに席を立つ。チャーリーは所長室へ引き返した。


タラが帰ったのを確認してから、チャーリーはワイリックのところへ戻った。

「〈フォース・ディメンション〉というのはカルト集団か何かか？」

ワイリックは肩をすくめた。「そういう説もあります」

「現時点でわかっていることは？」

「施設の正確な場所がわからないということ。なんのためにそんな組織をつくったのか、法にふれる行為をしていないかどうかもわかりません。超能力者だけが入会でき、入会するときはそれまでの生活と一切縁を切ることが条件だそうです。もちろん家族とも」

「タラの話では、娘のジョーダンも超能力者だそうだ」

ワイリックは眉をひそめた。「それで父親が連れ去ったんでしょうか」

「利用するためにか？」

「組織に染まったジャド・ビヤンが、特殊能力を持つ仲間と一緒にいるほうが娘のためになると考えたのかもしれません。子どもは影響されやすいのでジョーダンのメンタルが心配ですね」

「救出は一刻を争うな。〈フォース・ディメンション〉を辞めた人間をさがして、話ができないか問い合わせてみてくれ」

ワイリックがパソコン画面に向き直ったので、チャーリーはスイートロールをひとつとって所長室に引き返した。


ダラスの別の場所では、オフィスに到着したハンク・レインズ捜査官がタラの件で上官に電話をしていた。

「ハンク、朝っぱらからどうした？」アーネット副長官が尋ねる。

「〈フォース・ディメンション〉という超能力者の集団は、うちの監視対象になっていなかったでしょうか」

「確認するからちょっと待て――ああ、ケンタッキー支部が監視チームを編成しているな」

「ダラスでそれ絡みの誘拐事件が起きたようです」

「わかった。詳しい話は部屋で聞こう」

ワイリックは〈フォース・ディメンション〉のリサーチを続けていた。まずは二年前にユーレカスプリングスで開かれたワークショップの主催者をさがす。

昼ごろ、チャーリーが所長室から出てきた。

「アニーのところへ行ってくる。調査に進展があったらメールをくれ」

ワイリックは画面から目を離さずにうなずいた。

「ちゃんと食事をするんだぞ」チャーリーが釘を刺して事務所を出ていく。

ワイリックはため息をつき、サンドイッチの配達を頼んでから作業に戻った。

四十五分後、配達人がやってきた。

「ミズ・ワイリックにお届けものです！」陽気にドアを開けた配達人は、スキンヘッドの女性が鬼気迫る顔つきでパソコンをにらんでいるのを見てたじろいだ。「あの……」

「ああ、サンドイッチね。そこへ置いて」

配達人はおずおずと入ってきて、指示された場所にサンドイッチの箱を置いた。

「用がすんだらさっさと出ていって」

ワイリックの迫力に、配達人がドアを閉めるのも忘れて廊下へ飛びだす。

「まったくもう」ワイリックはぶつぶつ言いながら立ちあがり、ドアを閉めるついでに給湯室へ行った。

　手を洗い、冷蔵庫からペプシをひと缶出して席に戻る。そして作業を続けながらサンドイッチを食べた。

　一時間後には、アーカンソー州でワークショップを開いたのはアーロン・ウォルターズという男だとわかった。ほかにふたりの名前が浮上する。ひとりはファラ・リー・ウォルターズでアーロン・ウォルターズの元妻だ。もうひとりはピーター・ウェンデル・ロングといい、〈フォース・ディメンション〉のメンバーで、今はアリゾナ州フェニックスにある刑務所に入れられている。ロングは十一歳になる姪を誘拐しようとして、アリゾナ州とニューメキシコ州の境で逮捕されたとある。

　ワイリックはさっそくチャーリーにメールした。

〝関係者の名前がわかりました〟

　チャーリーはアニーと一緒にサンルームにいて、携帯のプレイリストから妻のために選んだ曲をかけていた。お土産は白猫のぬいぐるみだ。毛が長く、黒くて丸い目玉とふわふわしたしっぽがついている。アニーはぬいぐるみを膝にのせて目を閉じていた。音楽を聴いているようにも見える。

　ワイリックのメールを受けとって、チャーリーは返信した。

〝すぐに戻る〟

音楽をとめ、頭の傷にふれないように注意しながらアニーの額にキスをする。「仕事だから行くよ。愛している。また来るからね」

アニーはなんの反応も示さなかったが、ぬいぐるみを離そうとしなかった。何かに執着するのは近ごろではめずらしい。

チャーリーはサンルームの入り口でふり返った。スタッフが近づいて、アニーに話しかけている。アニーは同じ姿勢を保ったままだ。

ロビーで退出時間を書いていると、受付のピンキーに声をかけられた。

「奥様が転んでけがをなさったそうですね。たいへんでしたね」

「お気遣いをありがとう」チャーリーは小さくうなずいた。

ピンキーとはひと悶着あって以来、ずっとぎくしゃくしている。

駐車場へ出て車に乗るとほっとした。そして、そういう自分に罪悪感を覚えた。

5

事務所のガラス戸を開けると、ワイリックが得意そうな表情で待っていた。彼女がそういう顔つきをするのはリサーチがうまくいったときだ。

「じらさないで教えてくれ」

「超能力ワークショップを開いたのはアーロン・ウォルターズという男でした。彼についてそれ以上の情報は見つかりませんでしたが、元妻のファラ・ウォルターズの連絡先がわかりました。それから姪を誘拐しようとして逮捕された〈フォース・ディメンション〉のメンバーの名前と所在地もわかっています」

「ウォルターズの元妻はどこに住んでいる？」

「現在はフロリダ州ボカラトンですが、アーロンもファラも生まれ育ちはケンタッキー州ルイビルでした」

「電話番号はわかるか？」

ワイリックはうなずいて、電話番号や住所をまとめた資料を差しだした。

チャーリーが資料に視線を落とす。「さっそく電話をしてみよう。そのあいだにピーター・ロングが収容されている刑務所の責任者の連絡先を調べてもらえないか？　面会させてくれるかもしれない」

「ぜんぶそこに書いてあります。刑務官の名前はトーマス・ウィルハイトです」

チャーリーはふたたび資料を見た。「そうか。だったらきみも元妻の電話を聞いてくれ」

ワイリックがタブレットと筆記用具を持ってチャーリーのあとに従う。

自分の席についたチャーリーは、資料を机に置いて受話器に手をのばした。ファラ・ウォルターズの番号に発信する。何回か呼び出し音がしたあと留守番電話に切り替わった。

「ミセス・ウォルターズ、ダラスで私立探偵をしているチャーリー・ドッジと言います。少女十二歳の少女をさがしているんですが、お力を貸していただけないかと思いまして。少女は二年間も音信不通だった父親に連れ去られたのですが、その父親が〈フォース・ディメンション〉という組織のメンバーでした。トップを務めるのはあなたの元夫のアーロン・ウォルターズです。娘さんが姿を消してすでに二日が過ぎていまして、クライアントである母親はひどく動転しています。どうか折り返し連絡をください」

チャーリーは電話を切った。「あとは待つしかないな。なんだか甘いものが食べたくなった。できればチョコレートがいいんだが」

「いちばん下の引き出しの左側を見てください」

机の引き出しを開けたチャーリーは目を輝かせた。ポテトチップスやチョコレートバーがぎっしり詰まっている。

「いたれり尽くせりとはまさにこのことだ。きみも食べるか」

ワイリックはうなずき、立ちあがった。ミニバーでふたつのグラスに氷を入れる。

「コカコーラ、ペプシ、マウンテンデューのどれにしますか？」

「カフェインがいちばん多く含まれているのは？」

「マウンテンデューです」

「じゃあそれを」

チャーリーは自分用にペイデイのチョコレートバー、ワイリックにアーモンドが入ったハーシーズのチョコレートバーを選んだ。

それぞれのグラスに飲みものを注いで、菓子の包みを破り、黙々と食べる。

視線をあげたチャーリーは、親指についたチョコレートをなめるワイリックを見てどきりとした。決まりが悪くなってグラスを口に運ぶ。

タイミングよく電話が鳴った。

「わたしが出ましょうか？」

チャーリーは首をふって受話器をつかんだ。「〈ドッジ探偵事務所〉のチャーリー・ドッジです」

「留守番電話を聞きました。ファラ・ウォルターズです。最初に言っておきますが、アーロンとは五年以上会っていませんし、話もしていません。それでもお力になれることがあれば喜んで協力します」

「ありがとうございます、ミズ・ウォルターズ。アシスタントのワイリックにも話を聞かせたいので電話をスピーカーにしてもいいでしょうか」

「構いません。それからわたしのことはファラと呼んでください」

「わかりました。こちらはチャーリーでお願いします。まず〈フォース・ディメンション〉についてご存じのことを教えてください」

「あなたの留守電を聞くまで、そんなものが存在することさえ知りませんでした。何かのグループなんですか？」

「超能力者の集団だと思います」

「あの人ったらまだそんなことをやっているのね。アーロンはむかしから自分を超能力者だと言っていました。自宅にオフィスを構えて、占いのようなことをしたり、なくしたものをさがす手伝いなんかをしたり」

「それで生計を立てていたのですか？」

「そうですね。カウンセリング料以外に、寄付と称して年間五万ドルくらい集めていましたから」

「彼が超能力ワークショップを開催していることはご存じでしたか？」

「いいえ」

「では〈フォース・ディメンション〉の組織がある場所に心当たりはありませんか？　アーロンが土地家屋などを所有していれば、そこが怪しいと思うのですが」

「さあ、どうでしょう。あの人もわたしもケンタッキーの出身ですが、土地を所有しているという話は聞いたことがありません。ただ、あの人は故郷に帰りたがっていました。わたしは田舎町で育ったせいで都会に憧れていたので」

ワイリックがチャーリーのほうへ紙切れを寄こした。

〝子どもの有無を訊いてください。いる場合、現在どこに住んでいるかも〟

チャーリーは了解の印に親指を立てた。

「アーロンとのあいだにお子さんはいますか？」

「いません。わたしは健康上の理由で子どもが産めなかったんです。アーロンには前の結婚でふたり子どもがいて、娘は十歳のときに亡くなったそうですが、息子のほうは根無し草のような生活をしていました。それも六年前から消息不明ですが……。いなくなったときの住所がアリゾナでしたから、今でもフェニックス市警の行方不明者のリストに載っているはずです。こんな情報はあまりお役に立ちませんね」

「そんなことはありません。また何か思い出したらお電話いただけますか？」

「もちろんです。いなくなった女の子が早く見つかりますように」

電話が切れた。

チャーリーはため息をついてチョコレートバーの残りを口に放りこんだ。

「次は刑務所ですね」

チャーリーはうなずき、口のなかのものをのみこんでから刑務官の番号に発信した。

四回めの呼び出し音のあとで男が出た。「ウィルハイト刑務官です」

「お忙しいところ失礼します。ダラスで私立探偵をしているチャーリー・ドッジと――」

「え？　チャーリー・ドッジというと、億万長者のカーター・ダンレーヴィーを救出したあのチャーリー・ドッジですか？」

「はい。今度は子どもの失踪事件を調べていまして、お力を貸していただけないでしょうか」

「私にできることなら喜んで」

「そちらにピーター・ウェンデル・ロングという受刑者が収容されているでしょう。姪を誘拐しようとした容疑で逮捕された」

「ちょっと待ってください。調べます」

受話器の向こうでキーボードをたたく音がする。ロングの記録を確認しているのだ。

「たしかにうちにいますね」

「ロングに面会させていただけませんか？　ロングは十一歳の姪を誘拐して〈フォース・ディメンション〉というカルト組織のようなところへ連れていこうとしたのですが、私がさがしている子どもと状況が似ているのです。十二歳の女の子で、離婚した父親に連れ去られました。母親は別れたときに共同親権にしたままだったので警察に通報しても埒が明かないと、うちを頼ってきたんです。〈フォース・ディメンション〉という組織がどこにあるのか、ロングから聞きだせないかと思いまして」

「そういうことでしたらどうぞ面会してください。ただ、素直にしゃべるかどうかはわかりませんよ」

「それは承知しています」

「いつ面会を希望されますか」

「できるだけ早く伺いたいのですが」

ワイリックがふたたびメモをまわす。

〝ヘリの準備オーケー〟

チャーリーは親指を立てた。

「明日の午前中はどうでしょう？　十一時ごろは？」

「いいですよ。ここまでの道順はわかりますか？」

「住所を教えていただければナビで行けます」チャーリーはメールアドレスを伝えた。

「それでは住所などは追ってメールします」

「面会の内容を録音することは可能ですか？　それから、アシスタントを同席させたいのですが」

「施設に入る前に録音機材を点検させていただきますが、とくに問題ありません。アシスタントとおふたりで面会ですね。それでは明日、お待ちしています。噂の名探偵にお目にかかれるなんて光栄だ」

「恐縮です。では、よろしくお願いします」チャーリーは電話を切った。

「朝七時半に格納庫集合としましょう」ワイリックが即座に言った。「二時間弱のフライトでしょうが、余裕を持って出発したいので」

チャーリーはうなずいて時計を見た。あと一時間もせずに終業時間だ。

「少し早いがもう帰っていい。事務所の電話を留守電に切り替えてくれ。戸締まりはぼくがやる。今日はいい働きをしてくれた」

チャーリーの讃辞に、ワイリックは軽く目を見開いたあと、ポーカーフェイスに戻った。

「子どもが危険にさらされているんですから当然です。帰るときはパソコンをログオフしてくださいね。コーヒーポットはわたしが洗っておきます」そう言って所長室を出る。

チャーリーは机の上のパソコンを見て顔をしかめた。「そのくらい言われなくてもできるさ」

ワイリックはコーヒーメーカーのスイッチを切ってフィルターケースやポットを洗ったあと、給湯室内を点検した。自分のパソコンをログオフし、荷物を持って事務所を出る。

チャーリーも三十分ほどして家路についた。

ハンク・レインズと副長官が話したあと、カルト集団に対するＦＢＩの監視態勢が強化された。ハンクはケンタッキー支部の担当者に連絡して、施設のある場所へ案内してもらえるよう調整した。

二日後にケンタッキー州のレキシントンに行くと告げたとき、パートナーのルイス・チャベス捜査官は意外とすんなり了解した。ふだんならダラスにいる家族のもとを離れたがらないチャベスも、今週はフェニックスから義理の母親が遊びに来ていて家に居づらかったのだった。

ジョーダン・ビヤンは男たちが旧館と呼ぶ建物に閉じこめられていた。古ぼけてはいるが電気もつくし水も出る。窓は内側からも開けられるものの、窓枠にはもれなく鉄格子がはまっていた。奥の部屋はスポーツジムのシャワー室のようなつくりになっていて、さびたシャワーヘッドからぽたぽたと水がしたたっている。ベッドはどれもきしみがひどく、マットレスに穴が空いて、なかにネズミが巣をつくっている形跡があった。

ずらりと並んだベッドのひとつに古い懐中電灯が置いてあった。電池が切れているが武器にはなる。ロッカーに一メートル五十センチほどの角材が入っているのも見つけたので、入り口のほうへ運んできた。やることがすむとベッドの上に座っているしかなかった。だだっぴろい部屋にひとりぼっちでいると心細さが戻ってくる。母の待つ家に帰れるのなら何を差しだしても惜しくないと思った。

太陽が傾いてきた。薄気味悪さを少しでもなくそうと片っぱしから電気をつけてまわる。バッグの置かれたベッドのほうへ戻ろうとしたとき、視界の端で何かが動いた。そちらをふり返って悲鳴をあげる。

体長が二メートルはあろうかというガラガラヘビが床を這っていたのだ。ジョーダンの悲鳴に反応してヘビがとぐろを巻き、しっぽを揺らして警戒音を発した。

心臓がぎゅっと縮み、息が苦しくなる。ヘビには近づきたくないが、放置するわけにもいかない。あんなものが部屋のなかにいてはおちおち眠ることもできない。角材をバットのように構えてヘビとの距離を詰める。

ヘビが赤い舌を炎のように動かして威嚇音を大きくした。今にも飛びかかってきそうだ。

角材が届く距離になったところで、ジョーダンは力いっぱいヘビを殴りつけた。ヘビがひるんで逃げようとしたところをもう一度、打つ。涙を流し、悲鳴に似た声をあげながら何度も打った。ヘビの胴体から血がにじみ、頭がもげそうになる。やがてヘビは動かなくなった。

棒の先端でヘビの死骸を入り口のほうへ押しやる。次に入ってくる誰かへのプレゼントだ。

ジョーダンは部屋を見渡した。ほかにもヘビがいるかもしれないし、床のあちこちに血のあとがついている。夜中にそれを踏んだらと思うとぞっとした。

血を拭くものはないかとさがしているとき、背後の暗がりでかさかさとこすれるような音がした。またヘビかと思って角材をふりあげると、逃げていく三匹のネズミが視界に入った。異常に大きい。

「もういや！」ジョーダンは叫びながら角材をふりまわした。近くの窓ガラスが割れる。衝動的に片側にはまっている窓ガラスを一枚残らず割った。

外から男たちの声が聞こえてくる。異変に気づいて様子を見に来るのだろうが、ジョーダンはそれどころではなかった。

出入り口でヘビの死骸をむさぼっているネズミを見つけたとき、ジョーダンのなかで何かが弾けた。怒りの声をあげながらネズミに突進する。逃げようとしたネズミを踏みつぶし、角材でたたいてとどめを刺した。もう一匹も始末する。

角材を剣のように構えたジョーダンは、足を広げて部屋の中央に立った。髪をふり乱し、目をらんらんと輝かせて、肩で呼吸する。

ドアが勢いよく開いて、飛びこんできた男がヘビの死骸を見て足をとめた。うしろから来た男がぶつかって、つんのめった男が血まみれのヘビとネズミの上に倒れる。

男は悲鳴をあげて立ちあがろうともがいた。

旧館の前に続々と人が集まってくる。ヘビとネズミの死骸を前に角材を構えた少女を見て、男たちは言葉を失った。

そのあいだを縫ってジャドが部屋に入ってきた。ジャドはヘビを見てぎょっとしたあと、ジョーダンのほうへ手を差しだした。「こっちへおいで。こんなところにおまえを寝かせるわけにはいかない」

ジョーダンは頑として首をふり、角材を持ったまま一歩さがった。

「近づいたら殴ってやる」

ジャドが手をひっこめる。

無線機から状況説明を求めるアーロンの声が響いた。無線機を持っている男が騒ぎの原因について説明する。

「わかりました、マスター。ただちに」

男は無線機をおろすとまわりの男たちに指示した。「アークエンジェル・トロイ、彼女の荷物を持て。ほかの少女たちのいる宿舎に移せとのご指示だ」

ふたりの男がジョーダンに近づく。

ジョーダンは角材をバットのように構えた。

「来ないで！」

死に物狂いで抵抗する娘を見て、ジャドは泣きたくなった。手や腕には血が飛び散っていて、頬や服も薄汚れている。

「この子の言うとおりにしてやってくれ」ジャドが男たちに向かって懇願した。「ぼくが連れていくから」

ジョーダンもこんなところで抵抗を続けても無駄だということはわかっていた。下手をするとまた鎮静剤を打たれるかもしれない。近づいてくるジャドを見ながら、角材を床に落とし、両手をあげる。

「そんな真似（まね）はしなくていい」ジャドが言う。

「だって今から行く場所は監禁用の部屋なんでしょう？」

ジャドがため息をついた。

「あなたたちは子どもを犯そうとしている変態で、わたしは生贄（いけにえ）なんでしょう？」

ジャドが何も言わないので、ジョーダンは両手をあげたまま、ヘビとネズミの死骸をまたいで外へ出た。

ガラスの割れる音や叫び声は、少女たちのいる建物にも届いていた。新入りの女の子が到着早々にアークエンジェルたちを殴ったのを見ていたので、隔離された理由もわかっていた。その女の子が両手を上にあげて自分たちの宿舎のほうへ歩いてきたのだから、少女たちの驚きは相当のものだった。

「あの子を見て。血だらけじゃない。何があったのかしら？　殴られたとか？」

「わたしたちにも暴力をふるうかしら？」

ミランダ・パワーズは新入りの度胸に舌を巻いていた。「そんなはずないよ。あの子は不安なだけ。わたしたちがここに連れてこられたときみたいにね」

女の子たちはうなずきながらも自然と部屋の隅に集まって、入ってきたジョーダンを遠巻きにした。

「この子には必要なとき以外、話しかけるな」アークエンジェルが命令する。

少女たちは首を垂れて視線をそらした。

「おまえはここで寝るんだ」使っていないベッドにジャドが荷物を置く。「どこに何があるかはみんなに教えてもらいなさい。もうすぐ夕食の時間だから体の汚れを落とすんだ。そんな格好では食堂へ入れないぞ」

「もうパパじゃないんだからあれこれ指図しないで」ジョーダンがきっぱりと言って背を向ける。

ジャドは傷ついた表情を浮かべながらも、ほかの男たちと一緒に部屋をあとにした。

ドアが閉まると同時に、ジョーダンは少女たちをふり返った。みんなが息を詰めてこちらを見つめている。何かされるのではないかと心配しているのだろう。必要なこと以外話すなと指示されていたのを思い出して、無言のまま壁のほうを向いてベッドに横になった。

「食事の前に着替えないの？」

声をかけられてもジョーダンは返事をしなかった。目を閉じて少女たちのささやき声やくすくす笑いに耳を澄ます。しばらくしてドアが開き、少女たちが出ていく足音がして、外から鍵がかけられた。

胃が抗議の音をたてる。だが、あの男たちの言いなりになるくらいなら空腹に耐えるほうがましだ。

部屋のなかにひとりになったので、ジョーダンは室内を探索することにした。入り口は先ほど少女たちが出ていったひとつだけだ。窓に鉄格子はないものの、頑丈なワイヤーの網戸がはまっているので逃げることはできない。

女の子の部屋なのに鏡が一枚もないのが奇妙だった。本棚には超能力や心霊関連の本を中心に、占星術や育児に関する本も並んでいる。どう見ても十代前半の子ども向けではない。

古めかしい冷蔵庫にはボトル入りの水しか入っていなかった。ソファーが置かれたささやかなスペースがあり、木の椅子が並んだ長い作業台もあった。作業台の上に男物の服が山積みになっているところからすると、少女たちは繕いものをやらされているようだ。

自分のベッドに戻り、足もとにたたんであった毛布を広げて繭のように体に巻きつける。夜のあいだに逃げるチャンスが訪れるかもしれないので、パジャマには着替えたくなかった。壁のほうを向いて横たわる。

足音が近づいてきて、少女たちが帰ってきたのがわかった。ドアが閉まり、鍵がかけられる。監禁されているのはさっきと変わらなくても、同じ境遇の子どもたちと一緒だと思うと緊張がゆるみ、ジョーダンはいつの間にか眠りに落ちていた。


電話が鳴ったのは朝の四時だった。アニーに何かあったのではないかと慌てて携帯をとったが、発信者はワイリックだった。

「どうした？」

「巨大なハリケーンが近づいています。今日の面会をキャンセルするか、ハリケーンの前に移動するか、どちらにします？　一時間以内にハンガーに来られるなら飛べます」

「ハンガーで会おう」チャーリーはそう言ってベッドから出た。シャワーやひげ剃りは省略する。

記録的なスピードで着替えをし、荷物を持って玄関を飛びだした。この時間帯なら渋滞はないだろうが、急がなければならない。ハイウェイにのったとき、すでにワイリックと約束した一時間の三分の一が過ぎていた。

チャーリーとの通話を終えたワイリックは着替えてベンツに乗りこんだ。チャーリーが面会をキャンセルしないことはわかっていた。こんな時間に整備士を起こすのは忍びないので、先に行ってフライトの準備をしなければならない。

整備士のベニーには昨日、電話をしてヘリの整備を頼んでおいた。機体をハンガーから出すくらいはひとりでできる。うまくいけばハリケーンがダラスに到達する前に離陸できるだろう。

いつもなら尾行を気にするところだが、今日はさすがにそんな余裕もない。ハイウェイを走る車のあいだを縫うようにすり抜けて、速度を落とすことなく一般道へ降りた。合流地点の手前で左右を確認し、一時停止の標識を無視して右折する。

十分後、ベンツがハンガーを見おろす高台に到達した。アクセルを踏んでいっきに丘をくだり、そのままの速度でゲートを抜けて、タイヤをきしませながらハンガーの横に車を横づけする。

デジタルロックに暗証番号を打ちこんだあと、シャッターが開くのを足踏みしながら待った。

ハンガーに入ってすぐライトをつけてまわり、牽引装置を操作してヘリを外に出した。ベンツをハンガー内に入れ、荷物をとって施錠する。

まだ薄暗いので、懐中電灯の明かりを頼りにヘリの外観チェックをした。最後の項目を点検しているとき、風が変化した。遠雷が聞こえて南の方角へ目をやる。暗い空がぴかりと光って、また暗くなった。

「チャーリー、早くして。時間がない」祈るようにつぶやいて点検を終える。

操縦席のうしろに小さなクーラーボックスが置いてあった。ベニーが気を利かせて積んでくれたのだろう。エンジンをかけて計器類を確認する。チャーリーはまだ現れない。ローターがまわりだしたとき、高台にヘッドライトが見えてほっとした。チャーリーのジープにちがいない。

操縦席から飛びおりて近づいてくるヘッドライトに手をふり、ハンガーへ車を入れろと合図する。

「ヘリに乗って！」車を降りたチャーリーに向かって叫んだ。それからハンガーのシャッターを閉め、セキュリティーシステムをオンにする。

自分も操縦席に飛び乗ってシートベルトを締めた。ヘッドセットをつけてローターの回転数をあげる。

副操縦席のチャーリーは、ワイリックを二度見した。今日の彼女は白いTシャツにデニムジャケット、ブルージーンズという簡素な服装で、奇抜なメイクもしていなかったからだ。

滑走路を飛ばされていくゴミが、ハリケーンの接近を知らせている。ワイリックはチャーリーのほうを見てうなずいたあと離陸し、飛行場の上を半周して針路を西にとった。飛行場がハリケーンにのまれるまで、あと十五分もないだろう。

チャーリーがヘッドセットをつけ直して口を開く。「きわどかった。電話してくれて助かったよ」

「昨日の夜から怪しいと思っていたんです。天気予報を見なかったんですか？」

「きみはチェックしたようだな」

「パイロットなんだから当たり前です」

チャーリーは肩をすくめた。

そのあとは会話もなく、チャーリーはうとうとしはじめた。

ワイリックはガムを噛みながら、ブラックコーヒーを切望していた。いつものファッションやメイクなしでは服を着ていないような心もとなさがある。その状態でチャーリーの隣にいなければならないとなるとなおさらだ。

一時間ほどしてクーラーボックスのことを思い出し、チャーリーの腕をつついた。

チャーリーがはっと目を覚まして、外を見る。「なんだ？」

「カフェインがほしいんです。操縦席のうしろにクーラーボックスが置いてあるでしょう。スニッカーズとペプシを」

「キーワードは？」

ワイリックは眉間にしわを寄せた。自分で自分の首を絞めてしまった。「プリーズ！」

チャーリーは声をあげて笑い、クーラーボックスを開けて中身を確認した。冷えたペプシを二缶とりだし、プルタブを開けてワイリックに差しだす。自分の分は太もものあいだに挟んで、今度はチョコレートバーをさがしはじめた。

ワイリックは喉を刺激する炭酸の感覚に目を細めた。ごくごく飲んで、カフェインが効いてくるのを待つ。

続いてチャーリーがくれたスニッカーズの包みを歯で裂いて、むさぼるように食べた。だんだん眠気が覚めてくる。これでフェニックスまで持つはずだ。

6

フェニックス・スカイハーバー国際空港の管制塔を呼びだして着陸の指示を受けるころには太陽が高く昇っていた。それでも七時になったばかりなので、十一時の面会時間までどこかで時間をつぶさなければならない。

管制官の指示に従って、短い滑走路沿いに立つハンガーの近くにヘリを着陸させたワイリックは、後部座席に積んであった荷物をとってストラップを肩にかけた。

チャーリーがすかさずバッグを奪って自分の肩にかける。ワイリックが何か言おうとすると人さし指を立てた。

ワイリックは肩をすくめた。

「どういたしまして」チャーリーがそう言いながら、さっさとレンタカーの受付へ向かう。

あてがわれた車は最新モデルの白いジープ・ラングラーだ。

「悪くないじゃないか」チャーリーがつぶやくと、ワイリックが鍵を差しだした。

「運転したそうなので」

チャーリーはにっと笑って鍵を受けとった。

「まずは朝飯だな。どこがいい？」

「アイホップ」答えると同時に最寄りの〈アイホップ〉を調べはじめる。

「了解」

荷物を積んで街へ出る。いちばん近い〈アイホップ〉は混んでいたので少し待たされたが、十五分ほどでボックス席に通された。

ワイリックに対する周囲の視線はいつもより穏やかだった。派手なメイクやファッションがないせいか、店員も客もワイリックをがん患者と認識するだけで、ひそひそ話をしたりつっかかってきたりはしない。

しかし当のワイリックは同情されるのが何よりもいやらしく、終始こわばった表情をしていた。

給仕係が来てコーヒーを注ぎ、注文をとる。

ワイリックはホイップクリームと果物をトッピングしたベルギーワッフルを選んだ。

彼女の注文があまりにも自分の予想どおりだったので、チャーリーはむしろ困惑した。相手の行動パターンが予測できるくらい長く一緒にいるということなのだろう。

食べものの好みなら知っていても害はないが、それ以上となると別だ。ワイリックはあくまで信頼できるアシスタント。〝友人〟という言葉が適当かどうかわからないが、そのあたりでとめておかなければならない。そんなことを考えながら、チャーリーはコーヒーに砂糖を入れた。

ワイリックが怪訝（けげん）そうな顔をする。「いつからコーヒーに砂糖を入れるようになったんですか？」

チャーリーはわれに返ってスプーンを置き、しかめ面をした。

「今日からだ」

「ねえ、起きて」誰かがジョーダンの肩をやさしく揺さぶった。

勢いよく起きあがると、性格のよさそうな女の子がタオルとスポンジを持ってベッドの横に立っていた。

「汚れを落とさないと食事ができないよ」女の子はそう言って、手にした洗面道具をジョーダンに渡した。「シャワーは廊下の先を左に曲がったところ。石鹸（せっけん）とシャンプーはシャワーブースのなかにあるから。無駄遣いすると怒られるから気をつけてね」

ジョーダンはベッドの脇に足を垂らした。

「ありがとう」

「わたしはミランダ・パワーズ。ミランダって呼んで。あなたはジョーダン・ビヤンでしょう？」

ジョーダンは眉をひそめた。「どうして知っているの?」

「昨日、ここへ到着したときにアークエンジェル・ジャドの声が聞こえたから」

いやな記憶がよみがえる。

「わたしのバッグはどこ?」

「クローゼットに移動しておいた」ミランダはクローゼットを指さした。右の足から左の足へ体重を移して、もっと話したそうなそぶりを見せる。

「ねえ、どうして服に血がついたの?」

「最初に連れていかれた部屋に大きなヘビとネズミが出たから」

ミランダが音をたてて息をのみ、不安そうに床を見まわす。

ジョーダンは構わずクローゼットへ向かい、バッグから着替えを出してシャワー室へ行った。片側の壁に沿って一定の間隔でシャワーが並んでいて、四人の少女が体を洗っていた。体毛がまったくないほど若い子もいれば、もう少し成熟した子もいる。

荷物をベンチに置いて服をぬぐ。蛇口をひねってシャワーに入ると、ほかの女の子たちがちらちらこちらを気にしているのがわかった。目が合うとすぐに顔を伏せる。

口を利くなと言われたからだろうと結論づけて、構わずシャンプーに手をのばした。少量を手にとって泡立て、頭皮がひりひりするまでよく洗う。泡を流して今度は石鹸をつかむ。

五分ほどで水をとめ、体を拭いた。ほかの女の子たちに倣ってぬれたタオルを物干しにかけ、もう一着しかない普段着に着替える。すてきなレストランに行くときのためにおしゃれな服も持ってきていたが、どう考えてもここにはふさわしくない。ぬれた髪をとかし、荷物をまとめてクローゼットに戻した。ほかの少女たちはドアの前で列をつくっていた。

「食事のたびに並ばなきゃならないの？」

ミランダがうなずき、カールした赤いおくれ毛を耳にかけた。

「どうしてみんな、あの人たちの言いなりなの？　こんな馬鹿みたいなことをさせられて腹が立たないの？」

誰も返事をしないので、ジョーダンは両手をぎゅっと握った。

「わたしは全力で反抗するつもり。あんな年寄りとセックスするなんてまっぴらだもの。だいいち、それって犯罪だよ。レイプなんだから。法律に違反しているんだからね」

見たこともないほど青い瞳をしたブロンドの女の子がふり返った。

「反抗なんてしたらぶたれるだけよ」

「あなたの名前は？」

「バービー」

「バービー、あの人たちの行動を変えることはできないかもしれないけど、自分の行動は自分で決められるんだよ。わたしはおとなしく従うなんていや」

「やるだけ無駄よ。そのうちわかる」別の女の子が言った。

鍵が開く音がして、女の子たちがはっと口をつぐんだ。

「男たちの顔を見ちゃだめだよ」ミランダが注意する。少女たちはみんなうつむいていた。ジョーダンは顔をあげてドアをにらんだ。

チャーリーはパンケーキの最後の一切れで皿に残ったシロップをぬぐい、口に運んだ。続いてベーコンを平らげる。ワイリックもコーヒーを飲みほした。

「ああ、うまかった」チャーリーが時計を見る。「約束の時間まで一時間半ほどあるな」

「嵐のせいで予定より早く到着したと刑務官にメールを打ちました。到着に合わせて面会時間を早めてくれるそうです」

「それは助かる」チャーリーは伝票をつかんだ。

「店を出る前に化粧室へ行ってきます」

「じゃあ先に車へ行ってるから」

ワイリックが化粧室に入ると、洗面台に女性がいて、個室からもうひとり出てきた。ふたりはワイリックをちらりと見ただけで、手を洗ったり、鏡をチェックしたりした。

この格好なら他人とトラブルになることはないのだと改めて思う。それでも自分流のフアッションやメイクをあきらめるつもりはなかった。周囲にショックを与えたくてやっているわけではない。世間の凝り固まった価値観に対するささやかな抵抗だ。用をすませて洗面所を出たワイリックは、顔をあげ、モデルのように自信たっぷりのウォーキングで店を出た。

7

ハンドルを握るチャーリーの横で、ワイリックはノートをとりだした。

「ピーター・ウェンデル・ロングが〈フォース・ディメンション〉のメンバーなら、特殊能力者だと仮定して質問を考えないといけませんね」

チャーリーは眉間にしわを寄せた。「どうかな。そもそもぼくは超能力の類は信じていない」

「そうだと思いました。彼が非協力的な態度をとった場合、ここに書いた三つの質問をしてもらえますか。答えが得られなくても構いません」

「相手が答えないのに質問してなんの意味がある？」

「少なくともわたしが満足します」ワイリックはノートのページを破いて小さく折り、チャーリーのシャツのポケットに入れた。

「わかった」

それから三十分ほどで刑務所に到着する。チャーリーが中央の建物に近い駐車場に車を入れ、エンジンを切った。

「殺風景ですね」

ワイリックは高いフェンスの上にとぐろを巻く有刺鉄線に目をやった。周囲は砂漠で、つむじ風が砂を巻きあげながら遠くを移動していくのが見える。

車から降りると、砂ぼこりに交じってセージの香りがした。

「最初に持ちもの点検があるぞ」チャーリーが入り口に向かいながら言う。

そんなことはとっくに承知していた。Tシャツとジーンズという地味な格好にしたのも、いつものキャットウーマンのような服装では犯罪者だらけの施設に入れてもらえないだろうと思ったからだ。

「そこらじゅうに砂が積もっているな」チャーリーがぼやく。

建物に入って受付で必要事項を記入し、手荷物検査を受けた。それから広い面会室に案内される。テーブルがいくつも置かれていて、面会に来た家族と受刑者が話をしていた。入り口に武器を持った刑務官が待機している。

チャーリーは案内係に向かって、空いているテーブルを指さした。「あそこで待っていてもいいですか？」

「空いているところならどこでも構いません。じきに受刑者を連れてきます。面会のルールは読みましたね？　くれぐれも違反のないようにお願いします」

テーブルについたところで、チャーリーはワイリックを見た。施設に入ってからひと言も口を利かないし、顔が青ざめている。

「具合でも悪いのか?」小さな声で尋ねる。

ワイリックはチャーリーをひとにらみして視線をそらした。汗ばんだ手をジーンズにこすりつけ、深呼吸する。むかしから、特定の場所が発するエネルギーに敏感なところはあったが、ここは最悪だ。どろどろとした悪意に満ちていて、四方の壁が迫ってくるような圧迫感がある。収監されている人たちの性質を考えると当然なのだろうが……。意識して体の力を抜き、頭を空っぽにする。

十五分ほど待ったところで意中の人物が刑務官に付き添われてやってきた。

「あれがピーター・ウェンデル・ロングです。非協力的なときはポケットの質問をしてくださいね」

ワイリックの念押しに、チャーリーが大げさなため息をついた。

「ぜったいに忘れないでくださいよ」

「心配するな」

ロングは困惑したようにこちらを見ていた。刑務官に促されて席につき、テーブルに身を乗りだす。

思考を読もうとしているのだ。どうやらチャーリーのことを刑事のようなものだと認識したらしい。

「あなたはピーター・ウェンデル・ロングですか?」

「だから面会に来たんじゃないのか。そっちこそ何者なんだ?」

「私はチャーリー・ドッジ、こちらはアシスタントのワイリックです。ダラスで私立探偵をやっていて、目下、行方不明の子どもをさがしています。あなたが調査に役立つ情報をお持ちのようなので、お話を聞かせていただけないかと思いまして」

ロングはワイリックのスキンヘッドをじろじろと見ていたが、チャーリーの発言の意味を理解するにつれ、警戒の表情を浮かべた。

「時間の無駄だったな。おれは何も知らない」

「あなたは姪御(めいご)さんを誘拐しましたね?」

チャーリーの質問にロングの顔が赤黒くなった。

「あれは誘拐じゃない。それにどっちにしても罪を償わされているんだから、あんたたちの質問に答える義務はない」

チャーリーは胸ポケットの紙をとりだして広げた。

「私たちのさがしている女の子は父親と一緒にいます。あなたが誘拐に関与したと思っているわけではありません」

ロングの肩から力が抜けた。「だったらなんでこんなところに来た？」

チャーリーは質問に目を落としてから、ロングを見た。「少女の父親が〈フォース・ディメンション〉のメンバーだと思われるからです。あなたが姪御さんを連れ去ろうとしたのと同じ理由で、自分の娘を連れ去ったのだと思われます」

「ふん、おれには関係のないことだ」ロングは薄ら笑いを浮かべ、背もたれに寄りかかった。

「〈フォース・ディメンション〉はいったいどこにあるんですか？」

ロングはしばらく沈黙したあと、首をふった。「同志を売るような真似はしない」

「せめてどんな場所か教えてもらえませんか？　どこの州にあるのか。町中なのか人里離れた場所なのか。平地なのか、山なのか。いちばん近くの町の名はなんです？」

ロングは目を細くして沈黙を守った。

チャーリーはため息をついた。紙に書いてある最後の質問に目を落とす。

「さらわれた子は家に帰りたい、お母さんに会いたいと思っているにちがいありません。せめて、女の子がどうしてさらわれたのかを教えてもらえませんか？　あなたはなぜ姪御さんを連れていこうとしたんです？　人身売買が目的だとしたら、どうして身内を狙ったんです？」

ロングが両手を握りこぶしにした。「人身売買？　そんなんじゃない。あそこはもっと純粋な場所だ。これ以上、あんたたちに話すことはない」

　ロングが立ちあがった。刑務官が近づいてくる。

「部屋に戻してくれ」

　刑務官が確認するようにチャーリーを見る。

「用件は終わりました」

　刑務官はロングの腕をつかんで面会室を出ていった。

「収穫なしだったな」チャーリーはつぶやき、ワイリックとともに席を立って面会室を出た。

　ワイリックにとっては大収穫だった。調査の突破口が見つかったからだ。興奮を抑えて退出時間を書き、刑務所を出る。砂の積もった歩道を歩きながらも、迷路の先に光を見つけたような充実感を味わっていた。ただし〈フォース・ディメンション〉についてロングから得た知識は胸の悪くなるものばかりだった。

　車に乗り、エアコンが効くまでしばらく待つ。チャーリーが携帯をチェックしはじめる。

　ワイリックはなんの前置きもなく話しはじめた。「〈フォース・ディメンション〉はみずからに特殊能力があると主張する男たちの集まりです」

　チャーリーが顔をあげた。

「ジャド・ビヤンが娘を誘拐した理由もわかりました」

「タラは、娘にもなんらかの能力があるからだろうと言っていたが」

「再婚するためです」

チャーリーが目を見開く。

「自分の身内をひとり連れていけば、それ以外の女の子のなかから妻を選ぶことができるんです」

「そんな、ジョーダンはまだ子どもだぞ」

「少女のほうが洗脳しやすいのでしょう。それにメンバーの身内なら、なんらかの特殊能力を受け継いでいる可能性があります。そういう子に子どもを産ませて超能力者を増やそうとしているんです。ジャド・ビヤンも妻を選ぶために誰かを連れていかなければならなかった。だから娘を差しだしたわけです」

チャーリーの眉間に深いしわが刻まれた。

「吐き気がする」片手で顔をぬぐってから、ワイリックを見る。「でも、どうしてそんなことがわかった?」

ワイリックは肩をすくめた。「ロングの考えていることが映画みたいに見えたからです」

「映画みたいにって……前からそんなことができたのか?」

「さあ。なんとなくできそうな気がしてやってみたら、できました」

チャーリーは質問の紙をとりだした。「それでこの質問をしろと言ったのか。ということは組織のある場所もわかったのか?」

「ケンタッキー州山間部にある深い森のなかです。最寄りの町はショーニーギャップ。そして誘拐されたのはジョーダンだけではありません。十人以上の女の子がとらわれています」

チャーリーはハンドルを握りしめた。「つまり、ジョーダンを助けるなら、ほかの少女たちも助けださないといけない」

「そういうことになりますね。見捨てることはできませんから」

チャーリーは時計を見た。「とにかくダラスに戻りしだい、ケンタッキーへ行く準備をしよう。ハリケーンはもう通りすぎたのか」

「ちょっと待ってください」ワイリックはタブレットをとりだし、キーボードをたたいた。

「どうだ? 今日じゅうに帰れそうか?」

「テキサスの北の端へ遠ざかりました」

「よし。次はショーニーギャップについて調べてくれ」

食堂に入ったジョーダンは黙ってオートミールとトーストを食べた。長テーブルに座っているジャドがちらちらとこちらを見るのに気づいても無視する。

少女たちのテーブルは静かでも、男たちは会話を楽しみながら食べていた。男女が向かい合っているテーブルもある。おそらく〝夫婦〟なのだろう。ぞっとするのは、大して年が変わらないように見える女の子の膝に、丸々とした赤ん坊が座っていることだ。赤ん坊は一歳くらいに見えた。妊娠して九カ月後に赤ん坊が生まれることを考えると、二年近く前に結婚したということになる。母親の年齢からして、自分も十五歳を待たずに同じ運命をたどる可能性が高い。

出産はもちろん、初めてのセックスもかなり痛いと学校の友だちが言っていた。母親からも生理や妊娠のことはひと通り教えてもらった。

奇跡が起きてここを出られないかぎり、そう遠くない未来にレイプされるのだ。

食事が終わるころ、白いローブを着た男が入ってきた。

「あれがセラフィム、マスターだよ」ミランダがささやく。

ジョーダンは眉をひそめた。アークエンジェルとかセラフィムとかいう言葉が何を意味するのかはわからない。ばかばかしくて質問する気にもなれなかった。とにかく、昨日も会ったあの白いローブの男がリーダーなのはまちがいない。

リーダーがふたりの男を呼んでこちらを指さしたので、ジョーダンは青くなった。男たちが近づいてくるのを見て、思わず立ちあがる。

「勝手に立っちゃだめ」ミランダが小声で注意した。

「悪いのはあの人たちで、わたしじゃないもの」

男たちがテーブルの前で足をとめた。一方が口を開く。「マスターがおまえと話したいそうだ。こっちへ来なさい」

ジョーダンはテーブルをまわってローブの男の前へ進んだ。男たちがすぐうしろに立ったので、ふり返ってにらみつける。「うしろに立たないで」

リーダーが手をふると、ふたりの男は離れていった。

ジョーダンは思考を読まれないようにガードしながら、リーダーをまっすぐに見返した。しばらくしてリーダーが口を開いた。「旧館の窓をぜんぶ割ったそうだな」

食堂全体に響くような太い声だった。

「毒ヘビやネズミがいる建物に閉じこめるから悪いんじゃない」同じくらい大きな声で言い返す。

「女！　私に向かって大声を出すな！」

「この部屋に〝女〟なんていません。おじさん以外はぜんぶ〝女の子〟よ。あなたたちみたいな犯罪者に従うつもりはありません」

リーダーが食堂の向こう側にいるジャドをにらみつけた。ジャドが立ちあがろうとしたところで、片手を挙げて制する。

「おまえは今日一日繕いものをしなさい。食事は部屋まで運ばせる。子どもっぽい態度を改めるまで、みなと一緒に食事はさせない」

ジョーダンはくるりと目玉をまわし、馬鹿にしたように笑った。

リーダーが驚愕の表情を浮かべる。

「さっきは〝女〟と呼んだくせに今度は子ども扱いするなんて、ずいぶん都合がいいのね」

その瞬間、アーロン・ウォルターズはマスターという立場を忘れそうになった。アークエンジェルたちが見ていなかったら、ジョーダンの首を両手で締めあげたかもしれない。

「この子を部屋へ連れていけ。年長者に敬意を払わないうちは共有スペースに入ることを禁ずる」

アーロンの目が怒りに燃えているのを見ても、ジョーダンはひるまなかった。ほかの少女たちが立ちあがる。

「おい、おまえ、ここへ来て列に並べ」アークエンジェルが指示した。

ジョーダンが従うと、少女たちは宿舎へ向かって行進を始めた。

宿舎に入るとすぐ、アークエンジェルがジョーダンのほうへ身をかがめた。コーヒーくさい息がかかる。

「スプライトの宿舎を監督しているアークエンジェル・トーマスだ。マスターのおっしゃるとおり、今日は繕いものをしろ。作業の要領はほかのスプライトに教えてもらうんだ。

正午と日没ごろ食事を運んでくる。あとで作業の進捗状況を確認するぞ。おとなしく従ったほうが身のためだ」

ジョーダンはひょろりとした長身の男を、ガラガラヘビに対するのと同じくらいの嫌悪を込めてにらみ返した。「わたしに近づかないでって言ったでしょう」

アークエンジェル・トーマスはむっとして何か言おうとしたが、少女たちが注目していることに気づいて体を起こした。

「この子に作業の仕方を教えて、あとは話しかけないこと。和を乱す存在だからな」

「あんたたちの和なんて入りたくもない！」

ジョーダンはそう言い捨てて、部屋の奥へひっこんだ。

8

アークエンジェルが出ていったあと、少女たちは黙って立ちつくしていた。誰かが作業のやり方を説明しないといけないことはわかっているが、進んで手を挙げる勇気がなかったのだ。セラフィムやアークエンジェルに面と向かって逆らう度胸に感心する一方で、ジョーダンの迫力に気圧（けお）されていた。

沈黙を破ったのはミランダだった。

「わたしが教えるよ」そう言ってジョーダンを追いかける。

ジョーダンは奥の部屋で大きなバスケットの前に立っていた。バスケットはふたつあって、洗濯した男物の服が入っている。近くに折りたたみ椅子も置いてあった。

「繕いものってこれのこと？」ジョーダンがミランダをふり返った。

「そうだよ。あの棚のいちばん上の引き出しに、糸と針、ボタン、糸切りばさみなんかが入ってる。ふつうのはさみは使わせてもらえないんだ」

「ふつうのはさみは武器になるからでしょ」ジョーダンは淡々と言って引き出しを開けた。

手前に針の刺さった針山が並んでいて、奥には裁縫に必要な道具がごちゃごちゃと入っている。

ミランダが説明を続けた。「一着ずつ点検して、どこを直せばいいかさがすの。ほつれているかもしれないし、ボタンがとれているのかもしれない。裾あげが必要なときは折り返してまち針が打ってあるよ。糸は布と同じ色を使うんだけど、なかったらいちばん近い色でいいから」

ジョーダンはうなずいた。椅子を窓のそばに運んでバスケットを引きよせ、片方に服を山積みにして、もう一方は作業がすんだ服を入れることにする。作業の準備ができたところで棚の引き出しを抜いた。

ミランダが慌てた。「何してるの？　決められた場所でやらないと――」

「ここのほうが明るいから」

ジョーダンは白い糸を針に通して針山に戻し、バスケットからシャツをとった。

「お裁縫をやったことがあるの？」

「うちのママは弁護士ですごく忙しいの。家にいないことも多いから、なんでも自分でできるようにってだいたいのことは教えてくれた」

シャツを広げて、ボタンがとれている箇所を見つける。引き出しのなかから似たようなボタンをとりだすと、あっという間にボタンをつけてしまった。

「上手ね。これなら大丈夫だわ」

安心したミランダがこちらを見るのをやめたところで、ボタンホールをぜんぶ縫い合わせる。ジョーダンは何食わぬ顔でシャツを空のバスケットに入れた。

あとでひどく怒られることになるだろうが、言われたとおりにするのは癪にさわる。脅せば従うと思ったら大まちがいだ。

作業をしていると裾のほつれた白いローブが出てきた。あの太った男のものにちがいない。ジョーダンはあざやかな赤い糸を選んで裾をかがった。

そんなふうにして午前中は過ぎていった。正午にアークエンジェル・トーマスがふたりの男を連れてやってきた。ひとりがジョーダンの食事をテーブルに置く。

「薬が入っているかもしれないから、いらない」

トーマスが眉間にしわを寄せた。「薬なんて入れるはずがないだろう。私たちはそんな卑劣なことはしない」

「小児性愛者の言うことなんて信じられない。実の父親だって、わたしの首に薬を注射して、無理やりここへ連れてきたんだから」

過激な発言にたじたじになりながらも、トーマスはできるだけ落ち着いた声で説得を試みた。「誤解しているようだが、われわれは世のなかのためになる活動をしている。〈フォース・ディメンション〉のメンバーはみな特別だ。一般人とはちがう特別な力を持っている。われわれは選ばれし人間で構成される社会をつくろうとしているのだ」

「特別だかなんだか知らないけど、ここにいる女の子たちはあなたたちの手伝いがしたいって言ったの？　無理やり連れてきたんじゃないの？」

少女たちは黙ってトーマスの返事を待っている。

返事に窮したトーマスがふたりの男に向き直った。「スプライトたちを食事に連れていけ」

女の子たちが出ていき、トーマスとふたりきりになったジョーダンは、両手を握りこぶしにしてあとずさった。

「怖がることはない」

「知らないおじさんと部屋にふたりきりで、怖がらないほうが異常でしょう」

トーマスの顔が赤くなった。「痛い思いをさせるつもりはない。おまえにここのすばらしさを理解させる手伝いがしたいだけだ」

「手伝いなんていらない！　あんたたちはみんな頭のおかしい嘘つきよ！　誘拐犯でレイプ犯じゃない。うちのママは弁護士なんだから。ママはジャドがわたしを連れだしたことを知ってる。あんたたちがわたしを殺して死体を燃やしたって、ママはぜったいにここを見つけて仇（かたき）をとってくれる。あんたたちなんてひとり残らず死刑になるんだから。現実を理解したほうがいいのはそっちだよ」

ジョーダンは大きく息を吸うと、トーマスを指さした。「出ていけ！　出ていけ、出ていけ、出ていけ！」

声がどんどん大きくなっていく。トーマスは宿舎を飛びだしてドアを閉めた。ジョーダンが投げた昼食のトレイがドアにぶつかり、皿が床にちらばる音が聞こえた。こぼれたシチューのにおいがドアの隙間からただよってくる。鍵を閉めたトーマスは、アーロンのもとへ急いだ。

新入りのスプライトとやり合ったあと、アーロン・ウォルターズは長い瞑想をした。怒りは能力を減衰させる。マスターとして、そんな事態はあってはならないことだ。

数時間の瞑想のあと、立ちあがって昼食の準備をする。ローブをはおったところで誰かが執務室のドアをノックした。身のまわりの世話をしているアークエンジェル・ロバートが、昼食の時間だと告げに来たのだろう。

「入れ」

予想どおりロバートがドアを開ける。「マスター、お邪魔をして申し訳ありません。アークエンジェル・トーマスが新しいスプライトの件でお話をしたいとのことです」

アーロンは眉をひそめた。

「通せ」深く息を吸って心を落ち着ける。

トーマスが頭をさげ、胸の前で手を組んで入ってきた。

「なんだ」

トーマスが視線をあげた。「新入りのスプライトは、薬が入っているかもしれないと言って食事に口をつけようとしません。父親がここへ来るときに鎮静剤を使ったので、われわれのことも信用できないと主張しています。部屋を出ようとした私に食事のトレイを投げつけました。そして弁護士である母親がジャドの行為を知っている、自分が殺されて遺体を燃やされても、母親が仇をとってくれると言っていました」

トーマスがいっきに言って、震えながら息を吐いた。

アーロンは雷に打たれたようなショックを受けた。これまで失踪した少女の親たちは、娘の身に何が起きたのかまったく知らなかった。その証拠に、少女たちの写真は残らず全国行方不明者リストに掲載されている。新入りの言うとおり、母親がジャドの仕業だと知ったからといって、やすやすとこの施設にたどりつくとは思えないが、まずは真相を確かめないといけない。

「ご苦労だった、アークエンジェル・トーマス。食事に行ってくれ。新入りは不安で虚勢を張っているだけだ。あまり気にするな。そのうち落ち着くだろう」

「わかりました、マスター」

アーロンは呼び鈴を鳴らした。「今すぐにアークエンジェル・ジャドを呼べ。話がある」

「承知しました」ロバートは少女たちがいる宿舎以外のすべての建物とつながっているインターコムを押した。「アークエンジェル・ジャド、マスターがお呼びだ。大至急、本館まで」

食堂に入ったとたんにインターコムから自分の名前が聞こえてきて、ジャドは声を出さずにうめいた。

ジョーダンがまた何かやらかしたにちがいない。

無言で踵(きびす)を返して本館に向かう。正面のドアをノックすると、アークエンジェル・ロバートがドアを開けてくれた。

「こちらへ」

重厚なホールを通って執務室へ通される。ドアは開いていた。

「ありがとう、アークエンジェル・ロバート。食事に行っていい。ああ、ドアは閉めていってくれ」アーロンが言う。

「承知しました、マスター」

ドアが閉まる音にジャドの心臓がびくりと跳ねた。うつむいて両手を組み、おとなしく裁きを待つ。

「アークエンジェル・ジャド、座ってくれ」

ジャドは言われたとおり腰をおろして、すがるように膝をつかんだ。アーロンが向かいに座る。

「わざわざ食事の時間に来てもらったのは、おまえの娘の発言について真偽を確かめるためだ。まず母親が弁護士だというのは本当か？」

「はい、マスター」

「親が自分を見つけてくれると信じるのは当然のことだ。実際、どの子の写真も全国行方不明者リストに掲載されているのだから、親はさがしているのだろう。私が知りたいのは、母親に、きみが娘を連れ去ったと考える根拠があるかどうかだ」

ジャドは内心焦った。「ぜったいにありません。二年以上も連絡をとっていませんし、娘とも会っていませんでした」

アーロンはジャドの心の変化をさぐりながら質問した。「鎮静剤を使ってここまで連れてきたそうだが、家からはどうやって連れだした？」

「娘がひとりで家にいるのがわかっていたので、呼び鈴を鳴らして玄関から入ったんです。娘は久しぶりに父親に会って大興奮でした。市内のホテルに泊まっているから遊びにおいでと誘いました」

「家にセキュリティーは入っていなかったのか？　監視カメラに姿が映っていたのではあるまいな？」

「そこも抜かりなく対処しました。ホテルに泊まることについて母親に訊いてみるというので、こちらから連絡するから支度をしておいでと娘に言いました。あの子が二階の部屋にあがったところで、監視カメラの電源を切りました。むかし住んでいた家ですし、監視カメラを設置したのは私なので造作もないことでした。もちろん自分が映っている映像は消去しました」

アーロンは険しい顔で耳を傾けていた。「そのあとは？」

「娘の部屋に行きました。ノックして返事を待たずに入ったので怒られましたが、すぐに許してくれました。荷造りはほとんど終わっていて、携帯と充電器が枕もとに置いてありました。娘は前の晩から体調が悪く、ベッドで寝ていたのです。娘がバスルームに着替えに行ったので、私は携帯と充電器をバッグに入れたふりをして枕の下に隠し、荷物を車にのせました」

「その前に母親に連絡した可能性は？」

ジャドは背筋をのばした。「部屋にひとりでいたのは短い時間でしたし、話し声も聞こえませんでした。だいいち携帯を使ったなら、電話が終わった時点でバッグに入れていたでしょう」

ジャドが家を出たとき、ジョーダンは小学生だったため、年頃の子どもが電話よりもチャットやメールを好むことや、携帯電話は常に手もとか、ポケットに入れることには思い当たらなかった。

アーロンにも子育ての経験はあったが、子どもに携帯を持たせるような時代ではなく、ジャドの理屈を不審に思わなかった。

「なるほど。では行き先がホテルではないとわかってから、母親と連絡する機会はなかったのだな？」

「はい。鎮静剤を使ったのは、給油をするときに逃げられたり、騒がれたりしないためです。最初は飲みものに混ぜ、二度めは警戒されたので注射を使いました」

アーロンもそれは仕方がないと思った。

「率直に話してくれて感謝する。おかげで疑念が晴れた」

ジャドは頭をさげた。「ご心配をおかけしました」

「いちおう知らせておくが、おまえの娘は食事を拒み、アークエンジェル・トーマスに料理ののったトレイを投げつけたそうだ。ここで出されるものに薬が混入しているのではないかと思っているらしいが、ずっと食べないわけにもいかないな」

「ここへ来るときも、途中からは未開封のお菓子や水にしか口をつけようとしませんでした」

「だから鎮静剤を注射した？」

ジャドがため息をつく。「そうです」

「あの子があんな態度をとるのも無理はないな」

「癇癪を起こして挑発するようなことばかり言うので」

「むかしから反抗的だったのか？」

「いえ、私が家にいるときはそんなことはありませんでした」

「父親が家を出たことを怒っているのでは？」

「それはあると思います」

「わかった。あの子が宿舎に閉じこめられているあいだは、なるべく一緒に過ごすようにしろ。封を切っていない食べものを持っていってやれ。あの子がここの暮らしを受け入れるまで、おまえが一緒に食事をするのだ」

ジャドは心の中でうめいた。今のジョーダンと一緒では、食べものを味わうどころではない。

「まあ、そう言うな」アーロンがにやりと笑う。

ジャドはびくりとした。アーロンがこちらの思念を読めることを忘れていたのだ。

「すみません」

アーロンがもういいというように手をふる。

「さあ、娘の食事を準備しろ。アークエンジェル・トーマスに宿舎に入れてもらって、ほかのスプライトが帰ってくるまで娘と一緒にいるといい」

「わかりました、マスター」ジャドは足早に部屋を出た。

ジョーダンがいやがるだろうし自分だって気が進まないが、マスターの命令はぜったいだ。

9

「昼を過ぎたな。空港へ行く前にどこかで食べるか」

「メキシコ料理はどうですか？」

「いいね。店をさがして誘導してくれ」

ワイリックがタブレットを素早く操作し、評判のよい店をさがした。「決めました。次の信号を右に曲がってください」

「なんていう店だ？」

「〈コシナ・マドリガル〉といって、グルメサイトで五つ星を獲得していますし、食べた人のコメントもすごくいいです」

目的の店はすぐに見つかった。砂色の地味な建物の前に車をとめたチャーリーは、眉をひそめた。「あんまり流行（はや）ってなさそうだな」

「要は中身です。わたしだって外見は人に好かれるほうじゃありません」

チャーリーはワイリックをにらんだ。「誰もきみのことなんて言ってないだろう」

ワイリックはとくに言い返さず、さっさと車を降りた。チャーリーを待たずに入り口へ向かう。

「まったく腹の立つ女だ」チャーリーはぶつぶつ言いながらあとを追いかけ、ワイリックより数歩遅れてレストランに入った。

給仕係がワイリックの頭をじろじろ眺める。「おひとりですか」

「ふたりよ」ワイリックがうしろを指さした。「出入り口がよく見える壁際の席にして。逃亡中だから」

チャーリーは片方の眉をあげた。

スキンヘッドを無遠慮に見つめていた給仕係が顔色を変えてメニューをとる。そしてチャーリーの鋭いまなざしを見てますます怯(おび)えた顔をした。「こ、こちらへどうぞ」

給仕係に続いてレストランの奥へ進む。案内されたのは厨房(ちゅうぼう)に近い壁際の席だった。

チャーリーはハードボイルドな探偵を気取って店内を見渡した。「ふん、悪くない席だ」

「そうね」席についたワイリックは、給仕係からメニューを受けとってすぐにテーブルの上に伏せた。「ネットでメニューを見たから、注文は決まっているの」

チャーリーはメニューを開きかけたところで動きをとめた。「ひょっとしてぼくの注文も決まっているとか?」

「牛ヒレステーキのタコスでしょう」

「そんなメニューがあるのか?」チャーリーはメニューを開いた。

「いかにもあなた好みだわ」

給仕係が水を運んできた。「ご注文はお決まりですか?」

「わたしはマッシュルームのエンチラーダ」

「牛ヒレステーキのタコスで」チャーリーはそう言って水を飲んだ。

「前菜はいかがですか?」

「ワカモレチップスでいいかしら、ハニー?」

チャーリーはむせた。

「か、かしこまりました」給仕係が怯えた表情で遠ざかっていく。

「誰がハニーだ」

ワイリックが大きく息を吐き、唐突に言った。「あの施設は最悪でした」

「ああ……そうだな」

ワイリックが他人の考えていることを映像で見られるくらい敏感だとしたら、ほかの受刑者たちの考えていることに影響を受けないはずがない。

チップスとアボカドディップが運ばれてきた。胃に食べものが入ると、ようやく人心地がついた気がした。

「ショーニーギャップまでヘリで移動できるだろうか?」食べている最中にチャーリーが

質問する。

「無理でしょうね。人口二百五十人以下の町ですし、アパラチア山脈のどまんなかにヘリが降りられるような平地があるとは思えません。この地図によると山に通じる道路があるので車で行きましょう。山に入ったら宿泊できそうな場所はなさそうだけど、事務所にテントはありますか？」

「二張りあるが、最低でもクマはいるだろうから同じテントで寝起きしたほうが安全だ」

「最悪ですね」

「ぼくと同じテントに寝るよりクマのほうがましというなら――」

ワイリックはつまんだチップスをチャーリーのほうへ突きだした。「最悪なのはクマのほうです。あなたは怖くありません」

「それはよかった」チャーリーは大げさに胸をなでおろした。「ぼくはある意味、クマよりきみのほうが怖いけどね」

ワイリックが鼻にしわを寄せる。

メイン料理が運ばれてきた。マッシュルームのエンチラーダをひと口食べて、ワイリックが至福の表情を浮かべる。

「おいしい！」

ワイリックはすっかり上機嫌で自家製のピコ・デ・ガヨ（トマト、タマネギ、トウガラシでつくるサルサ）をのせたライスと豆を同時に頬張った。

チャーリーの牛ヒレステーキタコスは、あたたかなトルティーヤで巻かれた牛肉の旨味とスパイスの加減が絶妙だった。夢中で一個めを平らげて顔をあげると、ワイリックがにやにやしながらこちらを見ていた。

「そんなにおいしいですか?」

「きみにはやらないからな」そう言って二個めのタコスにかぶりつく。

次の瞬間、ワイリックが楽しげな笑い声をあげた。チャーリーの胸がぎゅっと締めつけられる。

だめだ、チャーリー、そっちの領域に足を踏み入れてはいけない。必死で自分に言い聞かせて、食事に集中しているふりをする。

メインを食べおわるころ、給仕係が戻ってきた。

「デザートはいかがですか?」

甘いものに目がないワイリックが断るはずもない。

「ネットの写真で、プリンの上にキャラメルクリームみたいなのがかかっているのを見たんだけど」

「たぶんレチェフランでしょう。シナモンシュガーチュロスがついています。とってもおいしいですよ」

「フランというのはプリンみたいなものだろう?」

チャーリーの質問に給仕係がうなずく。

「パイはあるかな?」

給仕係がほほえんだ。「濃厚なメキシコふうのチョコレートパイはいかがでしょう。ホイップクリームとナッツとドルチェレチェがかかっています」

「ドルチェレチェっていうのはキャラメルソースのことよ」ワイリックが注釈を入れる。

「ぼくだってそのくらい知ってるさ」

「あらそう」

「そのパイをもらうよ」チャーリーはワイリックを無視して言った。「それとコーヒーも頼む」

給仕係がうなずき、ワイリックをちらりと見る。

「わたしはアイスティーを」

給仕係がテーブルを離れてから、チャーリーは言った。「さっきの話の続きだが、テントのほかに何を準備すればいい?」

ワイリックは考えこんだ。「ひょっとしてドローンを持っていませんか」

「いや、持っていない。何に使うんだ?」

「施設が森のなかにあるなら上空からさがしたほうが効率的だと思って。いいです。わたしが用意します」

「ドローンなんて持っているのか？」

「ドローンの製作会社を所有しているので。寝袋はありますか？　予備がないなら買いますが」

「キャンプ道具はひと通りそろっている。ＭＲＥもあるから持っていこう。食事のたびに火を熾すと敵に見つかるかもしれない」

「ＭＲＥって？」

「軍隊用の携行食だよ。野外訓練のときに兵士が食べるやつだ」

「まずそうですね」

チャーリーがにやりとする。

デザートが運ばれてきた。ふたりは自分のデザートと相手のデザートを見くらべたあと、同時にスプーンをとった。

10

　ダラスまでのフライトは朝よりも揺れたし、時間も余分にかかった。別のハリケーンを避けて飛行しなければならなかったからだ。

　離陸から三時間後、ようやくハンガーに到着する。

「今日は疲れただろうしこのまま帰ってくれ。明日の朝八時にぼくのタウンハウスに集合としよう。数日分の着替えと、山歩き用の靴と靴下、レインウェアも忘れずに。アウトドア用のリュックはあるか？」

「あります。通信関係はこちらで準備しますから、キャンプ用品はお願いします」

「わかった」

　チャーリーがヘリを降りると、ちょうどベニーがハンガーから出てきたところだった。

「今夜を境にベッドの上で眠るのは当分お預けだろうな。よく休んでくれ」

　ワイリックはうなずいた。

　チャーリーがヘリから離れ、ベニーに声をかける。それを見つめるワイリックの脳裏に、バスタオルを腰に巻いただけのチャーリーの姿が浮かんだ。前の依頼でダンレーヴィー家に滞在しているとき、偶然見てしまったのだ。

ため息をついてチャーリーから目をそらす。ジープがハンガーを出ていくときも、手をふりたい気持ちと懸命に闘った。


窓際の作業場にいたジョーダンの耳に、ドアの鍵が開く音が聞こえてきた。食事が終わったにしてはずいぶん早い。

ひょっとするとドアにトレイを投げつけた件でお仕置きをされるのかもしれない。

不安を押し殺して作業に集中しているふりをする。引き出しに手を入れ、膝の上のシャツのボタンとよく似たボタンをさがした。

片づけがどうとかいう会話が聞こえて、足音がこちらへ近づいてきた。

顔をあげると、食事ののったトレイを手にしたジャドがいた。おだやかな表情だ。

「休憩しないか？　未開封の食べものを持ってきた。一緒に食べれば薬が入っていないことがわかるだろう」

空腹だったが、裏切り者に愛想よくするつもりはない。無言でシャツを置いて立ちあがる。

「作業台で食べよう」ジャドがトレイを台に置いた。「冷蔵庫に水のボトルがあるからほくの分も持ってきてくれ」

言われたとおりにしてジャドの向かいに座り、ボトルを作業台の中央に置く。

「ありがとう」

ジャドが紙皿とフォーク、ソーセージの缶詰をジョーダンの前に置いた。箱入りのクラッカーとオートミールクッキーもある。どちらも未開封だ。

ジャドが自分にも同じメニューを用意するのを見て、本気で一緒に食べるつもりなのだとわかった。どう受けとめればいいのだろう?

「缶詰を開けてやろうか?」

ジョーダンは首をふり、自分で缶詰を開けた。紙皿にソーセージを出してクラッカーと水のボトルに手をのばす。

ジャドが肩をすくめて食べはじめた。最初のうちは会話をしようといろいろ話題をふってきたが、ジョーダンが返事をしないでいるとあきらめたようだった。

ジャドと一緒に入ってきた男が、散乱した食器やトレイを片づけた。床をきれいにしてから外に出て鍵を閉める。

一時間ほどして少女たちが戻ってきた。入れちがいに、ジャドが食べおわった食器や紙くずをまとめて部屋を出る。

ジョーダンが父親と食事をしたことを知って、少女たちが不思議そうな顔をした。自分たちは親戚や家族と接触することを禁止されているからだ。

いちばん度胸のあるミランダがジョーダンのそばへ来た。

「どうしてお父さんと一緒だったの？」

ジョーダンは肩をすくめた。「わたしがあなたたちの出すものは食べないと言って、トーマスとかいう人にトレイを投げつけたからじゃない」

ミランダのあとをついて作業場に入ってきた女の子たちは、ジョーダンの話を聞いて息をのんだ。

「どうして食べなかったの？　朝ごはんは食べたのに」

「朝はみんな同じ鍋からよそっていたから、わたしの分だけ薬が入っていることはないと思ったの。でもひとり分だけ運ばれてきたらわからないでしょう」

ミランダは口を開けたが、言葉が出てこなかった。

「どうして薬が入っていると思ったの？」ブロンドに青い瞳のバービーが質問する。

「ここに連れてこられるとき、ジャドに二度、薬を盛られたから」

「まあ！」バービーがミランダの隣に座った。「それはひどいけど、あなた、お父さんを名前で呼ぶのね」

ジョーダンはシャツから視線をあげた。「あんな人、父親じゃない。二年前に出ていったきり連絡もなくて、二日前にいきなり現れたかと思ったら、飲みものに薬を混ぜてわたしを眠らせたんだから。そのあと警戒してあの人がくれるものは食べないでいたら、いきなり首に注射器を突きたてた。あんなやつ大嫌い。ここにいる男はみんな嫌い。悪者ばっかりだから」

話を聞きながら、仕上がった衣類の入ったバスケットをいじっていたミランダが声をあげる。「ちょっとジョーダン！　ボタンホールをぜんぶ縫っちゃったの？」

「うん」

「ものすごく怒られるよ」

「わたしも怒っているからおあいこだよ」

ミランダとバービーは顔を見合わせた。ジョーダンの度胸は大したものだ。ただ、マスターの反応が空恐ろしくもあった。

午後はゆっくりと過ぎていった。少女たちは時間を持て余してうとうとしたが、ジョーダンは繕いものを続けた。指先がしびれてきたし、針でついて出血もした。目が痛くなって、しまいには頭もがんがんしてきた。

家に置いてきた読書用眼鏡があればいいのにと思った。それが引き金となって母親のことを思い出す。

ママ、ママ、会いたい。すごく怖いよ。お願いだから早く助けて。

ついにジョーダンは作業をやめてベッドに横になり、壁のほうを向いて目を閉じた。窓の外からエアコンの室外機の音がする。ぶーんという低い音を聞いているうち、眠りに吸いこまれていった。

アークエンジェル・トーマスがドアを開ける音で、ジョーダンは目を覚ました。ジャドが食事のトレイを持って入ってくる。

ジョーダンはため息をついた。繕いもののことで怒られるのは食べる前だろうか、食べたあとだろうか。立ちあがって大きく息を吸う。

ジャドのうしろに、お付きの者を連れたアーロンの姿が見えた。

夕食はあきらめたほうがよさそうだ。

部屋を出ていく女の子たちが心配そうにちらちらとこちらをふり返った。

「作業の仕上がりを点検する」

アーロンがお付きの者にバスケットを持ってくるよう合図し、ジョーダンを指さした。

「おまえはここに来なさい」

ジョーダンは顔をあげて堂々と前に進んだ。

男がバスケットを運んでくる。

中身を見たアーロンが眉間にしわを寄せた。「たたんでいないじゃないか」

「たためと言われなかったので」

アーロンはいちばん上にあったシャツをとり、ボタンがちゃんとついていることを確認した。そのあとボタンホールが縫いとめられているのに気づいて、シャツをジョーダンに投げつける。

「この小娘！」

繕いものを一枚一枚確認するアーロンの顔がどんどん赤黒くなっていった。

白いローブの裾が赤い糸で縫われているのを見たところで、ついに限界に達したようだ。ふりむきざまジョーダンの頬をひっぱたく。

右の頬から左の頬と何度も平手打ちをされて、しまいにジョーダンは仰向けに倒れた。

「やめてくれ！」ジャドが悲鳴をあげた。

アーロンが両手を握りこぶしにしてジャドをにらむ。「うるさい！　おまえは出ていけ！」

ジャドは床に倒れた娘に駆けよって脈を調べた。

「聞こえなかったのか！　今すぐこの部屋を出ていけ！」

「こんなやり方はまちがっている！　あなたはよりよい世界をつくりたいとおっしゃった。先を見通せる力を持った人々が治める、平和で思いやりに満ちた世界を。それなのに私の娘を殴った！　あなたを信頼していたからここへ連れてきたのに！」

ほかのアークエンジェルたちもその場に凍りついていた。仲間がマスターに盾ついたことも衝撃だったが、それ以上に、マスターの暴力にショックを受けていた。身内の少女たちも同じ目に遭うかもしれない。

ジョーダンの顔はみるみる腫れて色が変わり、鼻からも口からも血が出ている。

ジャドが娘を抱きあげてベッドに寝かせた。

「私に逆らえば相応の報いを受けることになるぞ」

タオルをつかんで洗面台に走るジャドに向かって、アーロンが怒鳴る。

ジャドはぬれタオルを手に娘のところへ戻ると、アーロンをきっとにらんだ。「報いならもう受けたでしょう。わが子をこんな目に遭わされて。これ以上につらいことなどありません」そう言ってジョーダンの顔の血をぬぐいはじめる。

ジャドを捕らえろ、とアークエンジェルに命令しかけて、アーロンは踏みとどまった。アークエンジェルたちが眉をひそめ、事の成り行きを観察しているのに気づいたからだ。子どもに暴力をふるったことで彼らの信頼を失いかけているのは明らかだった。騒ぎを目撃したのは数人だが、こういう施設ではすぐに噂が広まる。

アーロンは目を閉じた。「アークエンジェル・ルービン、医務官を呼んできてくれ。スプライトがけがをしたと伝えろ」

ルービンが外へ飛びだしていく。

アーロンはアークエンジェルたちの顔を見まわした。「こんなことになって残念だが、このスプライトが正しい道を歩めるよう、今後も導いていくつもりだ。おまえたちは気づいていないだろうが……この子にはおまえたちの多くをしのぐ能力がある。そのせいで反抗するのだ。自分の力をコントロールできていない」

　アーロンは深呼吸をしてからジャドに向き直った。「アークエンジェル・ジャド、大事な娘に手をあげたことを申し訳なく思う。二度としない。それからアークエンジェル・フランクリン、繕いものを回収しろ。この子にはもうやらせないほうがいいだろう」

　フランクリンはおどおどしながら命令に従った。

　アークエンジェルたちと入れちがいに、応急処置セットを持った医務官が走ってきた。ルービンもすぐあとをついてくる。

　アーロンは宿舎の出口で立ちどまった。「あとでその子の具合を知らせてくれ。それとアークエンジェル・ルービン、宿舎を出るときは鍵を閉めろ。ジャドも一緒に戻ってくるように」

　顔にあてがわれた冷たいタオルの感触に、ジョーダンは意識をとりもどした。アーロンの声が聞こえる。何を話しているんだろうと眉間にしわを寄せたところで猛烈な痛みが襲ってきて、記憶がよみがえった。

　覚悟はしていたものの、殴られたショックは想像以上に大きかった。まぶたを開けると涙を浮かべたジャドの顔がすぐそばにある。手には血のついたタオルが握られていた。

ジョーダンはジャドの手を押しのけた。

もうひとりの男が近づいてくる。見たことのない顔だ。ジョーダンは肘をついて上体を起こし、足を床におろそうとした。

「じっとしていなさい」ジャドが言った。「この人は医務官だ。おまえの傷を診てくれる。何も怖がることはない。約束する」

「あなたの約束なんて信じられない」足に力を入れて立ちあがりかけたところで部屋がぐるぐるとまわりだす。

倒れる寸前でジャドに抱えられ、ふたたびベッドに寝かされた。医務官だという男の顔が迫ってきて、心臓がとまりそうになる。

「アークエンジェル・デヴィッドだ。仰向けに倒れて頭を打ったそうだね。頭の傷を確認して心臓の音を聞かせてくれ。いいかな？」

ジョーダンはしぶしぶうなずいた。医務官の手を借りてもう一度上体を起こす。頭に手がのびてきたときは思わず息を詰めた。

頭にふれた医務官の手に血がついているのを見て、ずきずきする理由がわかった。医務官は聴診をしたあと、指の動きを目で追ってくれと言って、ジョーダンの顔の前で指を左右に動かした。

そうしているあいだも唇は腫れあがり、周辺の皮膚がつっぱっていく。しまいに口を開けることも難しくなった。

「今から鼻と顎をさわるよ。腫れているから痛いだろうが、骨が折れていないか確認しないといけないからね。できるだけそっとやる」

ジョーダンの目に涙が込みあげた。顎に軽くふれられただけでうめき声がもれる。鼻を調べられたときは激痛に息をのんだ。涙が堰を切ってあふれだし、次々と頬を伝う。

「痛い思いをさせてごめんよ」医務官が言った。「最後にできるだけ大きく口を開けてくれ。唇の傷を確認したい」

ジャドが心配そうに手をのばしてきた。

「さわらないで」不明瞭ながらも拒絶の言葉を浴びせ、医務官に向かって口を開ける。

上唇をそっとめくられたときは強い吐き気に襲われた。続いて下唇をなぞられたとき、またしても部屋がまわりだして、すべてが真っ暗になった。

「ああ、ジョーダン！　いったい何が起きたんだ？」ぐったりした娘の体を支えながら、ジャドが叫ぶ。

「痛みで気絶したのでしょう。鼻の骨は折れていないようですし、顎も外れていません。唇の傷も縫わなくて大丈夫だと思います。充分な医療器具がないので脳震盪を起こしたかどうかはわからないのですが、瞳孔は正常で、焦点も合っています。とにかく今は寝かせておきましょう」

ジャドと医務官はジョーダンをベッドに横たわらせて上掛けをかけた。

「痛みどめを置いておきますから、起きたらのませてください。私にできるのはそのくらいです」

「意識が戻らないうちはひとりにできない。ほかのスプライトが戻ってくるまで付き添う」

ジャドの言葉に、アークエンジェル・ルービンが眉をひそめた。「でもマスターが一緒に部屋を出ろとおっしゃったじゃないですか」

「なら力ずくで引きずっていくか?」

ジャドの迫力に押されて、医務官とルービンが部屋を出ていった。

ドアが閉まると、ジャドは新しいタオルをぬらしてたたみ、娘の額に置いた。

しばらくしてジョーダンの意識が戻った。

「ああ、ジョーダン、許してくれ」ジャドが泣きながら謝った。「こんなことになるとは思わなかったんだ」

ジョーダンはジャドに向かって、出ていってくれと手で訴えた。

「できない。外から鍵をかけられているから」

「あなたなんて大嫌い」そう言ったあとで、唇の痛みに顔をしかめる。

ジャドは新しいタオルをとり、食事のトレイにのっていた水のボトルを開けて湿らせた。

「これを口にあててごらん。少しは痛みが和らぐかもしれない」

ジョーダンは差しだされたタオルをふり払い、よろよろと立ちあがってバスルームに歩いていった。

ジャドは涙をぬぐって立ちあがった。

「わが子にいったいなんということをしてしまったんだ！」ひとり言を言いながら窓辺へ行く。金網が張られた窓を見て、初めてこの場が少女たちの目にどう映っているかを想像することができた。戦争中の収容所みたいだ。

〈フォース・ディメンション〉に対して抱いていた希望や期待はすっかり消えていた。同じような能力を持つ仲間に会えたことを喜ぶあまり、自分たちがしていることの善悪を客観的に判断できなくなっていた。結果として娘の人生を台なしにしてしまった。

ジョーダンが冷蔵庫から水のボトルを手にして戻ってきた。ジャドと目を合わせないようにしてベッドに座る。キャップを開けてボトルに口をつけたはいいが、飲むのと同じくらいの量が口の端からこぼれていった。

ジョーダンは水を飲むのをあきらめ、ぬれた服を見おろした。あちこちに血がついている。股のあいだまで……。

そこではっとする。股のあいだにぬるりとした感触があった。

「これで若い花嫁が手に入るね。わたし、生理が始まったみたい」

家に入ると同時にワイリックは服をぬいだ。そのままシャワーへ直行する。あの刑務所の空気にふれたものはすべてとりさりたかった。

シャワーが終わると、休憩もせずに着替えやパソコンをバッグに詰める。それから冷凍ピザをオーブンに入れ、焼けるのを待つあいだ、廊下にあるクローゼットから箱をとってきた。

箱のなかから透明なプラスチックでできた小さなドローンとコントローラーをとりだす。ドローン用の太陽電池を外して放電していないかチェックした。まだ充分に使えそうだ。

ドローンを箱に戻してパソコンの前に座り、仕事に行っているあいだに起動させておいたプログラムを確認した。〈フォース・ディメンション〉というワードを含む情報を自動検索させていたのだが、超能力関係のウェブサイトが十件以上ヒットしている。

キッチンへ行き、氷の入ったグラスにペプシを入れて持ってくると、さっそくひとつめのウェブサイトを開いた。

溶けたモッツァレラチーズとペパロニの香りがただよってくる。タイマーの音が響くとすぐにピザをオーブンから出し、カットして、何枚かを皿に盛った。ペプシを注ぎ足してナプキンをつかみ、パソコンの前に戻る。

ピザを食べながら画面をスクロールしていく。手に油がつくたびにナプキンでぬぐった。ウェブサイトにざっと目を通したところ、〈フォース・ディメンション〉には熱狂的なファンがいて、入会を希望する者も多いが、組織の詳細は謎に包まれているらしい。ピザを二枚食べ、パントリーのどこかにしまったはずのハーシーズをさがしているとき、サーチエンジンのロボットボイスが叫んだ。「ハレルヤ！」

新しい情報を見つけたのだ。

エムアンドエムズとスニッカーズの下に埋もれていたハーシーズをつかみ、包みをむきながらパソコンの前に戻る。チョコをひと口かじって画面を見た。

舌の上でチョコレートが溶けていく。ぜんぶ食べてしまってスニッカーズも食べようと立ちあがりかけたところで、今しがた読んだ情報の重大さが脳に染みこんできた。

「まさか……」

ワイリックは慌てていくつかのウェブサイトをハッキングした。スニッカーズを食べおわるころには求めていた答えを発見した。残ったピザを冷蔵庫に戻し、皿を食洗機に入れてスイッチを入れる。寝室に駆けこんで服を着るとチャーリーにメールを打った。

ドローンと荷物を車に積む。ベンツのエンジンをかけたとき、チャーリーから返信があった。

チャーリーは地下にある倉庫でキャンプ道具を出していた。道具がすべてそろって問題なく使用できることを確認してからジープまで運ぶ。ふたたび携行食をとりに行ってキャンプ道具の隣にのせ、車をロックして部屋に戻った。まだ着替えを用意したり応急処置袋の中身を補充したりしないといけないが、その前に腹が減った。

ブリスケットサンドイッチとフライドポテトの出前を注文してから荷造りを始める。サンドイッチが届くころには出かける準備が整っていた。

氷を入れたグラスにスイートティーを注いでテーブルにつく。食べている途中で〈モーニングライト・ケアセンター〉にメールを打って、仕事でしばらく州外に出る旨を伝えた。ワイリックからメールが届いたのはスイートティーを飲みおわったときだった。

〝荷造りは終わった?〟

〝終わったが、どうかしたのか?〟

〝今からそっちへ向かう。すぐ出発しないといけない。理由はあとで説明する〟

チャーリーは眉間にしわを寄せた。だがワイリックがそう言うなら相応の理由があるはずだ。

〝ヘリはきみが操縦したんだから、運転はぼくがする〟

ワイリックから親指を立てた絵文字が返ってきた。

猛スピードでベンツを飛ばしながら、ワイリックはついさっき知った事実とジョーダン・ビヤンの関係について考えていた。

テキサス州ウェーコのカルト集団を率いるデヴィッド・コレシュも、ガイアナ共和国にジョーンズタウンを築いたジム・ジョーンズも、追いつめられたあげく、若き信者を道連れに死を選んだ。

自分の意思で入会したなら、悲惨な最期を迎えてもある程度は自己責任かもしれないが、子どもは大人の思惑にふりまわされるだけだ。生死までも決められてしまう。

アーロン・ウォルターズとその取り巻きがどうなろうとワイリックの知ったことではない。だが彼らが誘拐した少女たちが巻き添えになるのはぜったいにとめたかった。

チャーリーのタウンハウスに到着したのは午後七時になろうかというころだった。駐車場に入って六階までのぼり、ジープの隣にベンツをとめる。

〝到着〟

数分後に返信があった。

〝今行く〟

連絡通路にチャーリーの姿が見えたので、ワイリックはベンツのドアを開け、荷物をおろした。

ジープのロックを解除しながら、チャーリーはワイリックをちらりと見た。黒のTシャツにデニムジャケットをはおり、ボトムスはスキニージーンズだ。すらりと長い脚がいっそう長く見える。

手早く荷物を積んでジープに乗り、シートベルトを締めた。

「で、いったい何があったんだ？」チャーリーはバックで車を出した。

「施設の近くにFBIが潜伏しているんです」

「どうやってその情報を得たかは尋ねないでおこう。だがどうしてそこまで焦る？　FBIが明日にも施設に踏み込むと思うのか？」

「わかりません。でもダラスの捜査官が明日、ケンタッキー入りするそうです」

チャーリーは眉間にしわを寄せた。「それは……きな臭いな」

「何かが動いているのはまちがいありません。おそらく〈フォース・ディメンション〉は人身売買か何かでFBIの監視下にあったのだと思います。衛星写真で少女たちが建物から建物へ移動しているのが確認されています。子どもを抱いている少女もいますが、成人女性はひとりも確認できていません」

「FBIはどこまで内情をつかんでいるんだろう。刑務官の話では、ロングは口を割っていないということだったが、どうして施設の場所がわかったんだ？」

ワイリックが肩をすくめた。「タレコミでもあったんじゃないですか？　ダラスの捜査官が動くということは、タラ・ビヤンの働きかけがあったのかもしれません。娘がいなくなったことを学校に知らせたようですし、職場でも話したようですから、どこかからFBIに話が行った可能性は充分にあります」

「本人に確認してくれ」チャーリーはアクセルを踏んでハイウェイを目指した。「わかっているだろうが彼女の不安を煽るようなことは言わないように」

11

　ワイリックはタラの番号に発信して、携帯をスピーカーにした。呼び出し音が鳴りつづけ、留守番電話に切り替わるかと思ったとき、ようやくタラが出た。

「もしもし？」荒い息遣いと不安定な声が聞こえた。

「〈ドッジ探偵事務所〉のワイリックです。お忙しいところ申し訳ありません。質問がありまして」

「お待たせしてすみませんでした。シャワーを浴びていたんです。それで質問とは？」

「娘さんが連れ去られたことを知っている人は何人くらいいますか？　具体的に名前がわかれば教えてください」

「何か、悪いことでもあったんですか？」

「いいえ。念のために把握しておきたいんです」

「ジョーダンの通っている学校に連絡しました。それは以前にお話ししましたね。職場の上司と同僚ひとりにも話しました。わたしがいないあいだ、案件を肩代わりしてもらわなければならないので」

「その人たちに秘密にしてくれと頼みましたか？」

タラは息をのんだ。「いえ、そうしたほうがよかったですか？　何かあったんですか？」

「大したことじゃありません。ただＦＢＩが動いているという情報があったので、あなたが助けを求めたのかなと思いまして」

「ああ、直接ではないんですが、同僚のエリック・プリンスの義理のお兄さんがＦＢＩのダラス支部にいるそうで、相談してみると言ってくれたんです。まだどうなったのか連絡はないのですが」

「なるほど。同僚の方と話したときに〈フォース・ディメンション〉という組織名を出しましたか？」

「はい。ジャドが特殊能力者だということは職場の人には話していなかったので、かなり勇気がいりました。上司も同僚も変な顔をしていました」

「お察しします。今、外にいてあなたのファイルを確認できないので、勧めている弁護士事務所の名前をもう一度教えてほしいのですが」

「〈ハーマン弁護士事務所〉です。エリックに義理のお兄さんの反応を訊(き)いてみましょうか？」

「いいえ、大丈夫です。ありがとうございます」

タラがうめいた。「何か手がかりがあったんですか？　なんでもいいから教えてください。娘がどこにいるか、ぜんぜんわからないんですか？」

ワイリックはチャーリーをちらりと見た。チャーリーが首をふる。

「まだ推測の段階なんですが、手がかりはあります。確信が持てましたらすぐにご連絡します」

「……そうですか」タラの声がかすれた。「あの子のことが心配で生きた心地がしないんです。どうかお願いします」

「できることはすべてやります」ワイリックはそう言って電話を切った。

「タラの話だけで施設が見つかるとは思えないな。やはりきみの読みどおり〈フォース・ディメンション〉は以前から目をつけられていたのだろう」

ワイリックは眉根を寄せた。「それを知ったとき、最初に思いついたのはウェーコ事件です。デヴィッド・コレシュは信者を道連れに自殺しました」

チャーリーが渋い顔をする。「現地までどれくらいかかる？」

「スムーズに行けば十四時間ほどです。夜中に運転を交代しましょう」

「十四時間ならひとりで運転できる」

「到着したときに疲れきっているようでは困ります。それともわたしの運転が信用できないんですか？」

「ヘリが飛ばせるんだから、車の運転くらい目をつぶっていてもできるだろう」

チャーリーはハイウェイを降りてインターステート40へ向かった。

タラ・ビヤンはバスローブ姿のままエリック・プリンスの番号に発信した。

「もしもし？」

「タラ・ビヤンです。プライベートの時間にお電話してすみません。教えてほしいことがあるんです」

「もちろんいいとも。その後、娘さんに関して何か情報は？」

「まだ正確なことは何もわからないんです。それで義理のお兄さんの件はどうなっただろうと思って。何か助言をくださいましたか？」

「ああ、そうだった。義兄（あに）と食事をしたあとすぐに電話をするべきだったね。共同親権のことからカルト組織のことまですべて話した。ちなみに義兄はハンク・レインズ捜査官といってFBIのダラス支部にいるんだ。カルト組織の名前を出したとき、聞き覚えがあるような顔をしていた。でも情報があれば連絡すると言われたきり、まだ電話がないんだ」

「そうですか」

「情報があればすぐに電話するよ。ぼくも妻も娘さんのために祈っている。一日も早く家に帰れるようにと」

「ありがとうございます」タラは電話を切ってチャーリーの番号にかけ直した。

ダラスの郊外を走っているときにチャーリーの携帯が鳴った。チャーリーはイヤフォンをはめていたが、発信者の名前を見てスピーカーにした。

「もしもし？」

「たびたびすみません。タラです。同僚のエリックに義理のお兄さんのことを訊きました。〈フォース・ディメンション〉のことを話したら、組織名を聞いたことがあるようだったと言っていました。お義兄さんはハンク・レインズ捜査官というそうです。この情報は役に立ちますか？」

「立ちます。また質問があったら電話させていただきます」

「あの、〈フォース・ディメンション〉のことで何かわかったんですか？」

チャーリーはためらった。「確実なことはまだです。これから施設があると思われる場所を調査するつもりです」

「そこにあの子が？」

「可能性はありますが、現地に行ってみないと本当にそんな施設があるかどうかもわかりません」

「そうですか……」

「ＦＢＩから何か情報があったらこちらにも知らせていただけますか」

「もちろんです」タラは今にも泣きそうな声で電話を切った。

チャーリーはワイリックを見た。「これで相手の名前がわかったな」

ワイリックは足もとのノートパソコンを開いてリサーチにかかった。

ハンク・レインズ捜査官とパートナーのルイス・チャベス捜査官のことはすぐに確認できた。

「ふたりは明日の朝、レキシントンに飛びます。やはり偶然とは思えませんね」ワイリックはノートパソコンを閉じて膝からどけ、座席に寄りかかって目を閉じた。

「そうだな」

ワイリックはそれ以上何も言わなかった。

沈黙が続いたあとで軽い寝息が聞こえてきて、チャーリーは思わず助手席に目をやった。ワイリックの寝顔は起きているときよりもずっと無防備で、おだやかに見えた。

他人の運転する車で仮眠をとるなど、これまでのワイリックには考えられない行為だ。それだけチャーリーを信頼しているということなのだが、当のチャーリーはそこまで気づいていなかった。

アメリカをつっきるコンクリートのリボンの上を、ジープはひたすら東へ向かった。暗闇では、通りすぎるどの州も同じように見える。

持参したコーヒーを飲みほし、カフェインほしさにぬるくなった炭酸も飲んだ。真夜中近くなって、給油のためにテネシー州ナッシュビルでインターステートを降りる。速度が落ちると同時にワイリックが目を覚まし、座席に座り直して外を眺めた。

「ここはどこですか？」長距離トラック用のサービスエリアを見まわす。

「ナッシュビルの近くだ。給油する」

ワイリックが両手で顔をこすってバッグをさがし、クレジットカードをとりだしてポケットに入れた。

「店で食べものを買ってきます」

「ぼくも給油のあとで行く。仕事中の食事代はぼくが払うから待っていてくれ」

ワイリックは逆らわなかったが、うなずきもしなかった。

チャーリーが計量器の前で車をとめると、ワイリックは車を降り、建物に向かって歩いていった。まずトイレに入る。

洗面台で三人の女性が手を洗っていた。ひとりが顔をあげ、鏡に映るワイリックを見てぎょっとする。

「ちょっとあなた、ここは女性用トイレよ」

ワイリックは顔をしかめた。

「髪と胸がなくても女ですから」それだけ言って個室に入る。

トイレ内に居心地の悪い沈黙が落ちる。しばらくしてドアが開き、三人が足早に出ていくのがわかった。

見ず知らずの人にどう思われようと知ったことではない。ワイリックは手を洗ってトイレを出ると、揚げもののにおいにつられるように店に向かった。

駐車場に視線をやったが、ジープのそばにチャーリーの姿はない。もう給油は終わったのだろう。商品棚から気になったポテトチップスやチョコレートをとって次々とかごに入れていく。

店に入ってきたチャーリーは菓子でいっぱいの買い物かごを見て眉をあげた。無言でかごをとってレジに向かう。

「それは自分で――」

「ひとり占めするつもりじゃないんだろう？」

ワイリックはうなずいた。

「だったら経費だ」

ワイリックは小さく肩をすくめてファーストフードの並ぶショーケースに移動した。

「何にする？」

「ホットドッグをふたつ、マスタードとピクルスを添えて。飲みものは――」

チャーリーが菓子の山の隣にある大きな紙コップを指さした。「あれはきみのだ。ペプシでいいだろう？」

またしてもうなずく。

数分後、ジープに戻って、今度はワイリックがハンドルを握った。チャーリーは助手席のシートをいっぱいまでさげ、食べものの山を抱えて座席についた。

インターステート40に戻り、ふたたび東へ向かう。

ワイリックは時速百十キロを維持してジープを飛ばしながら、ホットドッグを平らげ、ペプシを飲んだ。服も座席もまったく汚さない。

チャーリーは感心しながらごみをまとめ、携帯を確認した。それからシートを倒して体をのばす。

「寝てもいいか？」

「どうぞ」

ワイリックの返事を聞いて、チャーリーは大きく息を吐き、目を閉じた。眠りに落ちる直前、アニーの顔が思い浮かんだ。

食事から帰った少女たちは、傷だらけで横たわるジョーダンを見て凍りついた。

アークエンジェル・トーマスがジャドに部屋を出るよう促す。ジャドは少女たちに、ジヨーダンを頼むと言って出ていった。

ドアが閉まったとたん、少女たちはジョーダンのそばに駆けよった。むごい仕打ちに泣きだす子もいたし、ショックで言葉が出ない子もいた。

ジョーダンの目を見たミランダは、彼女がへこたれていないことを悟って感動した。

「すごく痛む？」バービーが小さな声で尋ねる。

ジョーダンは息を吐いてうなずいた。

「医務官は来た？」ミランダが質問する。

ジョーダンはうまく話せないことを伝えるために腫れあがった唇に手をふれ、それからベッドのそばに置いてある薬のボトルを指さした。

「痛みどめ？」

ジョーダンはうなずいた。

「今、のむ？」

「のまない」ジョーダンは言った。「生理が、始まったの。ナプキンとか、ある？」

少女たちがうめき声をあげる。茶色の髪を長くのばした女の子が泣きはじめた。

ジョーダンはその子を指さして問いかけるように首を傾げた。

「アークエンジェル・ジャドはケイティを花嫁に選んだの。あなたが生理になったということは、ふたりはいつでも結婚できるってこと」ミランダが説明する。

ジョーダンは目を見開いた。自分とほとんど年の変わらない少女が義理の母親になるなんて想像もできない。

「歩ける？」

ミランダの問いかけに、ジョーダンはうなずいた。

「じゃあついてきて。生理用品があるところを教えるから」

ジョーダンはベッドからおり、よろめきながらゆっくりと歩きだした。一歩ずつ、逃れられない運命に近づいていく気がした。

ミランダにタンポンをもらったものの、使い方がわからない。初潮を迎えたらママに訊けばいいと思っていたのに、実際は会うことも叶わないのだ。母親のことを思い出すと胸がずきりと痛んだ。

服は二着しかないし、ここに来るときに着ていた服はまだ洗っていなかった。かといってパジャマで寝るのは無防備な気がしていやだ。仕方がないので血のついた服をぬいで、昨日の服を着る。

ミランダが番号のふられたロッカーを指さした。「あそこの服も着ていいんだよ。数字はサイズなの。合うやつを着なよ」

「いい。自分のを洗うから」

「手伝おうか？」

ジョーダンは首をふった。

「わかった。何かあったら呼んでね」

ミランダが行ってしまってから、ジョーダンは血のついた服と石鹸を洗面台に持っていって洗いはじめた。一枚ずつ丁寧にこすってできるだけしみを落とす。よく絞ったあとで折りたたみ椅子を広げて干した。

ベッドに戻るころには脚に力が入らないほど疲れていたし、痛みで吐き気がした。思わず薬のボトルを見る。あれをのめば楽になって眠れるのはわかっている。それでものんだら負けだという気がした。

ベッドに横たわって上掛けをかぶり、目を閉じる。部屋の明かりはついていたし、モノポリーをする少女たちの声もしたが、だんだん意識が薄れてくる。

眠りは浅く、ぱんぱんに腫れあがった鼻と口のおかげで息苦しさに何度も目が覚めた。

アーロン・ウォルターズは瞑想用の祭壇に足を組んで座り、大きなクリスタルの塊を見つめていた。いくら集中しようとしても雑念が入ってくる。あの少女と父親のせいだ。心が乱れていると力も弱まる。早いうちに手を打たなければ。

日付が変わるころ、アーロンは呼び鈴を鳴らした。

「マスター、お呼びですか?」アークエンジェル・ロバートの眠そうな声がする。

「休息の邪魔をしてすまない。アークエンジェル・ジャドをここへ連れてきてくれ」
「今ですか？」
「そう、今だ」

ジャドは同志で友人だと思っていた数人に付き添われて本館へ向かった。マスターに呼びだされるといつも緊張するが、夜中に、しかもエスコート付きとあっては警戒しないほうがおかしい。正直なところジョーダンの件で呼びだされるだろうと思っていたものの、就寝時間になっても何もなかったので少し安心していた。まさかこんな時間に起こされるとは。

施設敷地内は外灯があるが、塀の外には本物の闇が広がっている。黒い空から大きな鳥が現れたかと思うと数メートル先に急降下し、鋭い爪でネズミのようなものをつかんで飛び去った。捕獲された生きものの悲鳴に似た叫びが、ジャドの心情と共鳴する。

本館の前まで来るとほかのアークエンジェルが足をとめた。ここから先はジャドひとりで行くのだ。

石段を半分ほどのぼったところでドアが開いて、アークエンジェル・ロバートが現れた。
「マスターが執務室でお待ちです」
ロバートはジャドを招き入れると、付き添いの男たちを見た。「用件がすむまで待機していてくれ」

　男たちが無言でうなずく。

　背後でドアが閉まった。

　ロバートに続いて廊下を歩きながらも、自分の心臓の音がうるさくてほかは何も聞こえなかった。処刑場に連れていかれる囚人の気分だ。

　執務室の前まで来ると、ロバートがドアをノックして細く開ける。「マスター、アークエンジェル・ジャドです」

「ご苦労だった、ロバート」アーロンはロバートに言ったあと、ジャドを指さした。「なかに入れ」

　ジャドは敷居をまたいだ。ドアの閉まる音にびくりとする。

「座れ」アーロンが執務机の反対側にある椅子を指さす。

　素直に座ったものの、娘の顔をあんなふうにした張本人を見ているのだと思うとだんだん腹が立ってきた。

　アーロンが水の入ったグラスに手をのばす。その指が思いのほか太く、てのひらが厚いことを初めて意識した。こんなにごつい手でジョーダンを殴ったのだ。

　視線をあげると、アーロンがこちらを見つめていた。腹立ちのあまり思考をガードすることさえ忘れていた。ジャドは立ちあがった。

「さっさと用件を話してください。娘にあんなことをしておいて、私がおとなしく従うと思ったら大まちがいです」

アーロンの目がぎらりと光る。「やはり血は争えないな」

ジャドは怒りを抑えて続きを待った。

「今夜じゅうに荷物をまとめて〈フォース・ディメンション〉を去れ。二度と私の前に顔を出すな」

「構いません。ジョーダンも連れていきます」

「あの子はここにいてもらう。おまえが余計なことをしゃべらないための担保としてな」

「娘を置いていくことはできません」

アーロンもかっとして立ちあがった。「言われたとおりにしなければ、おまえを殺して死体を森に埋めるまでだ。みな、おまえが勝手に出ていったと思うだろう」

ジャドは息をのんだ。この男ならやりかねないと思った。ここで殺されたらジョーダンを助けることもできない。

「……どこにいても、あの子が泣いたらすぐに駆けつけます。暴力をふるったり、無理やり結婚させたりしようものなら、あらゆる手を使ってあなたを破滅させますから」

アーロンはジャドをにらみつけた。「はったりだな」

「ジョーダンの能力はわかっているでしょう。私にはあの子の声が聞こえます。あなたにあの子の力を封じることはできない。もう一度言います。あの子を監禁したり、食事を与えなかったり、少しでも虐待を疑う行為をしたら、父親である私が黙っていない。この施設に火を放っても娘を助けだします」

　ジャドが本気だということは思念からも伝わってきた。いっそのことここで息の根をとめようかとも思ったが、そんなことをしてあの娘が気づかないはずがない。

　ジョーダンは父親を恨んでいる。娘を置き去りにして逃げたと思わせておくほうが扱いやすいのではないだろうか。

　ジャドは踵（きびす）を返して執務室を出ると、力いっぱいドアを閉めた。

　音に驚いたロバートが走ってくる。

「退会処分になりました」ジャドは抑揚のない声で言った。「正門のセキュリティーを切ってください。荷物をまとめてすぐに出ていきます。マスターの命令です」

　ロバートは目を見開いた。前例のないことなのでどうしていいかわからないのだ。

　ジャドはいらだってロバートをにらんだ。「とにかくセキュリティーを切ってくれ。さもないとゲートに車で突っこむからな！」足音も荒く本館を出る。

　本館までエスコートしてきた男たちが、階段の下から戸惑ったようにジャドを見あげた。

「消えろ！」ジャドはそう言い捨てて、彼らの前を大股で通りすぎた。

ジョーダンは現実と眠りのあいだを行ったり来たりしていた。頭痛はましになったものの、まだ鼻で呼吸することができない。仰向けになって窓から差す月光がつくる影を眺めていたとき、ふいに父親の存在を感じた。

どきりとしてベッドに起きあがる。ジャドが部屋のなかにいるような気がしたからだ。しかし実際には、ジョーダンの頭のなかから声が聞こえてきた。

〝締めださないで聞いてくれ！　退会処分になって今すぐここを出ていかないといけない。でも怖がらなくて大丈夫だ。マスターがおまえに危害を加えたり、おまえを誰かと結婚させようとしたりすることはない。何かあったらすぐパパに思念を飛ばすんだ。外に出たらママや警察の助けを借りて、おまえを助ける方法をさがす。今さら信じてもらえないかもしれないが、おまえを愛している。まやかしの理想に騙されてこんなことに巻きこんですまなかった。パパが戻るまでがんばってくれ〟

ジョーダンはベッドを飛びだして窓辺へ走った。敷地を横切ってゲートへ向かう車のライトが見えた。

〝置いていかないで！〟

その瞬間、父の苦しみが伝わってきた。ジョーダンを置いていくのは、ジャドにとっても耐えがたいことなのだ。

ジョーダンは震えだした。すべて悪い夢だと思いたい。

部屋を見まわすと、少女たちが穏やかに眠っている。

誰にも相談することができないまま、よろよろとベッドに戻る。

ただでさえ呼吸しにくいのに、泣いたら余計に苦しくなるのはわかっていた。それでも目の端に熱いものが噴きだし、次から次へと頬を伝うのはどうしようもなかった。

12

ハンク・レインズとルイス・チャベスがレキシントン行きの飛行機に乗ったのは日の出の一時間前だった。

ダラスを発つ前にジャド・ビヤンについて徹底的に調べあげ、なんらかの容疑で逮捕状をとろうとしたのだが、駐車違反すらしていないとわかって作戦を練り直さなくてはならなかった。

逮捕状がとれないとなると、タラの通報を受けたＦＢＩがジョーダンを捜索していることにして、父親であるジャドに事情聴取を申し込むくらいしか施設に入る方法がない。逮捕状とちがって強制力はないが、カルト集団がＦＢＩともめごとを起こしたくないと思っていれば、要求をのむかもしれない。

ブルーグラス空港にはケンタッキー支部の捜査官が迎えに来ることになっている。彼らの車で施設近くの監視所まで移動し、監視チームと合流する段取りだ。

朝八時、ハンクたちを乗せた飛行機が空港に着陸した。

手荷物受取所に入ると、ブロンドで三十代くらいの男がハンク・レインズと書かれた紙を手に立っていた。

「お迎えだ」

チャベスがそちらを指さすと同時に、向こうもハンクたちに気づいた。

「レキシントンへようこそ。ケンタッキー支部のソル・デュランです。相棒のビリー・リチャーズは車で待っています」

「ダラス支部のレインズだ。こちらはチャベス捜査官。よろしく頼む」

握手をしたあと、荷物を受けとってデュランのあとをついていく。空調の効いたロビーからケンタッキーのうだるような暑さのなかに足を踏みだすと、空気がぐっと重みを増したように感じた。

路肩に大きな黒っぽいSUVがとまっている。

ビリー・リチャーズが車を降りて自己紹介をした。協力して荷物を積み、ハンクとチャベスは後部座席に乗った。

「快適な旅でしたか？」リチャーズが尋ねる。

「今後の手順のことを考えていたら寝そびれてしまったよ」ハンクは苦笑いをした。「さっそくだが改めて状況を教えてもらえるかな」

リチャーズがハンドルを握りながら状況説明を始める。「ケンタッキー支部では〈フォース・ディメンション〉をしばらく前から監視していました。人の動きはだいたいつかめましたが、内部の状況についてはほとんどわかっていません。というのもあの施設には最新のセキュリティーシステムが入っていて、潜入どころか外壁に接近するだけで警報が鳴るのです。それだけのセキュリティーを入れる資金をどこから調達したのかが疑問ですね。建物の配置は衛星写真からわかります」

「衛星写真にはどんなものが写っていた？」

「複数の建物があって、大勢の成人男性がいます。生産活動のようなものは行われておらず、自給自足のための畑どころか、花壇すらありません。それと赤ん坊を抱いた十代と思われる女の子が写っていましたが、大人の女性は見当たりません。赤ん坊がいるのなら成人女性もいるはずなんですがね」

「施設内にいる子どもの年齢は何歳から何歳くらいだ？」

「赤ん坊を除くと、敷地内にいる子どもはぜんぶ女の子で、十歳から十五歳くらいだと思われます」今度はデュランが答えた。

チャベスが顔をしかめた。「となるとやはり人身売買ですかね。その子たちが施設外に連れだされたことはないんですか？」

チャベスの質問に、デュランが首をふった。「そんなことがあったら、うちがとっくに踏み込んでいますよ。わかっているのは就学年齢の少女たちが大勢いるのに地元の学校には通っていないということです。ただし、今はオンラインスクールなどもあるので、教育を受ける権利を奪われていると決めつけることはできません。そうなると強制捜査をする合法的な理由がないんです」

「生活に必要な物資はどうやって調達している？　配達車が出入りしている様子は？」ハンクが尋ねる。

「〈フォース・ディメンション〉のメンバーが、ショーニーギャップという最寄りの集落まで買いだしに行っています。大量に注文して、月二回ほど、車三、四台で受けとりに行くんです」

「なるほど。先週、ダラスの女の子が父親に連れ去られたんだが、ここに連れてこられていないだろうか？　父親の名前はジャド・ビヤンというんだが」

デュランがうなずいた。「監視チームが車のナンバーを照合したところ、ジャドソン・ビヤンの名前で登録された車が施設を出ていき、帰ってきたときは助手席に女の子が乗っていたそうです。同じ夜、施設内でガラスが割れる音がして何度か悲鳴があがったという報告もありました」

「実際に悲鳴が聞こえたんですか？」チャベスが身を乗りだす。

リチャーズがうなずいた。「特殊な集音マイクを使っているので施設から数百メートル離れたところでも聞こえるんです」

ハンクは眉をひそめた。「いずれにしてもよくない兆候だな」

「なんとか捜査令状をとれないんですか?」チャベスが悔しそうに言う。

「施設にいる少女たちの顔をもっと鮮明に撮影して、ひとりでも行方不明の子どものデータと一致すれば、確実に捜査令状がとれるんですが」

ハンクはため息をついた。「衛星写真では限界があるだろうな。ジャド・ビヤンが連れ去った少女はジョーダン・ビヤンというんだが、母親がさがしているんだ。ジャドに娘のことで事情聴取を要求してはどうかと考えている。ジャドの逮捕状がとれればてっとり早いが、過去を洗っても駐車違反すらしていないのでね。ジョーダンの母親はジャドと別れたものの、離婚時は共同親権にしていたそうだ。その後、ジャドが姿を消し、二年ほど音信不通だった。それが数日前に急に現れて、家にひとりでいたジョーダンを母親になんの断りもなく連れ去った。母親がジャドの友人に連絡をとったところ、どうも〈フォース・ディメンション〉という組織と関係しているらしいことがわかった。知ってのとおり〈フォース・ディメンション〉は超能力者の集団というふれこみだが、ジャドも特殊な力を持っていたらしい。娘のジョーダンもなんらかの力を受け継いでいると」

「ジャドが失踪したあとも共同親権のままだったんですか」デュランが確認する。

「そうだ」

「となると父親には娘を連れだす権利がありますね」

「ああ」

「なるほど、わかりました。ショーニーギャップでハイウェイを降りて山道に入り、監視チームと合流します。長いドライブになりますので、今のうちに休んでください。後部座席のうしろに積んであるクーラーボックスに飲みものと軽食類が入っていますから、ご自由にどうぞ」

「朝食がまだなので、遠慮なくいただくよ」ハンクはクーラーを自分の足もとに移動させてふたを開けた。水のボトルとサブマリンサンドイッチをとりだしてチャベスと分ける。予定どおりに進めば、夕方までには監視チームと合流できるだろう。

ワイリックは五時間ぶっ通しで運転したあと、給油のためにハイウェイを降りることにした。

減速している途中でチャーリーがまぶたを開け、座席に座り直す。窓の外はまだ暗いが、時計を見ると五時間も経過していた。

「今、どのあたりだ?」

「レキシントンの南東にあるノーランドという場所です。ショーニーギャップまではだいぶありますし、途中で給油できる場所があるかわからないので、ここでガソリンを入れようと思って」

「そうだな。ついでに車から降りて脚をのばそう」

ワイリックはノーランドの町を流して明かりのついているガソリンスタンドを見つけ、車を入れた。

「ぼくが給油して、残りを運転するよ」

ワイリックはうなずき、ポケットにクレジットカードが入っていることを確認して車を降りた。こわばった脚の筋肉をほぐし、ガソリンスタンドに併設された店に向かう。熱いコーヒーと何か甘いものがほしい。

カウンターには誰もいなかった。

「やめて、トロイ、もう殴らないで！」

奥から人の争う音が聞こえ、何かが割れる音もした。

ワイリックは小走りでカウンターの前を通りすぎ、トイレへ続く廊下に入った。背の低いがっしりした男が女性に馬乗りになって拳をふりあげている。女性のそばに割れた皿が落ちていた。

ワイリックは壁に立てかけてあったほうきをつかむと、男の頭めがけて思いきりふりおろした。ほうきの柄が根元から三十センチくらいのところでばきりと折れる。

男が女性の上にうつぶせに崩れた。

ワイリックは男のシャツをつかんで渾身（こんしん）の力でひっぱりあげ、女性の上からどけた。女性の脈を確認しながらチャーリーに電話する。

着信音に気づいたチャーリーは発信者がワイリックだとわかると、携帯を耳にあてながら計量器の反対側にまわって店のほうを見た。

「どうした？」

「すぐ来てください。手錠を持ってきて」

「わかった」

心臓をわしづかみにされたような気がした。手早く給油ホースをもとに戻し、車から手錠をとる。ワイリックがこんなふうに助けを求めてきたのは初めてだ。よほど切羽詰まった状況にちがいない。

店に飛びこんで彼女の姿が見当たらなかったときは、一瞬、パニックに陥った。

「ワイリック！」

「裏のトイレのほうです。早く。意識が戻りそう」

チャーリーは廊下に駆けこんだ。ワイリックが女性の横に膝をついている。折れたほうきの隣に男がのびていた。

「店に入ったら悲鳴が聞こえて、こいつが彼女に馬乗りになって殴りつけていたんです」

男の拳に血がついているのを見たチャーリーは、毒づきながら手錠をはめた。そのまま男を引きずって女性たちから引き離す。

「きみはその人のそばにいてやれ。店の電話で通報してくる。それなら地元の警察につながるはずだ」

　ワイリックがうなずく。女性のまぶたは腫れあがっていて、さっきからひと言も言葉を発していなかった。傷から血が出ているので女性用トイレへ入り、水でぬらしたペーパータオルをひとつかみ持ってきた。

「ねえ、わたしの声が聞こえる？」ワイリックは女性に呼びかけた。

「き、聞こえるわ」弱々しい返事がある。「早く、逃げて。あなたまでひどい目に……」

「あの男なら手錠をかけたから大丈夫。今、連れが警察に通報しているわ。ぬれたペーパータオルをまぶたの上に置くわよ。冷やしたほうがいいと思うの。ちょっと冷たいけど我慢してね。もう安心だから」

「安心なんてできっこない。あいつはまたやるわ」女性が震えだした。

「あなた、名前は？」ワイリックはやさしく話しかけながらペーパータオルを女性のまぶたにあてた。

「イーヴィー。あいつはトロイ、別れた夫なの。出所していたなんて知らなかった」

「すぐに刑務所に戻ることになるわ」足音に顔をあげると、チャーリーが戻ってきた。

「警察が来る。救急車もな。いったい何があったんだ？」

「別れた夫だそうです。服役していたって」ワイリックはイーヴィーの足をぽんぽんとたたいた。「イーヴィー、こちらはボスのチャーリー・ドッジよ」

イーヴィーが嗚咽（おえつ）しながらうなずく。

「たいへんな目に遭いましたね。どうして殴られたんですか？」

「さ、裁判で、あの人に不利な証言をしたんです。出所していたなんて、知らなくて」

「すぐに刑務所に戻りますよ。ほら、サイレンの音が聞こえてきた。もう少しの辛抱です」

チャーリーはワイリックを見て首をふった。「きみって人は、ちょっと目を離すとすぐトラブルに巻きこまれるんだな」

ワイリックは言い返そうとしてやめた。「しばらくイーヴィーのそばにいてください。トイレに行きたいので」

チャーリーの返事も待たずに女性用トイレに向かう。

背後でうめき声が聞こえたのでふり返ると、男が立ちあがろうとしていた。すかさずチャーリーが男の背中を踏みつける。

「じっとしてろ！」

「いてえな！　何しやがる！」

「それはイーヴィーの台詞（せりふ）だ、このクズめ！」

ワイリックがトイレから出てくるころ、三台のパトカーがサイレンを鳴らして店の前にすべりこんできた。

警官が店内に駆けこんできて銃を抜く。救急車も到着し、あっという間に狭い店内は人でいっぱいになった。

イーヴィーは地元の病院に搬送され、トロイも頭の傷を確認したあとで警官に引き渡された。チャーリーとワイリックが事情聴取を受けているとき、店のオーナーが到着した。オーナーはイーヴィーの容態を気にかけつつ、モップで廊下の血をぬぐいはじめた。

チャーリーとワイリックも解放されたので、ジープに戻って給油を完了させた。車を出し、オーナーに教えてもらった深夜まで営業しているカフェに向かう。

「テイクアウトにするか、店で食べるかどっちがいい？」

「あんなことがあったあとだし店で食べませんか。運転する前に少し気を落ち着けたほうがいいし、まともな食事は当分お預けでしょうから」

チャーリーがにやりとする。「携行食だってなかなかいけるぞ」

ワイリックは目玉をくるりとまわした。「グレーヴィーソースのかかった焼きたてのビスケットとじゃ比較になりません」

チャーリーが声をあげて笑った。

ジョーダンはみんなと同じ時間に目を覚まし、ベッドの上に体を起こした。少女たちが朝食に行く準備を始める。

ひとりの少女が着替えをしながら泣いていた。家に帰った夢を見たと言う。

バービーは長い髪をポニーテールにまとめるのに四苦八苦していて、ミランダはメイク道具がないことを嘆いていた。

ジャドに選ばれたというケイティは顔色がよくない。

ジョーダンは立ちあがり、背後からケイティの肩をたたいた。

ケイティがふり返って、ジョーダンの腫れあがった唇や紫のあざを見る。

「安心して。ジャドなら昨日、ここを追いだされたから」

ケイティが息をのんだ。「本当に？」

ほかの少女たちもジョーダンに注目する。

「わたしをかばってマスターに追いだされたの」

「あなたを置いて出ていったの？」

首に巻きついたロープが締まるような絶望を感じながら、ジョーダンはうなずいた。言葉を発しようとすると唇が震えたが、母はいつも、勇気を出して誰かに話せば恐怖は和らぐものだと言っていた。

「わたしは人質なの。ジャドがここのことを誰かに話せば、わたしは殺される」

少女たちが集まってきた。

「どうしてそんなことがわかるの？」

ジョーダンは肩をすくめた。「昨日の夜、頭のなかにジャドが話しかけてきたから」

ケイティが目を見開く。「それってつまり、あなたにも超能力があるってこと？」

「まあね。でも大事なのは、あなたが結婚しなくていいってことでしょう」

ケイティが肩を落とした。「そうだけど……また別の男が現れるわ」

ジョーダンは首をふった。「そうならないかもしれない。マスターが暴力をふるったことも、ジャドが出ていったことも、秘密にできっこないから。アークエンジェルたちだってそろそろ自分たちのやっていることに疑問を持ちはじめるはずよ。今日、わたしがこんな顔で食堂に現れたらますます混乱するでしょうね」

バービーがためらいがちに言った。「でも、前みたいに食堂に行くのを禁止されるかもしれない」

ジョーダンはどきりとした。もうジャドはいない。ほかの男と部屋に閉じこめられることを考えると体が震えた。

「あいつらの誰かとふたりきりにされるくらいなら、死んだほうがましだわ」

ケイティがジョーダンの腕に手を置く。「わたしがついてる。ぜったいにあなたをひとりにしない」

ミランダも手をのばした。「わたしだってついてるからね」

少女たちはひとり、またひとりと手をのばして、ジョーダンを励ました。

この瞬間、〈フォース・ディメンション〉に新たな秩序が誕生した。ジョーダンと少女たちは運命共同体になったのだ。

そこの出来事はのちのち、アークエンジェルたちにさらなる動揺をもたらすことになる。

少女たちを迎えに来たアークエンジェル・トーマスは、宿舎に入ったとたんいつもとちがう空気を感じた。常におどおどしている少女たちが、今日は堂々として見える。列のなかほどにジョーダンの顔を見つけて、トーマスは息をのんだ。マスターが怒りにわれを忘れたとは聞いていたが、女の子の顔をこんなになるまで殴るなんて尋常ではない。

トーマスは咳払(せきばら)いした。「ジョーダン、申し訳ないがマスターからの指示は変わっていない。きみは宿舎に残ってもらう」

ジョーダンが素直に列を抜けたのでほっとしていると、少女たちもジョーダンに続いて列を崩した。

「ほかの者は並びなさい」

「お腹が空(す)いていないんです」ミランダが言う。

トーマスは戸惑った。少女たちが協力してジョーダンをかばっているのは明らかだ。

連れの男たちの顔を見ると、同じようにショックを受けていた。

トーマスはさっきよりも厳しい口調で言った。「言われたとおりにしなさい。列に並んで、朝食に行くのだ」

「ジョーダンも一緒なら行きます」

「む……いいだろう」

少女たちはジョーダンを囲むように整列した。

トーマスが先頭、ふたりの男が列の後方に立って食堂までの行進が始まった。

アークエンジェルたちはすでに食事を始めていた。夫婦はそれぞれのテーブルで自分たちも食べる傍ら、赤ん坊の口にスプーンを運んでいる。

少女たちが食堂に入ってきて五分もしないうちに、誰もがジョーダンの異変に気づいて食べるのをやめた。

食堂内が水を打ったように静まり返る。

ジョーダンは腫れあがった顔を隠そうともせず、アークエンジェルたちを堂々と見つめ返した。

男たちが戸惑ったように仲間の顔を見て、食事の皿へ視線を落とす。先ほどまでのなごやかな雰囲気は消えていた。

しんとしたなか、少女たちの食事が運ばれてくる。ジョーダンは立ちあがると、自分の前に置かれた皿を手にキッチンへ向かった。

近くに座っていたアークエンジェルが席に戻れと注意する。

ジョーダンは足をとめ、自分の皿を男に差しだした。「だったらあなたが毒見してくれる？」

男が眉をひそめた。「毒見？　誰も食事に毒を入れたりしない」

ジョーダンは自分の顔を指さした。「これはあなたたちのリーダーがやったのよ。とめようとしたジャド・ビヤンは昨日の夜中に〈フォース・ディメンション〉を追いだされたわ。そんな状況であなたたちを信頼できると思う？　自分が虐待犯で誘拐犯だってことがわかってる？　わたしが死んだら殺人犯にもなるんだから」

〝殺人犯〟のくだりで、アーロン・ウォルターズが登場した。アークエンジェルたちが助けを求めるようにマスターを見る。

「ならば私が毒見をしよう」アーロンは聞き分けの悪い子どもをあやすように言い、ジョーダンのほうへ近づいた。

ふり返ったジョーダンは一瞬だけ心の防壁をさげてアーロンの思考を読んだ。〈フォース・ディメンション〉のリーダーが内心はびくついていることがわかって、つかの間の勝利を味わう。

「そばに来ないでよ。また殴るつもり？」

見かねた調理係がキッチンから出てくる。「よろしければ、その子に自分で料理を盛ってもらいましょう」

アーロンは勝手にしろと手をふって踵（きびす）を返し、食堂を出た。この状況では何を言っても言い訳にしか聞こえない。あの娘も父親と一緒に追いだすべきだったが、今さら口封じをするわけにもいかない。

八方ふさがりだ。

ハンドルを握りながら、ジャドはあざだらけの娘の顔を何度も思い出した。娘を助ける方法をあれこれ考えてみたが、やはり自分ひとりではどうすることもできない。とにかくタラに電話するしかない。彼女は弁護士だから何か法的な措置をとれるはずだ。

警察が捜査に乗りだせば自分も罪を問われることになるだろうが、残りの人生を刑務所で過ごすことになっても構わなかった。なんとしてもジョーダンを助けるのだ。

午前三時ごろ、ジャドはハイウェイの入り口を見落としてバリアという町まで来てしまったことに気づいた。〈レッドルーフイン・ホテル〉があったので車をとめる。部屋に入って荷物を置き、靴をぬいだ。ベッドに横たわったものの、タラに電話をする勇気がわいてこない。

少し仮眠をとったら必ず電話をしよう。そう決めて目を閉じた。

次に目を開けたとき、部屋にはさんさんと光が差しこんでいた。時計を見るとじきに正午だ。起きあがると同時に昨日の出来事がよみがえってくる。よろよろとバスルームへ入り、シャワーを浴びて着替えた。ベッドに座って携帯を出す。別れた妻に電話をするのは二年以上ぶりだった。

13

レキシントンからショーニーギャップまでの移動は、ハンクが予想したよりも時間がかかった。同乗者たちの世間話を聞きながら、改めてジャド・ビヤンとその娘に関する資料に目を通したが、とくに目を引くものはなかった。やはり娘の捜索を理由に、ジャドに面会を申し込むしか手はなさそうだ。

「そろそろ着きますよ」

リチャーズの声で顔をあげると、車はうっそうと茂る木々のあいだの細い砂利道を走っていた。

「話に聞いたとおりの山奥だな」

「ここはショーニーギャップから八キロほど登ったところです。さらに一・五キロほど上に例のカルト施設があります」

「木がありすぎて閉所恐怖症になりそうだ」

日が暮れたらさらに圧迫感が増すにちがいない。

いきなり視界が開けて小さな空き地に出た。二階建ての古いキャビンの前に黒いＳＵＶが二台とまっている。

「ようこそわが家へ」リチャーズがおどけた。「証人をかくまうためのセーフハウスとして買いあげたんですが、たまたま〈フォース・ディメンション〉の施設と近かったんです」そう言いながら車をとめる。

玄関のドアが開き、武器を持ったふたりの男が出てきた。

「背の高いほうがバリーで、迷彩服がウィリスです。あとふたりいるんですが偵察任務中でしょう」

リチャーズは車を降りると、近づいてくるバリーとウィリスに向かって紹介した。

「こちらはダラス支部のレインズ捜査官とチャベス捜査官だ。荷物をおろすから手伝ってくれ。そのあと作戦会議だ」

ショーニーギャップに到着したチャーリーとワイリックは何もないことに驚いた。メインストリートは二ブロックで、食料品店と郵便局とカフェとガソリンスタンドがあるだけだ。民家もせいぜい三十軒ほどしかなかった。

郵便局の前に車をとめて、チャーリーがため息をつく。

「さて、ここからどっちへ行くかが問題だな」

ワイリックがノートパソコンをのぞいて、前方を指さした。「あの舗装された道沿いに山へ向かいましょう」

「その前に、ひょっとしてハンク・レインズ捜査官の連絡先を知らないか？　同じ場所にテントを張れれば、わざわざ設営に適した場所をさがさなくてすむんだが」

「携帯の番号なら」ワイリックがチャーリーの携帯に番号を打ちこんだ。「スピーカーにしますか？」

チャーリーはうなずいた。

ワイリックはハンク・レインズの番号に発信した。

14

ハンクが監視報告書を読んでいるとき、携帯が鳴った。

「ハンク・レインズ捜査官です」

「レインズ捜査官、私はチャーリー・ドッジと言いまして、ダラスで私立――」

「あなたのことならよく知っています。どうやってこの番号がわかったんですか?」

「調べものが得意なもので」チャーリーは答えた。

「どうかしたのか?」チャベスが眉をあげた。

「チャーリー・ドッジから電話がかかってきた」

「チャーリー・ドッジとは?」デュランが首を傾げる。

「ダラスの私立探偵だ。デンバーでダンレーヴィー財閥の会長が行方不明になっただろう? あれを解決した男だ」ハンクは携帯をスピーカーにした。

「今、アシスタントと一緒にショーニーギャップにいます。タラ・ビヤンの依頼で行方不明の娘さんをさがしているんです。こちらのリサーチではあなたも同じようなことをしておられるようなので、協力できないかと思いまして」

チャーリーの言葉にハンクはショックを受けた。「どうやってこの短期間に〈フォース・ディメンション〉の場所を突きとめたんですか?」

「さっきもお伝えしたとおり、調査が得意なんです。どうでしょう? そちらへ伺ってもよろしいでしょうか?」

ハンクは同僚を見まわした。

話を聞いていたウィリスが親指を立てる。「舗装された道路を八キロほど登ったところに迎えを出すと伝えてください」

「聞こえました。ではのちほど」チャーリーが電話を切った。

「これはおもしろい展開になったな」ハンクは顎をこすった。「チャーリー・ドッジ、いつか会いたいと思っていた男だ。アシスタントも連れてきていると言っていたが、それがワイリック女史だとしたらさらに楽しみだ」

「ものすごい美人とか?」ウィリスが茶化す。

「ダラス市警の連中も恐れる女傑だそうだ」

ウィリスが眉をあげる。「そりゃあ見物(みもの)ですね。バリー、偵察チームに知らせて迎えに行かせてくれ」

「了解しました」バリーがキャビンを出ていった。

「聞こえただろう？」チャーリーが車を発進させる。「八キロほど登ったところに迎えを出してくれるそうだ」

「こんなことなら手土産くらい用意するんでしたね」

チャーリーはにやりとした。ワイリックはたまに辛口の冗談を言う。

舗装された道路に入ったところでトリップメーターをリセットする。道路はすぐに登り坂になった。

ＦＢＩはいったいどこまで知っているのだろう。ロングがしゃべったとは思えないし、ワイリックと同じ方法を使ったはずもない。

こちらの持っている情報をどの程度まで明かすか、チャーリーはまだ迷っていた。ＦＢＩには組織力があるが、フリーランスの自分たちとちがって法律に縛られている。つまり確たる証拠がないと動けないのだ。

窓の外は木ばかりでとくに見るものもないので、ワイリックはこの隙に〈ユニバーサル・セオラム〉の動向をチェックすることにした。怪しい動きはない。続いて事務所のサーバーにログインする。

「事務所のメールをチェックしているんですけど、依頼がたくさん来てますよ。早く帰らないと儲け話がふいになりますね」

「たとえばダラスのセレブから、娘のボーイフレンドの身辺調査をしてほしいって」

「どんな儲け話だ？」

「そういう仕事はやらない」

ワイリックは猛然とキーを打った。「断りのメールを入れました」

「早いな」チャーリーがそう言ってブレーキを踏む。

顔をあげると、武器を持った迷彩服の男がふたり、道のまんなかに立っていた。

ワイリックはノートパソコンを閉じた。

チャーリーが車をとめて窓を開ける。

「身分証を見せていただけますか？」片方の男が尋ねた。

チャーリーは免許証と探偵許可証を示した。

「こっちはアシスタントのワイリックです。レインズ捜査官と約束しているのですが」

男が身をかがめて助手席をのぞいた。「どうも」ワイリックに向かってあいさつし、一歩さがる。「このまま進むと左手に一車線の道路が見えますから、そちらへ曲がって道なりに空き地まで進んでください」

「ありがとう」チャーリーはアクセルを踏んだ。

ワイリックはサイドミラー越しに男たちを見た。ところが瞬（まばた）きして目を開けると男たちの姿はなかった。

「消えたわ。さっきまで道に立っていたのに」

チャーリーが肩をすくめる。「プロだからな。ほら、あの道じゃないか？」

教えられたとおり、左の道に折れて木立のあいだを進む。地面は穴だらけで、油断すると舌を嚙みそうなほど車が揺れた。

「本当にこの先に空き地なんてあるのかな」チャーリーがわずかにアクセルを踏む。

ワイリックも同じことを考えていた。進めば進むほど見通しが悪くなって、うしろの道路が木々にのみこまれていくような錯覚に陥る。

突然、視界が開けた。

「これならテントを使わなくてもよさそうですね」二階建てのキャビンを見て、ワイリックは弾んだ声を出した。

玄関が開いて、四人の男がポーチへ出てくる。

「背の高いほうがハンク・レインズです。隣にいるのはルイス・チャベス。ほかのふたりは知りません」

「きみにも知らないことがあるとはね」

「自分の銀行口座の暗証番号もわからない人に言われたくありませんね」

チャーリーはにやりとして車をとめた。

「しばらく爪はひっこめておいてくれよ。ＦＢＩに協力してもらわないとならないんだから」

「人のことを猫みたいに言わないでください」

ジープがキャビンの前にとまる。ワイリックはノートパソコンを持ってジープを降りた。

近づいてくる男女を見て、仕事の評判に負けないほど見栄えのするふたりだとハンクは思った。チャーリー・ドッジは大柄なのに身のこなしに無駄がない。ワイリックの背の高さと、スキンヘッドで胸がないことにも驚いた。

表面上はポーカーフェイスを繕って、愛想よく声をかける。「ご連絡をどうも」

ポーチにあがってきたチャーリーが右手を差しだした。「レインズ捜査官、お時間をつくっていただき感謝します」

ハンクは隣を指さした。「こちらはパートナーのルイス・チャベスです。そしてケンタッキー支部のウィリス捜査官とバリー捜査官。さあ、なかへどうぞ」

チャーリーたちがキャビンに入ったところでリチャーズとデュランが自己紹介をする。

ワイリックは仏頂面のまま、暖炉の上にかけられたエルク（鹿の一種）の頭を眺めていた。ガラス玉のような目が気味悪い。隣に飾られている巨大な枝角の持ち主も殺されたのだろう。

ここにいる捜査官たちが二頭の死に関与しているとは思わないが、くだらない理由で殺された獣たちを思うと気分が悪くなった。

ウィリス捜査官がワイリックの視線に気づいて口を開く。「ここのマスコットのランドルフです。赤鼻のルドルフと呼ぼうかとも思ったんですが、トナカイではないのでランドルフにしたんですよ」

ウィリスがにこにこしてワイリックの反応を待っている。

ワイリックは眉をあげた。「今の、笑うところなの？」

別れた妻にそっくりの冷淡な口調に、ウィリスはたじろいだ。「あの……エルクの頭部を見ていたから、ちょっと教えてあげようかと――」

「暇つぶしに獣を殺してこんなふうに飾るなんて、悪趣味以外の何物でもないわ」

キャビンのなかがしんと静まり返る。

ハンクは笑みをこらえた。なるほど、ダラス市警の警官どもが恐れるはずだ。久しぶりに見た女性の気を引こうとしたウィリスは、気の毒に、とんだしっぺ返しを食らってしまった。

「さあ、ふたりともくつろいでください。洗面所は廊下の先です。今、バリーがコーヒーを――」

ワイリックがしまいまで聞かずにすたすたと部屋を出ていく。

ハンクはチャーリーを見た。「私も何か気に障ることを言ったかな？」

チャーリーは肩をすくめた。「長距離ドライブで疲れたせいもあるでしょうが、ふだんから愛想がいいほうではないんです。おまけにノーランドで給油したとき、別れた妻に馬乗りになっている前科者をノックアウトしたので」

捜査官たちが目を丸くする。

「あなたがノックアウトしたんですよね？」チャベスが尋ねる。

「いや、私は外で給油をしていて、先に店に入ったワイリックが女性の悲鳴に気づいて駆けつけたんです。店の奥で男が女性に拳をふりあげているのを見て、ワイリックはそばにあったほうきの柄で男を殴りつけて気絶させてから、手錠を持ってこいと私に電話してきました」

「すごい女だな」チャベスがつぶやく。

「私は気絶している男に手錠をかけて警察に通報しただけです」

ワイリックが戻ってくる足音がして、男たちが口をつぐむ。

「で、これからどうします？」

「まずはお互いに持っている情報を交換しませんか」チャーリーが提案する。

「いいでしょう。どうぞ座ってください」ハンクが木製の長テーブルを手で示す。

「コーヒーをここに置きますからセルフでどうぞ」バリーが言う。

チャーリーはちらりと横を見た。ワイリックがノートパソコンのキーを打ちながら首をふる。こちらを見てもいないのにどうして言いたいことがわかるのだろう。

チャーリーはため息をついて自分のコーヒーを注ぎに行った。ポットの近くにクッキーが置いてあったので、何枚かとってワイリックのそばに置く。

ワイリックはそれがチョコレートクッキーだとわかると一枚口に入れ、背もたれに体重を預けた。

「どういたしまして」チャーリーはつぶやいた。

捜査官たちがチャーリーに注目する。チャーリーはタラ・ビヤンから依頼を受けた経緯や、ジャドとタラの関係、そして娘が連れ去られたあと、タラがどうやって〈フォース・ディメンション〉のことを知ったかを説明した。

ハンクが小さく右手を挙げた。「質問なんだが、タラ・ビヤンは施設のある場所を知っていたんだろうか？」

「いいえ」チャーリーが言った。「この場所を見つけたのはワイリックです」

男たちの目がワイリックに集中する。

「依頼を受けて数日で、どうやって場所を特定したのか教えてもらえないか？」ハンクが問う。

「ネットで」ワイリックは言った。「リサーチが得意なので」

捜査官たちはさらに詳しい説明を待ったが、ワイリックはそれ以上何も言おうとしなかった。

「しかし〈フォース・ディメンション〉で検索してこの場所にたどりつけるはずがない」

ハンクがくいさがった。

ワイリックがチャーリーを見る。

「話せるところだけ話せばいいさ」

ワイリックは肩をすくめた。「常識を働かせて検索対象を狭めていっただけです。超能力関係のウェブサイトには〈フォース・ディメンション〉に入会を希望する者が山ほどいましたが、入会の方法についてはなんの情報もありませんでした。そこで過去に〈フォース・ディメンション〉に所属していた人物をさがしました。そして連邦刑務所にいるピーター・ウェンデル・ロングを見つけたわけです。ご存じとは思いますが姪を誘拐して〈フォース・ディメンション〉に連れていこうとした男です。チャーリーがロングと面会を希望したので、ロングが収容されているフェニックスの刑務所へ飛びました」

ハンクがチャーリーを見た。「自家用ジェットでも所有しているのか？」

「まさか。でもワイリックはヘリを持っているんです。彼女の場合、うちのアシスタントをしているのは単なる趣味なんですよ」

ワイリックがチャーリーをにらんだ。「趣味というより慈善事業です」

チャーリーはにやりとした。

「それでロングに会ったのか？」

チャーリーはうなずいた。

「しかしわれわれも何度となく面会したが、あの男は何もしゃべらなかった」

「私たちに対してもしゃべりませんでしたよ」

「だったらなおさら、どうしてこの場所がわかったんです？」チャベスが尋ねる。

「面会にはワイリックも同席したんですが、ロングが協力的でなかったときのためにと事前に質問リストを渡されたんです。ロングが答えなくても構わないから質問してくれということで」

「どんな質問ですか？」

「〈フォース・ディメンション〉の施設がある州はどこか。町中か、人里離れたところか。いちばん近くの町はどこか。ロングは答えませんでしたが、最後に〈フォース・ディメンション〉は人身売買にかかわっているのかと尋ねたところ激怒して、そんなことは断じてないと言いました。自分たちは世界をよくしたいという純粋な意図のもとに活動しているとね。そして面会は終わりだと言って席を立ちました」

ハンクはワイリックを見つめて言った。「それでは何もしゃべらなかったも同然だ。なのにきみらはここにいる。いったいどうして？」

「そう、面会が終わったとき、私は何ひとつ新しい情報を持っていませんでした。だがワイリックはちがった」チャーリーがワイリックを見る。

ワイリックは観念した。少女たちを救うためには捜査官の信頼を得ないといけない。

「〈フォース・ディメンション〉は超能力者の集団ですが、実はわたしにも特殊能力のようなものがあるんです。チャーリーが質問をしたとき、ロングは声に出しませんでしたが、頭のなかでひとつひとつの答えを思い浮かべていた。わたしにはそれが見えたんです。ロングの心の声が聞こえたと言ったほうがいいかもしれない。とにかく最初の質問でケンタッキー州だとわかり、次の質問で木がうっそうとしている場所をイメージしました。それからショーニーギャップの町が見えて、人身売買のくだりで、少女たちが集められている理由がわかったんです」

「やっぱり人身売買をしているのか？」ハンクが身を乗りだす。

「いいえ。少女たちを売り買いしているわけじゃない。もっとおぞましいこと。つまり自分たちと同じ能力を持つ子どもをつくるために利用しているんです。あそこの男たちは、血縁関係にある少女を会に捧げる代わりに、集められた少女たちのなかから花嫁を選ぶ権利を得る」

捜査官たちが眉間に深いしわを寄せる。

ハンクは反射的にコーヒーをひと口飲んで、喉の奥に込みあげてきたものをのみこんだ。

「衛星写真で赤ん坊を抱いている十代の女の子たちを確認したが、あの子たちが赤ん坊の母親ということか？」

ワイリックがうなずく。

ハンクは立ちあがり、近くのテーブルに置いてあったファイルをめくって何枚かの写真をとりだした。

「少女たちが列をつくって行進しているが、この子たちは？」

「メンバーによって会に捧げられた子どもたちです。思春期になる前の子を集めて、生理が始まるまで囲っておく。生理が始まったらメンバーと結婚させる。つまり十歳とか十一歳の女の子たちがレイプされ、子どもを産まされるわけです。赤ん坊を抱いている子たちだって、せいぜい十四歳とか十五歳でしょう」

「なんてこった！」ウィリスが立ちあがり、部屋のなかを行ったり来たりしはじめた。

ハンクは半信半疑だった。「今の話を、きみは見たと言うのか？」

「その質問にはもう答えたはずです」

ハンクは眉をひそめた。「チャーリー、きみは信じるのか？」

「カーター・ダンレーヴィーが行方不明になったとき、早期に発見できたのもワイリックのおかげですから」

ハンクがふたたびワイリックに目をやる。「すまない。超能力の類を信じていないだけで、きみ個人を侮辱する意図はないんだ」

「ジャド・ビヤンに面会を申し込んでも無駄ですよ」

考えていたことを見抜かれて、ハンクが目を見開く。

「だが、ほかに方法が――」

「施設に踏み込むにはどんな証拠がいるんですか？」

「少女たちの鮮明な顔写真があれば行方不明者のデータと比較できる。ひとりでも一致すれば捜査令状がとれるんだが」

「ドローンで撮影することはできないんですか？」チャーリーが口を挟む。「高い木の上から撮影するとか？」

それまで黙っていたバリーが答えた。「ドローンを使っても、連中に気づかれずに降下できる高度には限界がありますし、真上からの撮影だと人相がわからないんです。セキュリティーにひっかからないぎりぎりの高い木に登っても、周囲の木々が邪魔でろくに視界が確保できなかった。あの施設をつくったやつは、そのあたりをちゃんと考慮していたんだと思います」

ワイリックは自分の持ってきたドローンのことを考えた。抗がん剤治療のあいだ、暇つぶしに試作したドローンだ。

「ちょっとリサーチをしたいんだけど、どこか仕事をするスペースをもらえますか？」

「このテーブルを使えばいい」

「まわりに人がいると集中できないので」

ハンクが上を指さした。「二階に空き部屋がいくつかあるから、ここにいるあいだ自由に使ってもらって構わない」

「Ｗｉ－Ｆｉも使っていいですか？　だめなら自分の衛星電波を使います」

「自分の衛星？」チャベスの声がひっくり返る。

「正確にはわたしのじゃないけど、自由に使って構わないと言ってもらっているので。もちろん違法じゃないわ」

「チャーリー・ドッジ、いったい彼女にいくら給料を払っているんだ？」ハンクがあきれ顔で言う。

チャーリーが首をふった。「この人は金にはまったく不自由していないのでね」

ワイリックは余計なことを詮索されないように自分から説明した。「いろいろ商売をやっているんです。いちばん儲かるのはゲームクリエーターの仕事。それで、Ｗｉ－Ｆｉを使ってもいいですか？」

「ああ、自由に使ってくれ」ハンクが言う。

「荷物を運ぶなら手伝うが」バリーが申し出る。

「お願いします」チャーリーは立ちあがりかけたワイリックの腕に手をふれた。「荷物はこっちで運ぶから、先に二階へあがるといい。それとぼくの分のクッキーもどうぞ」

ワイリックは無言でクッキーを紙ナプキンに包んで、階段をあがった。

郵便物をとりに外へ出て家へ戻ろうとしたとき、タラの携帯が鳴りだした。チャーリー・ドッジであることを祈りながら携帯をとる。しかし表示された番号に見覚えはない。

「もしもし？」

「タラかい？　ジャドだ」

タラは携帯電話を落としそうになった。

「ジャド！　この裏切り者！　ジョーダンをどこへ連れていったの？　今すぐあの子の声を聞かせて！」

「ののしられて当然だが、一分だけぼくの話を聞いてくれ。今はあの子と一緒じゃないんだ。そのことできみの助けがほしくて電話した」

「あの子はどこ？　無事なんでしょうね？」

ジャドが話しだす。説明を聞くタラの頬をいく筋も涙が伝った。最悪のシナリオを想定したつもりでいたのに、愛娘(まなむすめ)はタラの想像を超える苦境に立たされていた。

「自分が若い子と結婚するために、あの子をカルト集団に売り渡したの？　あなた、それでも父親？」

ジャドがため息をついた。「売ったわけじゃない。それに、よりよい社会をつくるためだと信じていたんだ。スプライトを妻にするには、代わりの少女を連れていくのが決まりだった」

「スプライトって何よ！」

「スプライトというのはつまり、結婚を待つ少女たちのことだ。超能力を次世代に引き継ぐために、メンバーの血族から選ぶんだ。それで——」

「あの子をどこの馬の骨とも知れない男と結婚させるつもりだったの？　本気でそんなことを言ってるの？　あなたがそこまでいかれているとは思ってもみなかったわ！　ジョーダンを返して！」

「ぼくが馬鹿だった。本当にすまなかった」

タラはぶるぶると震えていた。動揺のあまり携帯が何度も手からすべり落ちそうになる。ついに携帯を膝に置いてスピーカーにした。

「あなたなんて親じゃない。自分の都合で娘を売り渡し、しかも退会処分になってひとりで逃げてきたなんて、どういう神経をしているの？」

「あの子をかばってマスターの怒りを買い、出ていけと言われたんだ。あの子も連れていくと言ったんだが拒否された。ぼくの口を封じるための人質だと。ぼくだってあの子をひとりにしたくなかった。だがマスターに逆らって殺されたら、誰もジョーダンの居場所がわからなくなる。とにかく外に出て、助けを呼ばなくてはと思った。きみは弁護士だし、何か方法を――」

タラは涙をぬぐって深呼吸した。「事情はわかった。これから言うことをよく聞いて。チャーリー・ドッジという私立探偵にあの子をさがさせているの。今から言う番号を書きとめて、チャーリーに同じ話をして、指示に従うのよ。わかった？」

「わかった」

「あの子を巻きこんだのはあなたなんだから、命がけで助けてちょうだい。あの子に万が一のことがあったらぜったいに許さない。どこに逃げても見つけだして、この手で息の根をとめてやるから」

「わかってる。命がけでやる」

「電話を切ったら、まずわたしがチャーリーに電話をしてあなたのことを伝えるわ。三分後にあなたが彼に電話して」

15

ジープから荷物をとってキャビンへ戻ってきたところで、チャーリーの携帯が鳴った。手にしていた荷物を置いて携帯を出す。

「タラ・ビヤンからだ」

捜査官たちが動きをとめた。

別の部屋にいたワイリックもやってくる。

「もしもし？」

「ついさっきジャドから電話がありました」タラが涙声で言った。「ジョーダンをケンタッキーにあるカルト施設へ連れていったと言うんです。ジャドはもめごとを起こしてそこを追いだされ、ジョーダンを連れて帰ろうとしたものの拒否されたそうです」

タラはそこでしゃくりあげた。「あの人はモンスターになってしまった！　娘を連れていったのは、年端もいかない子どもと結婚するためだと言うんですよ。そんなことをする父親がいるなんて信じられます？　カルト集団の目的は超能力を持った子どもを増やすことだそうです。ジョーダンに危険が迫っているとも言っていました。あなたに電話をするよう伝えたので、どうかジャドの話を聞いてください。あの人は施設の場所を知っているし、娘を助けるためならなんでもすると言っています」

「施設の場所はわかっていますし、実はもう近くにいるんです。FBIも一緒です。ジャドはまだケンタッキー州内にいるのでしょうか？」

「わ、わかりません」タラはまた泣きだした。「わたしも次の飛行機でルイビルに向かいます」

「ルイビルよりレキシントンのほうが近いんですが、あなたはダラスにとどまったほうがいい」

「娘が頭のおかしい連中に捕らえられているのに、家でじっと待っていることなんてできません。明日のフライトになるかもしれませんが必ずそちらへ行きます。また連絡しますので」

タラはそれだけ言って電話を切った。

チャーリーはハンクを見た。「タラのところにジャドから連絡があって、〈フォース・ディメンション〉を追いだされ、娘を人質にとられたと言ったそうです。これで捜査令状がとれますね」

「われわれにとってはいいニュースだが、その子の安否が心配だ。ジャドは娘をさらった理由を言っていたのか？」

「ワイリックの話と一致しました。施設にいる少女から花嫁を選ぶために娘を差しだしたそうです。今はジョーダンを助けるためならなんでもすると」

「で、現在地は？」

「この携帯に電話がかかってくることになっています」

「場所がわかったら捜査官を急行させる。気が変わって逃げられてはいけないのでね」

チャーリーはうなずいた。携帯が鳴りだす。

「チャーリー・ドッジです」

「ジャド・ビヤンと言います。あなたの助けが必要なんです」

「事情はタラから聞きました。今どこにいますか？」

「ケンタッキー州のバリアです」

「ケンタッキー州バリアのどこにいるんですか？」

「〈レッドルーフィン・ホテル〉です。車がありますから場所を指定してくだされればどこへでも行きます」

「〈レッドルーフィン・ホテル〉ですね。その場を動かないでください。こちらから迎えに行きます」

ハンクが親指を立てて部屋を出ていく。

「わかりました。お願いします。本当にすみませんでした。あの子をタラのもとに返すためならなんでもします。どうか助けてください」

ジョーダンはあまり食べられないまま宿舎へ戻った。自分で料理をよそったものの、口や顎がひどく腫れていてほんの少ししか口に入れられなかったのだ。部屋に戻るとすぐベッドに横たわる。

ほかの女の子たちがほうきやモップを手にとりはじめたのでベッドの上に体を起こした。

「何をするの？」

「掃除の日だから」ミランダが言う。

「わたしは何をすればいい？」

「あなたは寝ていればいいわ。調子が悪そうだもの」

「そうよ、休んで」バービーも言う。

ほかの少女たちも賛成し、ジョーダンはふたたびベッドに横になった。食堂の騒ぎでエネルギーを使い果たしてしまった。

「痛みどめをのんだほうがいいんじゃない？」

ジョーダンは首をふった。「あの人たちのくれるものは信用できないから」そう言って寝返りを打ち、目をつぶる。

ケイティが足もとの毛布をとって体にかけてくれた。「うちのママはいつも、たっぷり眠れば元気になるって言ってたよ」

「ママに会いたい」ジョーダンがつぶやく。

ケイティがうなずき、やさしく背中をなでてくれた。

ワイリックはキャビンの空き部屋でリサーチをしていた。衛星写真を確認して時計に目をやり、ハンクをさがしに行く。

「質問があります」

「なんなりと」ハンクが言う。

「少女たちが列になっている写真は、決まった時間に撮られたものですか？」

「おそらく食事時に撮られたものだと思う。撮影時間を確認してみよう」そう言って通信室へワイリックを案内する。

ハンクがパソコンの前に座ってログインし、ファイルを開いた。「八時四分、八時十分、八時――つまり朝食の時間帯だな。食事の時間はきっちり決まっているらしい」

「昼食は？」

ハンクは映像をスクロールした。「これだ。十一時五十五分、十二時五分、十二時十分、十二時二分。夕食の時間も見るか？」

「いいえ。もうひとつ質問。施設の上にドローンを飛ばしたことはあるんですよね」

「もちろんあるが、飛行高度が高すぎて建物の配置くらいしか確認できなかったそうだ。それなら衛星写真で充分だからやめてしまった。どうしてそんな質問を?」

「少女たちの顔を撮影して行方不明者のデータベースと照合するなら、わたしが持ってきたドローンが役立つかもしれないので」

ハンクがあいまいにほほえんだ。「最先端のドローンでも無理だったんだぞ」

「わたしのは、さらにその先を行っていますから」

ワイリックはそれだけ言うと二階へ戻り、チャーリーの部屋のドアをノックした。

ノックの音を聞いたチャーリーは、シャツのボタンをとめながらドアを開けた。「どうした?」

「ジープの鍵を貸してください。出したい荷物があるので」

「ぼくも行くよ」部屋の奥へ戻って車の鍵をとってくる。

ワイリックが自分の部屋からノートパソコンを持ってきて、チャーリーとともに階段をおりた。

「どうかしたんですか?」そろって現れたふたりを見て、ウィリスが尋ねた。

「ワイリックが車の荷物を出したいと言うので」

通信室から出てきたハンクもふたりに続いて外へ出る。

チャーリーはジープのロックを解除した。「何が必要なんだ？」

ワイリックが段ボール箱を指さす。「それをポーチへ運んでください」

バリーとチャベスもキャビンの裏手からやってきた。「何か始まるのか？」

ウィリスが肩をすくめた。

チャーリーはポーチのテーブルに箱を置いた。ワイリックが中身をとりだすのを黙って見守る。

「それは？」ハンクが不審そうに尋ねる。

「わたしが開発した新型ドローンです。これなら少女たちの上を低空飛行できます」

「だめだ」即座にハンクが反対する。「低空飛行なんかして監視に気づかれたら、やつらが警戒して子どもたちを別の場所に移すかもしれない」

「このドローンなら気づかれないから大丈夫です。そろそろ十二時ね。ここから施設まで一・五キロ以上あるということは、あまり時間がないってことだわ」

ワイリックがドローン本体をとりだすと、男たちが興味津々でのぞきこんだ。内部のカメラ部分以外、機体は透明で向こう側が透けて見える。

「プラスチックでできているのか？」ハンクが尋ねる。

「まあ、そんなところです」

ワイリックはバッグをかきまわして、金や銀の紙吹雪のようなものが入った袋をとりだした。ドローンを逆さにして底にあるハッチを開け、チャーリーのほうへ差しだす。

「この状態で持っていてください」

チャーリーが従うと、紙吹雪のようなものを入れてハッチを閉めた。それからノートパソコンのキーをたたいてプログラムを起動させ、チャーリーの手からドローンをとって、代わりにノートパソコンを渡す。

「内蔵のカメラが撮影したものをリアルタイムで見られます。録画もできるんですよ。わたしに見えるように持っていてください」

ワイリックはドローンとコントローラーを手に、空き地のまんなかへ移動した。

「本当にばれないんだろうな?」ハンクがすぐあとをついていく。

ドローンが宙に浮くと男たちはまず、その静けさに驚いた。

「モーター音がまったくしない」

「ソーラーパワーで動いているので」

ワイリックはドローンから送られてくる映像を食い入るように見つめながらコントローラーを操作した。ドローンがいっきに高度をあげ、木々に埋もれそうな道路を頼りに頂上を目指す。

「少女たちが行進を開始するタイミングはわかりますか?」

「偵察チームに確認してみる」ウィリスが無線機を手にする。「ちょうど男たちが少女のいる建物に向かったそうだ」

ワイリックは映像に目を凝らした。そろそろ施設が見えてくるはずだが、画面は一面の緑で建物らしきものが見当たらない。ドローンの針路をわずかに西へ向ける。たちまち施設を囲む高い壁が見えてきた。

〝少女たちが建物から出てきます〟無線から声がした。

「ナイスタイミング」ワイリックはドローンを壁の内側へ誘導した。

「いたぞ！」ノートパソコンの画面を見つめていたチャーリーが叫んだ。

少女たちが一列になって建物から出てくるのが見える。ジョーダン・ビヤンの姿をさがしたが、真上からでは誰が誰だか区別がつかなかった。

「くそ、やはり顔がわからないな」ハンクが悔しそうに言う。

ワイリックが少女たちの真上にドローンを誘導してボタンを押した。

「え？　あれは？」バリーが声をあげる。

金や銀の紙吹雪が太陽の光を反射しながら少女たちの上に降りそそぐ。

チャーリーはにやりとした。「少女たちが上を向きはじめた！」

ワイリックはドローンの向きを変えて少女たちの上を通過させ、紙吹雪を指さしたり、てのひらに受けたりしている子どもたちの顔を残らず撮影した。

突然降ってきた何かに男たちが慌てているのが見える。だが彼らが上を向くころ、ドローンは壁を越えてキャビンに戻りはじめていた。

ハンクは茫然(ぼうぜん)としていた。自分たちがずっとできないでいたことを、民間人の女性がいとも簡単にやってのけたのだ。

あのドローンをなんとしても手に入れたい！

チャーリーは上空を指した。「戻ってきたぞ」

「わかってます」

ワイリックが立ちあがるよりも早く、ハンクがドローンに向かって走りだした。ドローンを拾いあげて戻ってくるハンクの表情は何かにつかれたようだった。

「よく調べないと。これさえあればわれわれは――」

「われわれ？」ワイリックがつかつかとハンクに歩み寄る。「われわれというのはFBIのことですか？　言っておきますけど、このドローンに関する技術は残らず特許を取得してあります。形状も、材質も含めてね。なんでも武器にするような人たちに渡すつもりはありませんから」

ワイリックはハンクの手からドローンを奪い、コントローラーとともに箱に戻すと、ひとりキャビンへ入った。

二階の自室へ行き、箱を置いて廊下へ出ようとしたところで考えこみ、引き返して着替えの入ったバッグをクローゼットから出す。まずバッグの中身をベッドの上に空けてドローンとコントローラーを入れた。その上にシャツを詰め、残りの衣類はドローンの箱に移す。バッグはクローゼットにしまい、箱はベッドの足もとに置いて階下におりた。

「大丈夫か？」チャーリーがノートパソコンを差しだす。

「数分待ってくれれば必要な情報をそろえます」ワイリックがキーをたたきながら言った。

「ドローンの撮影データをコピーしてくれればいい。こちらで身元を照合する」ハンクが部下に指示するような口調で言った。

ワイリックは画面を凝視して手を動かしながら答えた。「わたしがやったほうが早いですから」

捜査官たちが顔を見合わせる。

ハンクは険しい顔をした。「勘ちがいをしているようだが、きみらをここへ連れてきたのはあくまで情報交換のためで――」

「ジョーダン・ビヤンの捜索に関して、あなた方の指示を受ける義理はない」チャーリーがきっぱりと言う。「あなたに電話をしたのは、施設内で起きていることを知った以上、ほかの少女たちを助けないわけにいかないからだ。ワイリックは優秀だ。数カ月前から施設の存在を知りながら手をこまねいて見ていることしかできなかったなら、彼女の邪魔をしないでもらいたい」

捜査官たちはむっとしたものの言い返せなかった。

「あの、派遣チームがジャド・ビヤンと合流できたか確認してきます」バリーがそそくさと通信室へ消える。

ワイリックは男たちの対立を無視して作業に没頭した。マウスをクリックしてウィンドウを次々に切り替え、目にもとまらぬスピードでキーを打つ。

「われわれはルールに沿って仕事を進めているんだ」ハンクがチャーリーに食ってかかった。「あんたのアシスタントが、せっかく集めた証拠を台なしにする可能性だってあるんだぞ。違法行為をすれば裁判で――」

ワイリックの手がとまった。

「あなたたちはいったい何がしたいの？　カルト集団をつぶして、少女たちを助けたくないの？　年端もいかない女の子たちがレイプされ、子どもを産まされているのを知りながら、証拠がないからどうしようもないと、このまま監視を続けるわけ？」いっきに言ったあとでチャーリーを見る。

「きみは作業を続けてくれ」チャーリーがそう言ってハンクをにらんだ。

ワイリックはドローンの映像から少女たちの顔写真を抜きだして、行方不明者のデータベースと照合していった。少女たちは痩せておらず、清潔な服を着ているように見える。外見からは虐待を疑う兆候はない。

ところが次の少女の顔写真を抜きだした瞬間に状況が一変した。唇は腫れあがり、目のまわりや顔に無数のあざがある。

「ジョーダン・ビヤンを見つけたわ」

チャーリーがつかつかとワイリックのもとへ近づいた。写真を見てうめき声をあげる。

「ひどい。いったい何をされたんだ?」

「どうした?」ハンクもテーブルへやってきた。写真を見て息をのむ。「ほかの少女たちもこんなふうなのか?」

「この子だけよ」

「これだから救出は一刻を争うんだ」チャーリーが言った。

ワイリックは次々と少女たちの写真を抜きだし、独自に開発したプログラムにかけていった。あとは結果を待つだけになって、背もたれに体重を預ける。

「ああ、カフェインがほしい」

「冷蔵庫にペプシがあるからとってこようか」ウィリスが言う。

「ありがとう」ついでに部屋からチョコレートバーもとってこようかと考えているとき、〝ハレルヤ!〟という声がした。

「今のはなんだ?」ハンクが尋ねる。

「勝利の声」ワイリックが画面を指さした。「最初のひとりが見つかりました。この子はバーバラ・ジューン。あだ名はバービー」

ハンクが目を見開く。「こんな短時間に照合できたのか？」

「プリンターを使っていいですか？」

ハンクが息を吐く。「ああ。ちょっと待ってくれ。今、パスワードを――」

「そんなものはいりません」

ワイリックは新たなウィンドウを起ちあげてプリンターを見つけた。一瞬で接続を確立して印刷を押す。

少女たちの名前と写真が一致するたび、ワイリックはデータを印刷していった。

「これが最後のひとり」印刷をクリックして両手をあげる。

通信室から戻ってきたバリーが、印刷された少女の顔写真を差しだした。「これがプリントアウトされたんだけど、誰が――」

「それはチャーリー・ドッジのものです」ワイリックが言った。

チャーリーがプリントアウトを受けとってテーブルの上に並べる。

「何人照合できた？」ハンクが尋ねる。

「行進していた少女たち十四人分です」

捜査官たちはテーブルを囲み、食い入るように写真を見た。

「この短時間で身元確認ができるとは恐れ入った」バリーが言う。

「問題は正確性だ」ハンクが写真を見て疑うように眉をひそめる。

「わたしのプログラムは正確です」

ワイリックは不愛想に言うと、ノートパソコンを手に部屋を出ていった。

チャーリーは無性に腹が立った。

「さっきからいったいなんなんだ？　女性のほうが有能だという事実を受け入れられないのか？　彼女の能力を疑うなら今後は別行動にしよう。データはやるから捜査令状をとればいい」

部屋を出ていきかけてふり返る。「ジャド・ビヤンが到着したら教えてくれ。ビヤンは私と話しに来るんだ。ほかの少女の救出は任せるが、ジョーダン・ビヤンはこちらで保護する。あの子をマスコミにさらすことは許さない」

チャーリーが出ていったあと、ハンクは硬い表情のままプリントアウトを集めた。

「チャベス、ウィリスと一緒に捜査令状をとってくれ。それと一斉捜査に備えて支援要員を要請する。奇襲的に行動しないと少女たちが危険にさらされるかもしれないし、やつらが証拠隠滅をはかるかもしれない」

チャベスとウィリスがうなずいて部屋を出ていく。

ハンクは次にバリーを見た。「ジャド・ビヤンは？」

「バリアに捜査官を派遣したのですが、まだ情報がありません。もう一度確認します」

チャーリーと電話したあと、ジャドはシャワーを浴び、ひげを剃って着替えた。ホテルの場所を訊かれたということは部屋で待っていればいいのだろう。相手は人さがしのプロなのだから、部屋番号を調べるくらい造作もないはずだ。そう思ったものの、三十分もするとじっとしていることに耐えられなくなって、フロントへ行き、チェックアウトの手続きをした。

時計は十二時をまわったところだ。昨日から何も食べていなかったのでロビーのコーヒースタンドで菓子パンとコーヒーを買う。

食べながら周囲の人を観察した。人間観察は以前から好きだったが、今日は周囲の人々が当然のように手にしていて、自分がこれから失うものについて考えないわけにいかなかった。それは〝自由〟だ。チャーリーの調査に協力したあとは、自分もほかのアークエンジェルたちと同じように法の裁きを受けることになる。

コーヒーを飲みおわり、お代わりをしようかと思ったときヘリコプターの音が聞こえてきた。最初はドクターヘリでも飛んでいるのだろうと思った。ところがヘリの音はどんどん大きくなっていく。

迎えのヘリか！

慌ててコーヒーカップとナプキンをごみ箱に捨てて、荷物を持ち、ロビーを出た。

パトカーが何台も道をふさいで、ホテルの駐車場に車を近づけないようにしている。ヘリが駐車場に着陸し、男たちが降りてきた。

ＦＢＩだ！

胸がどきどきしはじめる。無意識に荷物を右手から左手に持ち替えた。

パトカーから警官も降りてきて、ＦＢＩの捜査官と一緒にこちらへ近づいてくる。

二度とふつうの生活には戻れないことを実感した。恐ろしくて逃げだしたくなったが、ジョーダンのことを思い出して踏みとどまる。自分があの子にしたことを思えばＦＢＩに連行されることなどなんでもない。今、この瞬間も、ジョーダンはひとりぼっちで死ぬほど怯えているはずなのだから。

捜査官がジャドの前に立った。

「身分証を見せていただけますか？」

ジャドは免許証をとりだした。「ジャド・ビヤンです」

捜査官は身分証を受けとってから、ジャドの体を両手でたたいて武器を持っていないことを確認した。それから手首に手錠をはめる。そんなことをされるとは思っていなかったのでびっくりした。

「では一緒に来てください」

捜査官がジャドの腕をとってヘリのほうへ歩きだす。

ジャドがシートベルトを締めおわらないうちにヘリは地上を離れていた。駐車場にとめた車がどんどん小さくなっていく。

ジャドは捜査官を見た。「ぼくの車はどうなりますか？」

捜査官は三秒ほどジャドを見つめてから口を開いた。「わかりません。われわれは命令に従っているだけなので」

「ジョーニーギャップまでどのくらいかかりますか？」

「最短で一時間ちょっとです」

ジャドは座席にもたれて目を閉じた。

タラに電話をして、約束どおりチャーリー・ドッジと話したことを伝えればよかったと後悔した。そうすれば少しは彼女の信頼をとりもどせたかもしれない。

いや、ジョーダンが生きて戻ってきてさえくれれば、ほかのことはどうでもいい。

16

空から降ってきた紙吹雪は、〈フォース・ディメンション〉にちょっとした騒ぎをもたらした。少女たちがくすくす笑いながら、お互いの頭についた紙吹雪をつまむ。すでに食堂で食事をしていた男たちは、いつも静かに入ってくる子どもたちの笑い声や話し声に気づいて眉をひそめた。

少女たち以外に紙吹雪を目撃したのは、列の後方を歩いていたふたりのアークエンジェルだ。

着席してもざわついている少女たちを見て、先頭を歩いていたトーマスが後方のふたりに尋ねた。「いったい何事だ?」

「空から、何かきらきらしたものが落ちてきたんです」後方にいたアークエンジェルが報告する。

トーマスはますますいぶかしげな顔をした。「きらきらしたもの?」

「はい。急に降ってきて、少女たちの髪につきました」

「おまえはそれを見たのか？」

「見ました」

「どれ」トーマスは近くにいた少女の頭を調べて、髪についている金や銀の紙片をつまんだ。次の少女の頭も調べる。

ジョーダンのうしろへ来て、長い黒髪に指を突っこんだ瞬間、鋭い悲鳴があがった。

「痛い！」ジョーダンが両手で頭をおおう。

そこでトーマスも、ジョーダンが卒倒して頭をぶつけたことを思い出した。

「ああ、すまなかった。けがのことを忘れていた」

その何気ない口調がジョーダンの心に火をつけた。ルール違反を承知で立ちあがり、トーマスをにらみつける。

「こんな顔にしておいて忘れたですって？　それでよく自分たちを大天使(アークエンジェル)なんて呼べるわね。天使どころか悪魔よ。超能力者は法律を守らなくてもいいの？　このきらきらは勝手に降ってきたの！　髪についたのはわたしたちのせいじゃない！」

「わかった。わかったから座りなさい」トーマスはジョーダンの腕をひっぱって頭から外させた。その手に血がついている。また出血したらしい。

ジョーダンは自分の手を見て顔を歪(ゆが)めたあと、トーマスのほうへ突きだした。

「どうしてひどいことばっかりするの？　もう放っておいてよ！」怒鳴ったあとでどさり

と椅子に腰をおろし、テーブルに突っ伏す。

トーマスはため息をついた。ほとほと手を焼く存在ではあるが、ジョーダンの気持ちも理解できた。殴られてけがをした直後に、唯一の肉親である父親が施設を去ったのだからショックを受けて当然だ。

「本当にすまなかった。痛い思いをさせるつもりはなかったんだ」

「わたしの髪もひっぱったわ」ケイティが言う。

「わたしも痛かった」ミランダも言った。

「わたしだって痛かったけど、口に出すのが怖かったの」バービーがつぶやいた。

少女たちが口々に不満を言いはじめる。

トーマスは咳払(せきばら)いをすると、少女たちのささやかな反乱について報告するために本館へ向かった。

ジョーダン・ビヤンはほかの少女たちに悪い影響を与えはじめている。このままでは組織の秩序が崩壊するかもしれない。

アーロンは食堂へ行こうと本館を出たところだった。食堂のほうから歩いてきたアークエンジェル・トーマスの表情を見て足をとめる。

「マスター、スプライトたちが問題を起こしました」

「どんな問題だ？」体の前で両手を組み、平静を装って尋ねる。

「宿舎から食堂に移動した際、少女たちの髪にきらきら光る紙片がつきました。空から落ちてきたというのです。最初はあの子たちのいたずらかと思いましたが、列のうしろを歩いていたアークエンジェルも行進中に光るものが落ちてくるのを見たと言います」

「それで誰かけがでもしたのか？」

トーマスはため息をついた。「いえ、ただ、少女たちの髪についているものを調べているとき、ジョーダン・ビヤンの頭部の傷に手があたって、また出血しまして……」

アーロンは眉をひそめた。食堂にいる全員に、ふたたび傷のことを印象づけてしまったようだ。

「ジョーダンの反応は？」

「よほど痛かったのでしょう。立ちあがって怒ったあと、気力を失ったみたいにうなだれていました。問題はそれだけではないのです。ほかの少女たちまで私のふれ方が乱暴だと文句を言いはじめまして……。ジョーダンはあの子たちに悪い影響を与えています。少女たちがあの子をかばうのはこれで二度めですから」

「わかった。これから監視カメラの映像を確認して、光るものがどこから落ちてきたのか確認する。地面にも落ちているだろうから、いくつかサンプルを持ってきてくれ。それと、今後はジョーダンを刺激しないように気をつけろ。父親に対する恨みを利用して味方につけたい」

「了解しました」トーマスはそう言って足早に戻っていった。

アーロンは監視カメラの映像を確かめるために本館へ戻った。

「マスター、お食事は？」ロバートが時計を見て首を傾げる。

「少々、問題が起きたので、これから監視カメラの映像をチェックする。すまないが私の食事を部屋まで運ばせてくれ」

「かしこまりました」

アーロンは監視室へ向かった。ドアの鍵を開けていくつも並んだスクリーンの前に座る。スクリーンは建物ごとに分かれていて、建物内のカメラのアングルを切り替えられるようになっていた。スプライトの宿舎の外を映しているカメラの録画データを巻き戻して、少女たちが建物から出てきた時刻に合わせる。少女たちはいつもとまったく変わらない様子で静かに建物から出てきた。

数秒後、行進する少女たちの頭上にきらきらしたものが現れたが、注意して見てもそれがどこから現れたのかはわからなかった。何度か巻き戻してみたが、遠くの空を鳥が飛んでいるくらいで、人工的な浮遊物はない。

おそらく風で飛ばされた紙片がたまたま少女たちの髪についたのだろう。そう結論づけたアーロンは、スプライトたちのシャワールームを盗撮している映像に切り替えた。

マスターになるにあたって、アーロンは禁欲の誓いを立てた。以来、泡にまみれる未成熟な裸体を眺めては性欲を処理してきたのだった。盗撮をしていることはメンバーも知らないので、監視室には常に鍵をかけてある。その日の朝のシャワータイムを堪能しようと思ったところで、食事が届いたというロバートの声が聞こえた。

うしろ髪を引かれる思いで監視室を出て、ドアをロックする。

執務室の入り口に、トレイを手にしたロバートが立っていた。

「裏のベランダへ運んでくれ。飲みものはアイスティーがいい」

ロバートは言われたとおりトレイをベランダへ運んでから、アイスティーを淹れるために引き返していった。

肉汁たっぷりのミートローフと新鮮な野菜の香りが食欲を刺激する。アーロンは席につき、大きなナプキンを広げて膝に置いた。皿に顔を近づけて盛りつけや香りを存分に楽しんだあと、ミートローフをひと切れ口に入れる。弾力のある食感とスパイスの風味が絶妙だ。続いてなめらかなマッシュポテトを頬張り、かりっとしたニンジンのバターソテーを食べた。どれも文句のつけようがなかった。

ロバートが氷の入ったグラスとアイスティーのピッチャーを運んできて、テーブルに置いた。

アーロンはひらひらと手をふった。「ありがとう。あとは自分でやる。食堂へ行ったら、どの料理もいい味だと料理人に伝えてくれ」

ロバートがほほえんだ。「かしこまりました」

ジャドを乗せたヘリは、ショーニーギャップへ続くハイウェイをなぞるように飛んでいた。数分後、ヘリが高度をさげはじめる。

「もしかして道路に着陸するんですか？」ジャドはおっかなびっくり尋ねた。

「ほかに開けた場所がないので」捜査官が淡々と答える。

「ヘリを降りるときに手錠を外してもらえますか？」

「それは私が決めることではありません」

ヘリがぐっと高度をさげ、ジャドはロビーで食べた菓子パンを戻しそうになった。一瞬置いて、スキッドが地面を捉える。

シートベルトを外そうと焦っているときドアが開いた。迷彩服を着て武器を持ったふたりの男がジャドに手招きする。隣に座っていた捜査官がジャドのシートベルトを外すと同時に、男たちはジャドの腕をつかんでヘリからひっぱりおろした。

「荷物が！」ジャドは叫んだ。

ヘリのなかから荷物が放り投げられ、迷彩服の男がそれをキャッチして黒のＳＵＶへ走る。ＳＵＶの窓にはスモークがかかっていた。

迷彩服の男たちがジャドを挟んで後部座席に座る。

ヘリはすぐに離陸して、みるみる小さくなっていった。

ジャドを確保したことを知らせようと、ハンクは階段をあがった。チャーリーの部屋をノックしても返事がないので、仕方なくワイリックの部屋のドアをたたく。

ドアを開けたのはチャーリーだった。ワイリックは窓際でパソコンに向かっている。

「バリアでジャドをピックアップした。ヘリだから一時間もかからずにここへ連れてこられるだろう」

チャーリーがうなずいた。「施設全体を写した衛星写真がほしいんだが」

「すぐに持ってくる。それとサンドイッチをつくったから、よかったら食べてくれ」

「作業の区切りがついたら下へおりるよ」チャーリーはドアを閉めた。

ハンクはため息をついて一階へ引き返した。ぎくしゃくするのはいやだが、自分の言動がまちがっていたとも思っていなかった。すべては大義のためだ。

チャーリーも気まずい空気をうっとうしく思っていた。だが一刻も早くジョーダンを助けるためにも、ワイリックには余計なことを考えず作業に没頭してもらわなければならない。これほどの焦燥感を覚えるのは幼い男の子を捜索したとき以来だ。子どもが絡んだ事件は冷静でいるのが難しい。

　ワイリックは二台のパソコンをリンクして〈フォース・ディメンション〉のセキュリティーシステムを分析していた。システム全体をダウンさせることができれば救出作戦がぐんとやりやすくなる。ハンクがＳＷＡＴチームと施設の裏手にある塀を越える計画をたてているようだが、今のままでは外壁に近づいただけで警報が鳴る。

　作業に没頭するあまり、チャーリーがドアを開けるまでノックの音にも気づかなかった。ハンクがジャド・ビヤンのことと、サンドイッチがどうとか言うのが聞こえた。

「食事を用意してくれたんですか？」

「携行食のほうがいいなら別だが」

「いいわけないでしょう」

　チャーリーがにやりとする。「じゃあハンクとも休戦するんだな」

　ワイリックが鼻を鳴らすと、チャーリーはくっくと笑った。

「休戦の前に戦っているつもりもありません。過剰に分泌された男性ホルモンがうっとうしいだけで」

　チャーリーが訳知り顔でうなずいた。「ぼくはいったん部屋に戻るから、下で会おう」

　部屋に戻ったチャーリーは、食事前にタラに電話をして一時間後にジャドと合流することを伝えようとした。タラが電話に出ないので、メールで用件を伝える。

五分ほどして下におりると、すでにワイリックがいた。黒っぽいTシャツから白いタンクトップに着替えている。乳房のあった場所に陣取るドラゴンのタトゥーが男たちを威嚇していた。捜査官はみな、目のやり場に困っているようだ。

当のワイリックは足音だけでチャーリーが入ってきたのに気づいたが、素知らぬふりでサンドイッチ用のパンを皿にとった。パンの片面にしっかりマスタードを塗ってから、野菜やハムを盛る。

ウィリスが顔をあげ、チャーリーにビールを勧めた。

チャーリーはグラスを受けとって小さく掲げると、パンや具材の並んだテーブルに近づいた。

キャビンにいる全員が待機状態だった。捜査官たちは捜査令状を待ち、チャーリーはジャドを待っている。

施設にいる子どもたちの身元がわかって突破口ができたとはいえ、行動には慎重さが要求される。下手をすれば子どもたちが危険にさらされかねないからだ。テキサス州ウェーコで起きた悲劇を——デヴィッド・コレシュが設立したカルト宗教、〈ブランチ・ダビディアン〉の悲劇を繰り返してはならない。

捜査官たちが食事を終え、片づけをしているときにハンクの携帯が鳴った。

メールを確認したハンクが顔をあげる。

「ジャド・ビヤンがヘリを降りて車で山へ向かっている。あと十五分以内に到着するはずだ」

ワイリックが立ちあがり、紙皿や紙コップをキッチンへ運んだ。それから廊下の先のバスルームへ向かう。

チャーリーも食事の片づけをして、表に面した窓辺でジャドの到着を待った。ジョーダン・ビヤンの捜索もいよいよ大詰めに近づいていた。

手についたマスタードを洗い流したワイリックは、水をとめたところで二階から足音が聞こえることに気づいた。

誰かが自分の部屋にいる。そしてそれはチャーリーではない。

狙いはドローンだ！

やはりＦＢＩはあのドローンをあきらめていなかった。こちらの目を盗んで構造や材質を確かめようとしているにちがいない。

ワイリックは足音を忍ばせて階段をあがった。ドローンの箱を持ったウィリスが部屋から出てきたかと思うと、廊下の先の、別の部屋に消えた。

ワイリックは息を殺して様子をうかがった。いつ箱の中身に気づくだろう？

三十秒ほどして、ウィリスが廊下に飛びだしてきて、ふたたびワイリックの部屋に駆けこんだ。

ワイリックも部屋の入り口付近に移動して、腰に手をあてて待った。

出てきたウィリスが足をとめる。

「あ――」

「わたしの下着はサイズが合わなかったでしょう?」

ウィリスの首筋にさっと血がのぼる。

「ほしいものを手に入れるためなら、ＦＢＩは盗みまでするわけ?」

「上の命令に従っただけだ」

「捜査令状がなければ動けないようなことを言っておいて、自分たちの利益のためなら法律は無視するのね」

ウィリスが言葉に詰まる。

ワイリックはウィリスの胸に指を突きたてた。「忠告しておくわ。今度わたしの私物をあさったら容赦しない。チャーリー・ドッジも敵にまわすことになるから覚悟なさい」

ウィリスは言い返さなかった。無断で私物を持ちだしたところを目撃されたのだから何を言っても言い訳にしかならない。それよりもワイリックがこちらの行動を読んで、罠(わな)を仕掛けていたことと、その罠にまんまとかかった自分が腹立たしかった。

ワイリックは手強い。ドラゴンのタトゥーは見掛け倒しではないのだ。ウィリスは降参の印に両手をあげ、階段へ向かった。

ワイリックは部屋に入って鍵を閉め、箱のなかから着替えを出した。クローゼットの鞄を出して中身を入れ替え、ドローンの箱をチャーリーの部屋のクローゼットに移す。

階下では、二階からおりてきたウィリスの様子がおかしいことにチャーリーが気づいた。

数分後に、何食わぬ様子でワイリックがおりてくる。

問題が起きたのかと問いかけるように、ワイリックに向かって片眉をあげる。

ワイリックが首をふった。

なんにせよ、今は追及するなということだ。

チャーリーはうなずいた。

「ジャドを乗せた車だ」ハンクが声をあげる。

黒いＳＵＶが近づいてきてキャビンの前で停車した。見覚えのある迷彩服の男が出てきて、ジャド・ビヤンを車から降ろす。ジャドは手錠をかけられていた。

捜査官がジャドの腕をつかんでキャビンに入れ、手錠を外す。

チャーリーはジャドの前に立った。

「チャーリー・ドッジだ」

「お力を貸していただいて感謝します」

チャーリーはジャドをにらんだ。「言っておくが、おまえのためにやるんじゃない。タラと娘さんを助けるためだ。〈フォース・ディメンション〉の正体はわかっているから、とりつくろっても無駄だぞ」

「わかりました」ジャドがうなだれる。

ワイリックがジャドの向かいに腰をおろしてパソコンを開く。ほかの捜査官もジャドを挟むように席についた。

チャーリーだけはジャドの隣に座る気になれず、テーブルの前を行ったり来たりしながら質問を始めた。

「今日、ジョーダンの顔を写真で確認した。誰があんなむごいことをした？」

ジャドがうつむいた。「あの子は到着してからずっと反抗的で――」

「反抗しないわけがないだろう。父親に売られたんだぞ。それも自分と同じ年頃の娘と淫行する代償として。仕事柄、数えきれないほど犯罪者を見てきたが、おまえほど薄汚いことをしたやつはいなかった。〈フォース・ディメンション〉は卑劣な犯罪集団だ。おまえが娘を殴ったのか？」

ジャドが息をのんだ。「まさか！　あの子に手をあげたりはしません」そう言った瞬間、娘の首に鎮静剤を注射したことを思い出す。「あれは……マスターがやったんです。いくら反抗的とはいえ、あんなことをされるとは夢にも思いませんでした。暴力行為などこれまでなかったので」

「少女をレイプするのは暴力じゃないとでも？」チャーリーは言い返したあとで、顔をそむけた。両手で自分の髪をかきあげ、つかむ。そうしないとジャドの首を絞めてしまいそうだった。

「レイプじゃありません。結婚して、慈しむんです」

「それはおまえたちの勝手な言い分だ」

一喝されて、ジャドはうつむいた。「今ならそれがわかります。ジョーダンをタラのもとに連れて帰るためならなんでもします」

チャーリーはテーブルについている男たちを指さした。「彼らはＦＢＩの捜査官だ。娘の救出に協力したからといっておまえの罪が軽くなると思ったら大まちがいだぞ」

「わかっています」ジャドは涙声で言った。「本当に申し訳ありませんでした。あの組織に入って道を踏み外してしまった。頭がどうかしていたんです。自分が正しいことをしていると思っていたんですから」

チャーリーは同情しなかった。ハンクたちをふり返る。「始めていいか？」

バリーが三脚を調整してカメラの角度を合わせ、親指を立てた。

「すでにわかっていることも記録のために尋ねる。〈フォース・ディメンション〉のリーダーは誰だ？」

「アーロン・ウォルターズです」

「アーロンが〈フォース・ディメンション〉をつくったのか？　それともアーロンの上に創設者がいるのか？」

「ぼくが知っているのは、アーロンがこのあたりの出身だということと、メンバーは彼をマスターもしくはセラフィムと呼び、彼の命令に従うことです。ただ、アーロンが組織の外の誰かとやりとりしているという話なら聞いたことがあります。身のまわりの世話をしているアークエンジェル・ロバートによると、月に一度、あそこで行われている実験について外部の誰かに報告をしているそうです」

「実験？」

「施設内で生まれた子どもに特殊能力が引き継がれているかどうかをテストするんです」

「いずれにせよ、アーロン以外に黒幕がいる可能性が高いということか」ハンクが悔しそうに言う。「アーロンを捕まえても、やつが口を割らなければ黒幕がわからずじまいだ。ほかの州に似たような組織があってもおかしくない」

黒幕さがしはFBIの仕事だ。チャーリーは構わず続けた。「結婚して子どものいる少女は何人いる？」

ジャドが考えこむしぐさをした。「結婚しているのは六人で、そのうち四人に子どもがいます。ふたりはここ数カ月のあいだに結婚しました。そのうちひとりが最近、流産しました」

「結婚したらそれぞれの住居を与えられるのか」

ジャドが首をふった。「アパートメントタイプの建物があって、夫婦はそこに集められています。家族ごとの部屋に分かれていますが共用スペースもあります。独身の男は別の建物に住んでいて、それぞれ個室が与えられています。スプライトは――未婚の少女たちですが、また別の棟に一緒に住んでいます。日中は繕いものなどをしています」

チャーリーが口を開く前にワイリックが訂正した。「住んでいるじゃなくて、閉じこめられているんでしょう」

ジャドが唇を噛みしめる。「少女たちは掃除や繕いものなどをします。本を読んだりゲームをしたりもします」

「いちばん小さい子はいくつなの？」

「十歳だったと思います」

ワイリックは自分の幼いころを思い出した。母親から引き離され、研究のことしか頭にない科学者たちに囲まれて育った日々を。データ収集のためだといってくだらないテストを繰り返し受けさせられた。

見知らぬ男の子どもを産むためだけに閉じこめられている少女たちの気持ちを思うと吐き気がする。

ジャドがため息をついた。「実際、そんなにひどい環境ではないんです」

「子どもたちにとってはひどい環境よ。それがわからないならあなたは大馬鹿者だわ」ワイリックはそう言ったあとでチャーリーを見た。「それでも少女たちがひとつの建物にまとまっているのはいいことですね」

チャーリーがうなずく。「安全を確保しやすい」

ハンクが口を開いた。「結婚した少女たちは夫がいないあいだ、やはり閉じこめられているのか？」

「はい。夫婦用の建物もメインの入り口は常に施錠されています。母親と赤ん坊は共用スペースに集まって話したり遊んだりできます。父親は赤ん坊に特殊能力が受け継がれているかどうかを毎日テストします」

説明しながら、ジャドも改めてあの場所の異常さを認識した。人類のためなどと大義を並べて少女たちの人権を無視している。

ハンクが眉をひそめた。「つまり、救出しなければならない子どもたちはふたつの建物に分かれているということだな」

チャーリーがジャドにペンを渡し、施設の白黒写真をテーブルの上に広げる。

「それぞれの建物が何をするところなのか、できるだけ詳しく書きこんでくれ。施設のセキュリティーはどの部屋で管理している？　警報が鳴ったらどうなる？　知っていることをすべて書きだすんだ。ジョーダンを安全に救出するためには、武器を使わずにこの施設を制圧しなくてはならない。仲間が撃たれるのもいやだろう」

ジャドはうなずき、白黒写真をひっくり返してゲートが手前になるようにした。そしてペンをとって熱心に書きはじめた。

17

アークエンジェル・トーマスに少女たちが意見するのを見た幼い母親たちは、心のなかで後輩の度胸を賞賛した。その一方で、施設内でもめごとを起こしてほしくないとも思った。年は若くても母親の本能で、わが子の安全を第一に考える癖がついているからだ。

夜中に赤ん坊の隣で目を覚まして、かつての生活を懐かしく思い出すこともある。両親のことを考えるといつも悲しい気持ちになるが、彼女たちにとっては施設の生活が日常になっていて、どんな種類であれ変化は恐ろしいものだった。

母親たちの不安を知ってか知らずか、スプライトは無言で食事をして宿舎へ戻っていった。

ジョーダンが宿舎に入ってすぐ医務官がやってきて、頭の傷を調べようとした。

「さわらないで」ジョーダンは両手を突きだしてあとずさりした。

「痛いことはしないから」

「最初のときは痛かったわ。自然に血がとまるのを待つから放っておいて」

医務官は複雑な気持ちになった。目の前の少女から伝わってくるのはまぎれもない恐怖だ。〈フォース・ディメンション〉に入る前、彼は救急救命士だった。共感力が高すぎて患者の痛みを自分のもののように感じ、精神的に疲れ果てて休職した。

三年前にこの組織に入って医務官となり、簡単な縫合や出産の手伝いをした。生まれてきたばかりの赤ん坊が目の前で亡くなることもあったものの、スプライトとの接触は限定的だったので生々しい苦しみを味わわずにすんだ。

ジョーダンのように痛めつけられた子どもを見るのは初めてだ。彼女を通じて、子どもたちの恐怖を追体験したような気がした。ここにいる少女たちはマスターの理想に共感したわけではない。いわば、大いなる善のために差しだされた生贄だ。

「わかったよ」診察鞄のなかから抗生剤入りの軟膏とガーゼをとりだしてベッドに置く。「傷口を清潔にしてこの軟膏を塗るといい。化膿させないように気をつけるんだよ」

医務官はうなだれて建物を出た。目をそむけていた現実の苦しみを突きつけられた気がした。

宿舎の扉が閉まると、少女たちがジョーダンのもとへ集まってきた。

「バービー、タオルをぬらして持ってきて。座って、ジョーダン。わたしが傷口を見てあげる」ケイティが言う。

ジョーダンは素直にベッドに座った。頭の傷のことも気にかかるが、生理のことも不安だった。初めての経験なのでどのくらい出血が続くのか見当がつかない。母がそばにいてくれたらと思った。抱き寄せて、何も心配いらないと言ってほしかった。学校の友だちにメールで相談したかった。ソファーに母と並んで座って、ポップコーンを食べながらお気に入りの映画を観たかった。すべてが悪い夢で、目を覚ましたら自分の部屋のベッドにいたという結末ならどんなにいいか。

恐怖がジョーダンの心と体を蝕んでいく。もう抵抗する気力がない。

「ああ、あの人、かさぶたをはいじゃったんだわ」ケイティが言った。

「爪を長くのばしているからよ。うちのパパはあんな爪はしてなかった」ミランダが懐かしそうに言う。「うちのママは看護師で夜勤があるから、そういうときはパパが寝かしつけてくれたの。テッドおじさんにここに連れてこられたんだけど、うちのパパとママは、わたしが死んだと思ってるって言うの。誰もさがしていないから期待しても無駄だって」

ジョーダンはミランダの手首をつかんだ。「わたしをさがしている人がいる。わたしが見つかるときにみんなも見つかるから大丈夫」

「ほんとに？」

「ええ」

少女たちがひとり、またひとりと泣きはじめた。とっくのむかしに葬ったはずの希望が息を吹き返したのだ。

「家に帰れるかもしれないってこと？」バービーがささやく。

「かもしれないじゃなくて、家に帰るの。実はジャドの車に乗せられる前にママにメールをしたの。だからママはどうしてわたしがいなくなったかを知っているし、ジャドの足どりを追ってここにたどりついてくれるはず」ジョーダンは自分自身に言い聞かせるように力強く言った。なんとしてもここを脱出するのだという決意が戻ってくる。

ケイティは傷の周囲を消毒して水分を拭きとると、軟膏を塗った。「これでいいわ。ところで今日は料理のレシピを覚える日ね」

「そんなのつまんない」ジョーダンは部屋を見まわした。「代わりにホッケーをして遊ばない？」

「遊ぶなんて……そんなことをしてたら怒られちゃう」ミランダが言う。

「ホッケーの道具もないし、氷のリンクもないし」別の女の子が言った。

ジョーダンは立ちあがった。「この部屋の床をリンクに見立てればいいじゃない。ほうきをスティックにして、パックは石鹸(せっけん)で代用できるでしょう。ベッドを壁に寄せてチーム分けしよう。閉じこめられているってことは誰も入ってこないってことだもの。好きにやればいいのよ」

尻込みしていた少女たちもジョーダンの話を聞くうちに顔が輝きはじめた。体を動かして遊ぶなんていつぶりだろう。

きっちり並んでいるベッドを壁際に寄せて、中央を広く空ける。誰も使っていないベッドからマットを運んできて、一枚をドアに立てかけてゴールうしろの緩衝材にした。もう一枚は部屋の反対側に置いた椅子に立てかける。

八本あるほうきはプレイヤー用にして、モップ二本をゴールキーパー用にする。スターティングメンバーは四人で、残りの少女たちも交代でプレイすることにした。チーム分けが終わって新しい石鹸を出してくるころには、少女たちはすっかり興奮していた。

ジョーダンはけがのことも考えて審判に立候補した。

「氷の上じゃないからルールを少し変えるね。各チームひとりずつ前に出てきて。石鹸を落としたら石鹸が割れちゃうかもしれないから、中央の床に置くことにする。わたしがゴーって言ったら石鹸の奪い合いをするの。ほうきをふりまわして窓を割らないでね。相手を突きとばしてけがをさせるのもなしよ。わかった？」

少女たちはうんうんとうなずいて、待ちきれないというようにくすくす笑いを漏らした。

全員が配置につく。

ジョーダンが石鹸を床に置いて一歩さがった。

「ゴー！」

いっせいにプレイヤーたちが動きだす。ゴールに向かって突進する子もいれば、石鹸を奪って反対の陣地に運ぶ子もいた。

交代要員は自分のチームの応援だ。部屋のなかに笑い声が響く。最初のゴールはキーパーにはじかれた。敵チームが攻撃に転じ、石鹸パックを奪おうとするライバルを次々とかわしていく。最初のゴールが決まるころには、どの子も額に汗をかき、頬を上気させていた。

騒ぎに気づいたアークエンジェルが少女たちの様子を見にやってきた。笑い声を聞いて眉をひそめ、建物の裏手の窓からそっとなかをうかがう。自分が連れてきた、従弟の娘のエラがほうきで何かを運んでいて、ほかの女の子たちがそれを邪魔しようとしていた。少女たちの楽しそうな表情や笑い声に胸がちくりと痛む。

子どもが遊んでいる。ただそれだけだ。ジョーダンの顔の傷を思い出すとマスターに報告する気になれず、そのまま宿舎を離れた。

そんなこととは露知らず、少女たちはメンバーを変えてプレイを続けた。

二対一で勝敗がつく。みんな肩を上下させて息を整えつつ、満面の笑みを浮かべていた。負けた子たちも満足そうだ。

この日、少女たちは子どもでいる権利をとりもどしたのだった。

「もうすぐ食事の時間よ！」

遊びに夢中で時間を忘れ、太陽が木立の上に沈みかけているのに気づかなかった。慌ててベッドをもとに戻す。

最後のマットレスを直しているとき、窓際にいた少女が叫んだ。「来た！」

ベッドはきちんと並んでいて、ほうきやモップも片づけられていた。床板にかすかに石鹸がこすれたあとが残っているほかは、少女たちが何をしていたかを知る術はない。

「完璧！　にやにやしたらばれちゃうから気をつけて」ジョーダンが注意する。

「はーい」少女たちは元気に返事をして、いつもどおりジョーダンを中央にして並んだ。

アーロンは執務室で、生まれたばかりの赤ん坊のテスト結果を入力していた。続いて帳簿の整理をして何件か支払いをする。作業を終えて食堂へ行こうとしたとき、電話が鳴った。六時ちょうどだ。ボスからだと確信して受話器をとる。

「アーロン・ウォルターズです」

「アーロン、元気そうな声だな」

「そちらもお変わりないようで、何よりです」

「新しいスプライトが来たようだが、うまくやっているのか？」

アーロンは眉間にしわを寄せた。この瞬間を恐れていた。施設でいざこざが起こった場合、責任はアーロンの肩にのしかかってくる。だからといってボスに嘘をつくのはまずい。

「いえ。初日から反抗的でした。ほかのスプライトへの影響を考慮して、当初は隔離したのですが、窓を割って騒ぎを起こしました。そこでほかのスプライトと一緒にして、必要なこと以外は口を利かないよう指示しました。それでも反抗をするので罰を与えました」

沈黙が落ちた。ボスが、先ほどまでとはちがう低い声で言う。「どんな罰だ？」

アーロンはみぞおちによじれるような痛みを感じた。「私に向かってわめいたので、頬を打ちました。スプライトが倒れて、それを見ていた父親が彼女をかばいました。父親が命令を無視して娘のそばについていたので、退会処分にしました」

「倒れた子はどうなった？」

「まだここにいます。父親には、われわれの活動について外に漏らせば娘の命はないと言い聞かせておきました」

「甘いな。ふたりともその場で始末するべきだった」

「しかし、あの状況でそんなことをしたら会の活動を妨げます。メンバーからの信頼も失ったでしょう」

「おまえの言いたいことはわかる。だが、その男は放っておけない。名前を教えろ」

アーロンはため息をついた。「ジャドソン・ビヤンです。あとでデータをお送りします」

「そうしてくれ。で、父親がいなくなったあと、問題のスプライトはどうしている？」

「変わりません。父親とは以前から疎遠だったそうで、ここへ連れてこられたことで決定的な亀裂が入りました。今のところ反抗しても大目に見ています。時間とともに落ち着くと思いますし、その子が、まだ十二歳にして大人のメンバーをはるかにしのぐ能力を持っているからです」

「ほう?」ボスの声がワントーン高くなる。「それはいいニュースだ」

「はい。うまく懐柔して味方につければ何かと役に立つでしょう」

「いいぞ。不調和は好ましくないが、終わりよければすべてよしだな。男のことはこちらで処理するから心配するな。食事に行ってくれ」

アーロンが別れの言葉を言う前に電話が切れた。ほっとして部屋を出る。

食堂へ向かいながら、ボスに名前を明かした以上、ジャドは死んだも同然だという事実が頭の隅でちらついた。


チャーリーと捜査官たちは、ジャドの話をもとに各建物の用途を頭にたたきこんだ。明日の朝の一斉捜査に備えて、全員の意識を統一しておかなければならない。

ワイリックはジャドの話が終わると同時に自室に引きあげてパソコンの前に座った。二時間ほどで〈フォース・ディメンション〉の施設を担当した建築家の名前を突きとめる。施設の設計図も見つけた。

建築家の名前で検索するといろいろな情報が出てきたが、気になったのは数年前の記事だった。〈フォース・ディメンション〉の施設が完成して一カ月もしないうちに、建築家と工事関係者全員が事故死したという内容だ。新たな現場へ向かう途中、プライベートジェットが墜落したと書かれていた。

偶然にしてはタイミングがよすぎる。アーロン・ウォルターズ、もしくはその裏にいる何者かが口封じのために細工をしたと考えるほうが妥当だろう。

〈フォース・ディメンション〉の設計図を細かく分析して、電気系統やセキュリティーシステムについて調べていくうち、頭のなかで警報が鳴った。

「これって……」

〈ユニバーサル・セオラム〉に所属しているときに担当したプロジェクトのファイルを開き、系統図を見くらべる。ワイリックが〈ユニバーサル・セオラム〉の施設用に設計したセキュリティーシステムと〈フォース・ディメンション〉のそれは瓜ふたつだった。そこから導かれる結論は恐ろしいものだったが、事実とすれば辻褄が合う。

ワイリックはチャーリーにメールした。

〝大至急、部屋に来てください。見せたいものがある〟

チャーリーは外の焚き火台のそばで、ふたりの捜査官と戦地での体験を語り合っていた。焚き火の煙が薄い筋となって森の上へたなびいていく。

アフガニスタンに派遣されていた捜査官たちは、チャーリーが陸軍レンジャー部隊に所属していたと知っていっきに態度を和らげた。仲間意識と相手に対する敬意が生まれたのだ。

太陽が木立の向こうに隠れ、暑さが和らいでくる。鳥たちはねぐらへ向かって飛んでいき、夜行性の動物たちが穴蔵から出て、狩りの準備を始める。

ハンクは裏のデッキで夕食用のパティを焼いていた。脂ののった肉の焦げるにおいが胃袋を刺激する。ウィリスとバリーはそれぞれが応援しているアメフトチームのことで何やら言い合いをしていた。

「パティがもう焼けるぞ」ハンクが声をあげた。「みんなハンバーガーを食べるだろう?」

「ワイリックを呼びに行ってくる」チャーリーが立ちあがりかけたとき、メールが届いた。大股でキャビンに入る。

ジャドは手錠をはめられて椅子に座り、うとうとしていた。監視役の捜査官が近くに座っている。チャーリーはジャドをちらりと見ただけでまっすぐ階段へ向かった。ワイリックが至急というなら、重大なことが起きたにちがいない。

一段飛ばしで階段を駆けあがってワイリックの部屋をノックする。

「どうした?」

「〈フォース・ディメンション〉のセキュリティーシステムについて、わかったことがあります」

「なんだ?」

「設計者はわたしです」

チャーリーは目を見開いた。「なんだって？　いったいどういうことだ？」

「何年も前に〈ユニバーサル・セオラム〉の施設のためにデザインしたものとそっくりなんです。システム構成も、いざというときのために何重にも設けたバックアップも。ということは、あの施設にはまちがいなくサイラス・パークスが関与している。アーロンが実験の成果を報告している相手というのがサイラスかもしれません。特殊能力を持った赤ん坊を育てるなんて、いかにもあの人が好きそうなことですから」

「そいつの関与を証明できるか？」

「たぶん」

「黒幕がわかったのはいいが、きみが設計したシステムということは破るのも難しいということか」

ワイリックは肩をすくめた。「自分で書いたプログラムだから潜りこむのは簡単です。ただ〈ユニバーサル・セオラム〉にいたことは伏せておきたいんです。ＦＢＩに知られたら面倒なので」

「なるほど」

「〈ユニバーサル・セオラム〉から〈フォース・ディメンション〉への金の流れを洗いだしたら、しかるべき相手にデータを託します。そこから先はＦＢＩに任せましょう」

「わかった。ところで、きりのいいところで食事にしないか。外でハンバーガーをつくっている。日が沈んで肌寒くなってきたからジャケットを着たほうがいい」

ワイリックがパソコンからログアウトする。

部屋を出ていきかけたところでチャーリーがふり返った。「そういえば、ぼくの部屋のクローゼットにドローンの箱が置いてあったな」

「ウィリスが勝手に持ちだそうとしたんです。今度やったら許さないと釘を刺しておいたんですけど、念のために――」

「ぼくの部屋に隠したのか？」

「はい」

「あいつら……さっきウィリスがこそこそ階段をおりてきたのはそのせいか。ぼくが話をつけてくる」

「その必要はありません」ワイリックはスエットシャツを出して頭からかぶった。「かなり屈辱的な思いをさせてやりましたから」

チャーリーが唇を引き結ぶ。「だがぼくの気がすまない。そもそもＦＢＩはあのドローンをどうしたいんだ？」

「軍事転用したいんでしょう。さあ、食事に行きましょう。お腹がぺこぺこだわ」

ふたりは黙って階段をおりた。

ジャド・ビヤンがカウンターに移動して食事をしている。足音に気づいたとしてもジャドは顔をあげなかったし、ふたりも声をかけなかった。防風ドアをきしませて外に出る。

「このドアには油を注したほうがいいですね」

「わざとかもしれない。子どものころ住んでいた家の網戸もこんな音がしたんだ。母は、きしんだままにしておいたほうが子どもの帰りがわかっていいと言っていた」

ワイリックはなるほどと思った。「そういう考え方もあるんですね」

肉の焼ける香ばしいにおいが鼻をくすぐる。焚き火台のほうから笑い声も聞こえた。だがチャーリーは捜査官たちと談笑する気分になれなかった。信頼を裏切られたままでは、救出作戦どころか食事のテーブルを囲むこともできない。

ハンクがグリルから顔をあげた。「チャーリー、肉の焼き加減はどうする?」

「ミディアムレアで」

「ワイリック、きみは?」

「血のしたたる感じがいいです。それがあなたたちの血だったらもっといいんだけど」

ハンクがため息をついた。「きみが怒るのは無理もないが――」

「無理もない?　盗人猛々しいとはまさにあなたたちのことだ」チャーリーが声を荒らげる。「ジョーダンを救出したら、私たちは即ここを出ていく。今後、私たちの所持品には指一本ふれるな」

捜査官たちが静まり返る。誰も事情を訊(き)かないところからして、何が起きたか知っているのだろう。

「ちょっと失礼」ワイリックが踵(きびす)を返してキャビンに戻った。腹のさぐり合いをしていては救出作戦そのものに支障が出る。てっとり早い解決策がひとつだけあった。

二階にあがり、チャーリーの部屋に入ってクローゼットからドローンの箱を出す。

コントローラーはそこらに売っているものと大差ないので、その気になれば誰でもつくれる。FBIがほしがっているのは本体だ。透明で、太陽光を反射することもなく背景に溶けこみ、無音で飛ぶドローン——その材質と構造を知りたいのだ。

ドローンを手に階段を駆けおりる。そのままキャビンを出て、つかつかと焚き火台に近づいた。

ワイリックの顔つきを見たチャーリーは何かやらかすつもりだと察した。そしてそのとおり、彼女はくだんのドローンを焚き火のなかへ放りこんだ。

「ああ、なんてことを！」ハンクが声をあげる。

ウィリスが立ちあがって手をのばしたが、時すでに遅し。焚き火台から黒煙があがり、機体がみるみる縮んでいったかと思うと、最後にしゅーという音をたてて火だるまになった。

ワイリックは何食わぬ顔でポーチに戻り、ふたの開いたクーラーボックスから冷えた飲みものをとって、手すりのそばに置かれた椅子に座った。

ハンクは茫然（ほうぜん）としたまま燃えかすを見つめていた。たった今、目撃したことが信じられない様子だった。

「おい、肉が焦げるぞ。今日はもうワイリックを怒らせないほうがいいと思うが」

ハンクがびくりとしてワイリックのパティを紙皿に移す。それから別にあたためておいたバンズを添えてチャーリーに渡した。

「彼女に持っていってくれ」

「ありがとう」

チャーリーは紙皿を手に野菜やピクルスの並んだテーブルに近づいた。「ワイリック、ハンバーガーに何を挟む？」

ワイリックが飲みものを手すりに置いて、無言で隣にやってくる。ケチャップやピクルスを盛りつけているとき、チャーリーの携帯が鳴った。

ワイリックはその音だけで、タラ・ビヤンがレキシントンに到着したのだと悟った。何食わぬ顔で熱いパティにチーズをのせ、ハンバーガーを完成させる。

チャーリーが携帯を見た。「タラ・ビヤンだ」

ワイリックはうなずいてハンバーガーにかぶりついた。パティからしみだす肉汁を味わいながら、やはり予知能力が目覚めたのだと確信する。どうして急にと思う一方で、ヘリの操縦やハッキングの方法も気づいたらできるようになっていたことを思い出した。

「もしもし？」チャーリーが電話に出る。

「レキシントンに着陸しました。娘は見つかったんですか？」

「見つかりました。明日、救出します」

「ああ！　神様！　神様！　ありがとうございます！　すぐにそちらへ行きます。どうやって行けばいいんですか？」

「申し訳ないですがレキシントンにいてください。あなたのことが気になっていては娘さんの救出に集中できません。おわかりいただけますね？」

「で、でも、早くあの子を抱きしめたいんです」タラの声は震えていた。「顔を見て、無事を確かめたいんです」

ジョーダンの顔があざだらけになっていたことは言わないでおく。会えばわかることだ。

「お気持ちはわかります。救出したらすぐに電話します。娘さんの声を聞けば無事が確認できるでしょう」

「一秒、一秒が拷問のようなんです。今、この瞬間も、あの子がつらい目に遭っているかもしれない。命の危険にさらされるかもしれない」

「今日一日だけ我慢してください。ジョーダンのために」

「……わかりました」

「ホテルをとって、何か食べて、少しでも眠ってください。明日、救出したらすぐに電話をします。それまであなたの居場所は誰にも言わないこと。万が一ということもありますから。いいですね？」

「はい。レキシントンにいるのを知っているのはあなただけです」

「では、また連絡します」

チャーリーは電話を切ってポケットに入れ、自分のハンバーガーをつくりはじめた。

「母親がケンタッキーに入ったのか？」ハンクが尋ねる。

「レキシントンにホテルをとるように言った。明日、ジョーダンを助けたら母親のもとに直行する」

ハンクがうつむき、席に戻ったワイリックのほうをちらりと見た。「すまなかった」

「謝るなら彼女に直接謝ってくれ。裏切られたのは彼女なんだ。そちらの求める証拠を手に入れたのに、あなたたちは恩を仇で返した」

ハンクはうなずくと、フライ返しを置いてワイリックのほうへ歩いていった。

目を合わせてもらえないのではないかと覚悟していたが、意外にもワイリックは顔をあげた。そのまま大きな猫が獲物をにらみつけるように、ハンバーガーを咀嚼しながらじっとハンクを見つめる。自分のほうが倍は体重があるというのに、ハンクはかつて経験がないほど畏縮していた。妻の父親に初めてあいさつしたときよりも緊張して、逃げだしたい気持ちになった。

「ワイリック、きみに謝らなければならない。本当にすまなかった。私たちのしたことは最低だ。あのドローンがあまりにすばらしかったから、大義のためだと――」

ワイリックが右手を挙げた。

「それ以上は言わないで。大義をふりかざして他人を踏みつけるから、この世には争いが絶えないのよ。あなたたちは罪を犯し、その現場を押さえられた。それだけよ。大義なんてなんの関係もない」ハンバーガーをもうひと口食べてハンクを見る。「このパティは焼きすぎね」

そう言って視線をそらす。まるでハンクがもう、そこに存在していないかのように。

ハンクは黙ってその場を離れた。

食事が終わって片づけをしたあとも、ハンクはワイリックに言われたことを考えていた。たしかに自分たちは正義をふりかざして大事なものを踏みつけていたかもしれない。いつからそんなふうになったのだろうか。これではジャド・ビヤンと変わらないではないか。

本人も気づいていなかったが、この日のワイリックの言葉がハンクの捜査官としての信条に大きな影響を及ぼすことになる。

就寝前にもう一度全員で集まって明日の作戦について打ち合わせをした。

捜査令状は手に入った。日の出前にはＳＷＡＴチームが到着し、裏手の塀を乗り越えて施設に侵入する段取りになっている。捜査官たちはそのあと、正面ゲートから突入する予定だ。

目的は〈フォース・ディメンション〉にとらわれた子どもたちを、ひとり残らず家へ帰すこと。失敗は許されない。

18

ニュータウンパイクにある〈エンバシースイーツホテル〉にチェックインしたとき、タラ・ビヤンの疲労は限界に達していた。客室係がスーツケースを置いて部屋を出ていくと同時に、ベッドに座ってぽろぽろと涙を流す。

それでも、娘の生死すらわからなかったときのふりしぼるような泣き方とはちがった。明日には愛しいわが子に会えるのだから。

ようやく泣きやんでルームサービスを頼み、食欲はなかったができるだけ食べた。シャワーを浴びたあと、スーツケースからくたびれたクマのぬいぐるみをとりだす。幼いジョーダンを寝かしつけるとき、必ず枕もとに置いてやったぬいぐるみだ。生まれたばかりのジョーダンを家に連れて帰った日も、枕もとにそのぬいぐるみを置いてやった。相棒ともいえるぬいぐるみがジョーダンの心を癒やしてくれるような気がして、レキシントンまで連れてきたのだ。

チャーリーはひとり部屋にいた。アニーの様子を確認しなくてはと朝から考えていたのだが、ようやく〈モーニングライト・ケアセンター〉に電話をする余裕ができた。当直の看護師との短い会話から、アニーの容態が安定しているとわかってほっとする。だが今回の転倒事件で、彼女が自分とはちがう世界に行ってしまったという感覚はこれまで以上に強まった。

電話を切ったあと、しばらく床を見つめていた。時計は十時を指している。作戦開始は午前四時だ。少し休まないといけない。妻を救うことはできなくても、ジョーダンを救うことならできる。

シャワーを浴びてひげを剃り、携帯のアラームをセットしてベッドに入る。目を閉じた瞬間、ドローンを焚き火に放りこんだときのワイリックの表情が思い浮かんだ。FBIに悪用されないように、ワイリックはみずから生みだした傑作を破壊した。

あの思いきりのよさこそワイリックの強さだ。凡人を悩ませる執着やしがらみをなんの迷いもなく切り捨てる。自分は彼女のそういうところに魅せられているのかもしれない。

リビングにいるジャドは、ソファーに寝転がって天井を見つめていた。反対側の椅子には監視役の捜査官がいて、ランプの明かりで読書をしている。たびたび本から目をあげてジャドの様子を確認し、携帯をチェックしてからふたたび本に視線を落とす。

キャビンの外にも見張りがいるが、それはジャドのためというよりも建物全体の警備のためのようだった。

ジャドに監視がつけられているのにはふたつの理由があった。ひとつにはここにいる人たちからまったく信頼されていないためだ。少女を誘拐して結婚を強いるカルト集団の元メンバーなのだから無理もない。その一方でジャドは〈フォース・ディメンション〉をめぐる裁判の重要な証人でもある。目を離した隙に逃走されたり自殺されたりしては困るのだろう。

室内にはまだ焚き火の煙や肉のにおいが残っている。平凡な日常を象徴する香りだが、ジャドは完全なる非日常のなかにいた。家を出てから二年間過ごした施設が明日には壊滅する。ＦＢＩの作戦が決行されれば、情報を提供したのがジャドだということは同志のあいだに知れ渡るだろう。もちろんジョーダンが助かるのなら裏切り者と呼ばれても構わない。

ふいに強烈な悲しみと絶望が襲ってきた。ジョーダンの思念だとすぐにわかった。山の上で、あの子は恐ろしさに眠ることもできずにいる。思念を飛ばすのは危険だとわかっていたが、ジャドは心のなかで娘に呼びかけた。

シャワーを浴びたジョーダンは、乾いた服を着て、その日、着ていた服を手洗いした。

パジャマも持ってきているのだが、夜中に逃げるチャンスがやってくるかもしれないと思うと着替える気になれなかった。靴もぬがずにベッドに入り、毛布を体にかける。

横たわったとたん心細さに泣きたくなったので、剣と盾を持ったワンダーウーマンをイメージした。どれほど絶望的な状況に置かれても、心をしっかり保っていればチャンスは必ずやってくる。

ミランダたちはホッケーの試合で疲れたらしく、すーすーと寝息を立てていた。しばらく目を閉じていたが眠れないので、起きあがって窓辺に行った。

なんてきれいな星だろう。ママにも見せてあげたい。

母親のことを思うと涙が込みあげてきた。空に向かって念を送る。

〝ママ、わたしを見つけて。ここから助けて〟

〝明日には助けが来るから心配するな〟

男の人の声がして、ジョーダンは凍りついた。

パパ？

怖くなって窓に背を向け、ベッドに戻る。毛布を顎の下まで引きあげて眠ろうとした。父親から送られてきたメッセージが頭のなかで何度も再生される。あれはどういう意味だろう？　本当に助けが来るのだろうか？

朝の四時、黒いSUVが連なってショーニーギャップを通過し、山へ続く舗装道路をあがっていった。目撃したのはたまたま反対車線を走っていた一台のピックアップトラックの運転手だけだ。

舗装された道路を八キロほど登ったところで、先頭のSUVが未舗装の細い道に折れる。その先にあるのはFBIのキャビンだ。

キャビンにいる面々もとっくに起きて活動していた。シリアルを食べている者もいればトーストとコーヒーの準備をしている者もいるが、いつもの軽口は聞こえない。誰もが任務の重要性を思い、自然と口数が少なくなるのだった。

チャーリーはジョーダンと少女たちの安全を確保する役割を任された。防弾チョッキを身に着け、拳銃を収めたホルスターを装着して、出動準備は万端だ。裏のデッキで二杯めのコーヒーと三枚めのトーストを口に運びながら、ゲートから少女たちのいる建物までどう移動するかを頭のなかで何通りもシミュレーションする。

ワイリックは現場にこそ出ないものの、全員が配置についたところで施設のシステムに侵入し、警報器が鳴らないように細工をして突入を助けることになっている。チャーリーとは無線で連携をとる。

昨日の夜は一睡もせずに〈ユニバーサル・セオラム〉と〈フォース・ディメンション〉の金の流れをさぐっていた。まだチャーリーにも知らせていないが、海外の三つの口座からスイスの銀行の同じ口座にあてた送金記録を突きとめた。調査方法が法に抵触しているので裁判の証拠としては使えないが、そのあたりを解決するのは自分の仕事ではない。データをＦＢＩに渡すことで、過去に設計したものを薄汚い計画に悪用された仕返しがしたかった。

表からエンジン音が響いて、室内に緊張が走った。

「来たな」ウィリスが言った。

チャーリーもデッキから戻ってきた。

ハンクがポーチに出る。

ＳＵＶが次々と停車し、屈強な男たちが降りてきた。全員黒ずくめで武装している。

男たちは無言のままポーチの前に集まってきた。

先頭のひとりがハンクの前に進みでる。

「おはようございます。われわれはＳＷＡＴの人質救出班です。証人一名の護送任務も命ぜられています」

ハンクが室内をふり返った。「チャベス、ジャド・ビヤンを連れてきてくれ」

体の前で手錠をかけられたジャドがうつむき加減に歩いてくる。

チャベスが護送要員にジャドを引き渡した。「誘拐された少女の父親だ。よろしく頼む」

護送要員は事件の詳細を聞かされていなかったが、手錠をかけられた男が悪事に加担していたことは容易に察しがついた。

「了解しました」

ジャドは鉄格子のついた車に乗せられ、林道を引き返していった。

車が見えなくなったところで、ハンクが到着したばかりの捜査官たちに声をかけた。

「最終打ち合わせをするから全員なかに入ってくれ」

捜査官たちが無言でキャビンに入る。狭い部屋はすぐに人でいっぱいになった。

「ダラス支部のハンク・レインズ捜査官だ。全体の指揮をとる」ハンクは自己紹介をしたあと、チャーリーを手で示した。「こちらがチャーリー・トッジ、元陸軍レンジャー部隊所属で、今はダラスで私立探偵をしている。ダラスで五日前に行方不明になった少女をさがすために母親に雇われ、少女が山の上の施設にいることをこの短期間に突きとめただけでなく、われわれが捜査令状をとるための証拠も獲得してくれた。階段の下にいるのがチャーリーの助手のワイリックだ。コンピュータに強いので、今日も突入の際、施設のセキュリティーシステムを解除してくれることになっている」

捜査官たちに注目されても、ワイリックはにこりともしなかった。

その後、ハンクは施設の写真を掲げて、それぞれのチームにエリアを割りふっていった。

全員が自分たちの担当エリアと任務を理解したところで、全体の流れを確認する。

「現在、ショーニーギャップに囚人護送用のバスと民間のバスを二台ずつ待機させている。

タイミングを見てバスをゲート前につけるので、施設内で捕らえた成人男性は残らず囚人護送用のバスに乗せてくれ。少女たちについては、男たちの身柄確保が終了したのち、民間バス二台に分乗させる。一台は赤ん坊のいる母親用なのでよく確認すること。囚人護送用のバスはレキシントンの刑務所に行く。少女たちを乗せたバスはレキシントンの総合病院へ向かう」

ハンクはそこで時計を見た。

「現在時刻は五時十五分。今日の日の出は六時二分だ。山へ続く道路の終点が施設で、監視カメラが設置してある。よってゲート前まで車で乗りつけるのは危険だ。ここからチームごとに別れ、森を抜けて徒歩で施設に接近する。それぞれの持ち場についたらコールしてくれ。まずはワイリックが警報器を切る。その後、ＳＷＡＴチームは施設裏の塀を越えて侵入する。残りは正面ゲートを突破して、割りふられた建物を制圧する。繰り返しになるが、少女たちの避難は男たちを拘束したあとだ。それまで屋外に出さないこと」

「了解！」男たちが声をあげる。

「ちょっといいですか？」ワイリックは右手を挙げた。

「どうぞ」

「あの会のメンバーは残らず特殊能力の持ち主だということを考慮して行動するべきだと思います。たとえ警報器を切っても、突入の前にこちらの意図を悟られる可能性は充分にあります。危険を察知したらひそかに逃げようとしたり、人質をとったりする者がいるかもしれません」

「なるほど、そうだな。超能力を信じる必要はないが、そういう能力があると仮定して行動することが大事だ」

男たちがうなずいた。

「ほかに質問がなければ出発だ。無線機のチェックを忘れずに」

捜査官たちとともに玄関に向かいかけたチャーリーは、ふり返ってワイリックの姿をさがした。

ワイリックが階段の下でチャーリーの視線を受けとめる。

「聞こえるか？」

ワイリックはイヤフォンにふれて親指を立てた。

「わたしの声も聞こえますか？」

チャーリーがうなずく。

「ジョーダンと少女たちをお願いします」ワイリックはそれだけ言って階段をあがりはじめた。

「任せてくれ。きみの努力はけっして無駄にしない」チャーリーがそうつぶやいて捜査官たちを追いかける。

　ワイリックはふり返らずに二階へ向かった。

　言葉にしなくてもチャーリーがすべてわかっていてくれたことに胸を熱くしながら、パソコンの前に座ってモニターをチェックする。セットアップは終わっているが、ワンクリックでシステムダウンできるわけではない。バックアップをメイン回線から切り離したあと、段階を踏んで作業しなければならない。手順をまちがえればどの段階でも警報が鳴る。時間にすれば十五秒から二十秒ほどの工程だが、ミスはぜったいに許されない。少女たちの未来がかかっているのだから。

　イヤフォンから漏れ聞こえる音を聞きながら、ワイリックはそのときを待った。


　男たちは一メートル間隔の横一列になって木々のあいだを登っていた。あたりは暗く、木の葉や枝を踏みしめる音以外、何も聞こえない。迷彩色のドーランを塗って闇に溶けこむように動く集団は、遠くから見ると揺れる影のように見えた。

　ジャド・ビヤンの情報によれば、施設内にとらわれている少女は二十人いて、そのうち六人が結婚している。成人男性はジャドが抜けたので三十四人ということだった。

　調理を担当している三人は早朝から調理場で作業をしている可能性が高いということで、ＳＷＡＴチームは調理場から制圧する手筈になっている。

　それほど広い施設でもないので、計画どおりに進めば一時間以内に全員を確保できるはずだった。不確定要素は彼らの超能力だ。人質をとられればいっきに形勢は不利になる。六時を少しまわったころ、全員が塀を目視できるところにたどりついた。東の空はすでに明るくなりかけている。

ＳＷＡＴチームが配置についたのを確認してから、ハンクはチャーリーに合図した。チャーリーが親指を立てて応じ、イヤフォン越しにワイリックを呼ぶ。「到着だ。システムダウン」

「システムダウン、了解」

ワイリックの指がキーボードの上を飛ぶように走る。バックアップの発電機を切り離し、監視カメラ、外灯、常夜灯、モーションセンサーを切って、最後に施設全体の電源を落とした。

「システムダウン完了しました。突入可能です」

チャーリーがハンクに合図し、ハンクが部下に指示した。

「突入だ」

ＳＷＡＴチームが塀にとりつく。警報が鳴らなかったので、全員が胸をなでおろした。それから二分もしないうちにＳＷＡＴ隊員は施設内に入った。残りの捜査官も正面ゲートに集合する。

アーロン・ウォルターズには目覚めに瞑想(めいそう)をする習慣があり、その日もベッドに横たわってはいたが脳は覚醒していた。ふいに黒ずくめの男たちが施設をとりかこんでいる映像が頭をよぎる。

アーロンはベッドに起きあがってランプのスイッチを入れた。明かりがつかない。電球が切れたのかと思ったとき、シーリングファンも動いていないことに気づいた。バスルームの常夜灯も消えている。

上掛けを跳ねのけて窓辺へ駆けよる。外灯がついていないし、この時間なら明るいはずの食堂も真っ暗だ。停電ならアラームが鳴るはずだが……。

次の瞬間、黒ずくめの男ふたりが食堂のある建物へ入るのが見えた。

うなじの毛が逆立つ。侵入者だ。誰かが内部情報を漏らしたにちがいない。そしてその誰かはジャド・ビヤンしか考えられない。

「あいつめ！　裏切ったらどうなるか言っておいたはずなのに！」

アーロンは白いローブを頭からかぶって靴をはき、引き出しからマスターキーをとりだした。ナイトスタンドの拳銃をつかんで建物を飛びだす。

目指すはスプライトの宿舎だ。

空が明るくなってきた。今日が〈フォース・ディメンション〉にとって最後の日になるかもしれない。だとしたらジャド・ビヤンの娘の息の根もとめてやるつもりだった。

異変を察知したのはアーロンだけではなかった。ジョーダンは二時間も前から心がざわついて眠れず、ベッドを抜けだし、窓から窓へ移動しながら外の様子をさぐっていた。男たちが――大勢の男たちが森を抜けて近づいてくるイメージが頭に浮かんだとき、本当に救助がやってきたのだと確信した。

わからないのは、救出作戦が成功するかどうかだ。

もちろん生きて帰るために最後まで抵抗するつもりだ。

ジョーダンは少女たちを起こしはじめた。

「みんな起きて！　服を着て」

「何？」ミランダが寝ぼけ眼でベッドから転がり落ちる。

「ジョーダン？　どうかしたの？」ケイティが手探りで電気のスイッチをさがした。

「電気をつけちゃだめ！　暗いなかで着替えて。警察がこの施設に突入しようとしている。わたしたちを助けに来るの。だから急いで着替えて。声を出さないように、電気もつけちゃだめだからね」

少女たちはパニックを起こしながら動きだした。家へ帰る喜びと同じくらい、これから起こることへの不安は大きかった。

ジョーダンは施設を見渡すことのできる窓の前に立った。ゲートは向かって右側の奥にあり、左手には食堂がある。外灯の光のなかに何か見えるのではと目を凝らしていると、ふいに明かりが消えた。施設が薄闇に包まれる。奥のバスルームへ行って電気のスイッチを入れたが何も起こらなかった。

「停電だわ」

少女たちがひそひそ話をしながら窓辺へ詰めよる。空が白みかけているので何も見えないわけではないが不気味だった。

突然、ひとりの少女が叫んだ。

「マスターがこっちへ来る！　ほら、白いローブが見える！」

「わたしを殺しに来るんだわ」

ジョーダンは掃除用具入れに駆けよって、なかをひっかきまわした。

ふいに手もとが明るくなる。ふり返るとミランダが懐中電灯を手に立っていた。

「ありがと」

ジョーダンは木製の持ち手がついたモップをとりだし、シャワー室に入って鉄製のシンクめがけてモップの先端を打ちつけた。

がんがんと大きな音をたてて何度も打ちつけるうち、モップ部分が外れてシャワー室の床に転がった。手もとに残ったのは先端がぎざぎざの棒だ。

「マスターが入ってくるよ！」ケイティが叫ぶ。

ジョーダンはベッドのある部屋に戻った。

「みんなベッドの下に入って！　あいつの狙いはわたしだけど、追いつめられてみんなのことも殺そうとするかもしれない」

指示に従うことに慣れている少女たちは、言われるままにベッドの下に潜って腹ばいになった。

イヤフォンから漏れ聞こえる音から、ワイリックは必死に現場の状況をイメージしようとした。パソコンの前に座っているしかないことが歯がゆい。チャーリーが危険な現場にいるのに、自分は安全なキャビンにいるのだ。

施設のシステムに関してほかに任務が発生するかもしれないし、これはわたしにしかできない仕事なのだと自分に言い聞かせる。そのとき、白いローブを着た男が拳銃を手に建物から飛びだしてくる映像が浮かんだ。残酷な思念が伝わってくる。

「チャーリー！　聞こえる？」

「聞こえる。ゲートを通過するところだ」

「アーロン・ウォルターズが気づいた。拳銃を手に少女たちの建物に向かっている。ジョーダンを撃つつもりよ。白いローブを着た大柄の男をとめて！」

最悪の事態が現実になろうとしていた。

「アーロンが動いたぞ！　少女たちの建物に向かっている！」チャーリーは捜査官をかきわけて前に出た。

ゲートを入った瞬間、白いローブの男が庭を横切って駆けていくのが見えた。

「アーロンだ！」チャーリーは走りだした。

19

少女たちの宿舎めがけて走るアーロンの視界に、黒ずくめの男たちが映った。食堂の裏手を移動して建物に侵入しようとしている。

こんなことが起こるはずはない。これは悪い夢だ。

そう自分に言い聞かせたものの、激しい息切れと横っ腹の痛みが現実を突きつけてくる。全力で走ることなど何十年もなかったので、最後は倒れそうになりながら宿舎の入り口に手をかけた。適当な鍵を鍵穴に差しこんでみたがまわらない。

東の空がピンク色になってきた。外壁の向こうの木々の先端が黄色く染まっている。

三本めの鍵を試したときにかちりと音がしたので、ドアを押し開け、つんのめるように宿舎に入った。薄暗がりのなかで目を瞬(しばたた)く。

ドアが壁にはねかえる大きな音に、ジョーダンはびくりとした。飛びこんできたアーロンとの距離は三メートルもない。

一方のアーロンは、部屋の中央で棒を構えているジョーダンを見て高笑いをした。

「そんなものでどうする気だ？　私を裏切ったらどうなるか、おまえの父親によく言っておいたんだが。こうなった以上おまえにツケを払ってもらう。心配しなくてもあの世で仲間と再会できるさ」

膝ががくがくしてその場にへたりこみそうになったが、ジョーダンはアーロンから目をそらさなかった。殺されるにしても一矢報いる覚悟だ。それで仲間が助かるかもしれない。折れたモップの柄を持つ手に力を込め、大声をあげてアーロンに突進した。

チャーリーは必死で走ったが、アーロンが少女たちのいる建物のドアを開けたときは、まだ十メートル以上もうしろを走っていた。スタート時点で相当の差があったのだ。

建物のなかから悲鳴が聞こえた。

「まずい」

走りながらホルスターの拳銃を抜く。背後から人を撃ったことはないが、今やらなければ少女たちが危ない。

「アーロン・ウォルターズ！　銃を捨てろ！　さもなければ撃つ！」

チャーリーが叫ぶのと最初の銃声が同時だった。アーロンがふり返ってチャーリーに銃口を向ける。

チャーリーは撃たれるのを覚悟で階段を駆けあがり、そのままの勢いでアーロンにタックルした。

アーロンが悲鳴とともに仰向(あおむ)けに倒れ、拳銃が床に転がる。

視界の向こうに突進してくる黒髪の少女が見えた気がしたが、構わずアーロンに馬乗りになり、拳をふりあげた。

最初のパンチでアーロンは気絶した。ぐったりとした体を押さえつけて顔をあげると、先端のとがった棒を構えた女の子が恐怖に目を見開いて立ちつくしていた。

「こちらチャーリー。ジョーダンを発見。保護する」無線機に向かって報告する。

「了解」イヤフォンからワイリックの声が聞こえた。

「了解」ハンクも応える。

チャーリーはアーロンの両手を背中にまわして手錠をはめ、立ちあがった。

「ジョーダン・ビヤンだね。私立探偵のチャーリー・ドッジだ。お母さんに雇われてきみを助けに来た」

ジョーダンの手から棒きれが落ちる。少女はよろよろと足を踏みだし、チャーリーの腕に倒れこんで激しく震えた。

チャーリーはジョーダンの背中をさすりながら、ベッドの下に隠れている少女たちにも声をかけた。

「もう大丈夫だよ。みんな助かるからね。ＦＢＩが大人を逮捕しているから、全員が捕まるまで部屋の奥に集まって座っていよう。建物の外に出るのはまだ危険なんだ」

ジョーダンがうなずき、アーロンのほうへ視線をやる。地獄を支配していた怪物は、手錠をかけられて横たわったままぴくりとも動かなかった。

「ちょっと待っててくれ」

チャーリーがジョーダンの体を離し、床に落ちていた拳銃を拾った。それから結束バンドでアーロンの膝と足首を固定する。

それを見ていた少女たちもようやく悪夢が終わったことを実感しはじめた。

「みんな、ベッドの下から出てこっちへ集まってくれ」

チャーリーの誘導で少女たちは部屋の奥へ移動した。外がいっきに騒がしくなり、あちこちから叫び声や銃声が聞こえてくる。

「頭を低くして。ＦＢＩが悪い連中を逮捕しているんだよ。きみらは男たちが捕まるまで、ぼくと一緒にここにいよう。そのほうが安全だから。わかったね？」

少女たちはチャーリーを凝視したままうなずいた。

チャーリーは無線機の通話ボタンを押した。

「ハンク、こちらチャーリー」

「ハンクだ」ハンクは息を切らしながらも落ち着いた声で応答した。

「少女たちのいる建物でアーロン・ウォルターズを拘束した。気絶させて手錠をはめたので、タイミングのいいところで回収してくれ。アーロンはジョーダンや少女たちを殺すつもりだった」

「少女たちは無事か？」

「十四人とも無事だ。ひどく怯えている」

「よくやってくれた。すぐに部下を送る」

少女たちは部屋の隅にかたまってチャーリーを見あげている。ジョーダンはマットレスに座ってぼうっとしていた。急な展開がまだ信じられないという表情だった。

「あの……本当に家に帰れるの？」ケイティが尋ねた。

「ああ、家に帰るんだよ」

少女たちはお互いの顔を見たあと、チャーリーに視線を戻した。それから隣にいる仲間の手を握る。

ジョーダンはひと言もしゃべらなかった。言葉を発したら夢から覚めてしまいそうで怖かったのだ。しばらくして父親のメッセージを思い出す。

「ジャドは？」

少女が父親を名前で呼んだことに気づいて、チャーリーはジャドをかばった。

「ＦＢＩに連行された。でも向こうから連絡してきて、なんでもするからきみを助けてくれと言ったんだ。この施設について詳しい情報を教えてくれた」

　ジョーダンは詰めていた息を吐いた。少なくとも助けに戻るという約束は守ってくれたのだ。

「ママは？」

「レキシントンのホテルできみを待ってる。ここへ来たがったんだが、ぼくがとめたんだ。安全が確保できたらすぐにきみの声を聞かせると言ったら、やっと納得してくれた。今から電話してみるかい？」

　ジョーダンは勢いよくうなずいた。携帯をとりだすチャーリーを食い入るように見つめる。

「呼びだし中だ」チャーリーはジョーダンのほうへ携帯を差しだした。

　ジョーダンは携帯をとって耳にあてた。手が震えて携帯を落としてしまいそうだった。

「もしもし、チャーリー？」

　母の声だ。ジョーダンは喉に込みあげたものをのみこんだ。

「マ、ママ、わたしよ」

　母の悲鳴にも似た歓喜の声が、ジョーダンの心の壁を突き崩した。目に熱いものが込みあげる。

「ああ、ジョーダン！　よかった！　無事なの？　けがはない？」

「大丈夫。チャーリーが来てくれたから」

「よかった！　本当によかった！」

母親が鼻をすすりながら話しているのを聞いているうち、ジョーダンもこらえきれなくなった。ぼろぼろ涙をこぼしながら母の言葉にうなずく。返事をしたくても声が出ないので携帯をチャーリーに返し、両手に顔をうずめて泣きじゃくった。もう二度と、この施設で絶望の朝を迎えなくてもいいのだ。

「ジョーダン？　大丈夫？　どうしたの？」娘の泣き声を聞いたタラはパニックに陥った。悪い可能性がいくつも頭をよぎり、狂ったように名前を連呼する。

「タラ、落ち着いてください。ジョーダンは大丈夫です。あなたの声を聞いて安心したせいで涙がとまらなくなったんでしょう。落ち着いたらまた電話を替わりますから」

「ああ、そうなのね。ごめんなさい。いっぺんにいろいろ訊きすぎたかもしれない。無事だとわかっただけで充分です。今、ニュータウンパイクの〈エンバシースイーツホテル〉にいます。あの子に愛していると伝えてください」

「わかりました」チャーリーは電話を切ってポケットに戻した。ジョーダンの隣に座って肩を抱き寄せる。

「お母さんが〝愛している〟と言っていたよ。あとでまた話せばいい」

ジョーダンが顔をふせたままうなずく。

「好きなだけ泣きなさい。ここで経験したいやなことをぜんぶ、涙で流してしまえばいい。きみは勝ったんだ」チャーリーはそこで少女たちを見渡した。「みんなもそうだよ。きみたちは犠牲者じゃなくてサバイバーなんだ」

ワイリックもキャビンで、ジョーダンのふりしぼるような泣き声を聞いていた。その頬に涙が伝う。イヤフォンから聞こえるチャーリーの声が、ジョーダンではなく幼い自分に向けられているように感じた。

〝好きなだけ泣きなさい。きみは犠牲者じゃなくてサバイバーなんだ〟

ジョーダンの無事がわかってほっとした。ほかの少女たちも問題なく救出できそうだ。だが仕事はまだ終わっていない。手はじめに、徒歩で山を登ったチャーリーに帰りの足を用意しないといけない。

深呼吸をひとつして、イヤフォン越しに質問する。「男たちは全員捕まりましたか？」

「今、少女たちの宿舎にいるから正確なことはわからないんだが、窓から見るかぎりほとんどのメンバーはとりおさえられて、護送車の到着を待っているようだ。既婚者が住んでいる建物でまだ動きがある」

「じゃあわたしは荷造りをします。囚人たちが出発したら教えてください。ジープで迎えに行きます」

「車のキーはバスルームの洗面用具のなかだ」

「了解」ワイリックは通信を終えた。

少女たちはいつの間にか、雌鶏(めんどり)の羽の下に潜ろうとするヒヨコのようにチャーリーの周囲に集まっていた。どの子も数メートル先で意識を失っているアーロンのほうをちらちらとうかがっている。マスターが目を覚まして、また自分たちを思いどおりに動かすのではないかと恐れているようだった。

一方のジョーダンは、アーロンの手がぴくりと動いたのを見て立ちあがり、つかつかと近づいていった。

チャーリーは眉をひそめてジョーダンのうしろに続いた。ジョーダンは両手を握りこぶしにしていて、その手が小刻みに震えていた。きっと怖いのだ。

「大丈夫かい?」

ジョーダンはうなずいただけで、アーロンの足もとに立った。正面から見おろす位置だ。

アーロンがうめき、まぶたがぴくぴくと動いた。

アーロンが最初に感じたのは顔面の痛みと血の味だった。何が起こったのかわからない。うめき声をあげて鼻に手をやろうとしたところで、手錠をかけられていることに気づく。

まぶたを開けると、こちらを見おろすジョーダンの姿が飛びこんできた。それからジョーダンのうしろにいる男を認識する。

「おまえのせいで鼻の骨が折れたぞ」ジョーダンが言い返す。

「わたしの鼻をこんなにしたんだからおあいこよ」

アーロンはジョーダンをにらみつけた。

「時間が経つともっと痛くなるわよ」ジョーダンはそう言って、アーロンの靴底を強く蹴り、踵を返した。

「ジョーダン・ビヤン！　きさまが来るまで何もかもうまくいっていたのに！」

チャーリーはアーロンの髪をつかんだ。「黙れ！　おまえのようなクズには彼女の名前を呼ぶ資格もない」

「痛い！　離せ！　警官が民間人に暴力をふるうのか！」

「あいにく私は警察じゃないんでね」チャーリーはぱっと髪を離した。

頭が音をたてて床にぶつかり、アーロンは痛みとみじめさにうめき声を漏らした。これほどの無力感を味わうのは生まれて初めてだ。

足音がして戸口を見ると、武装した男がふたり入ってきた。

「チャーリー・ドッジ、アーロン・ウォルターズを回収に来た」

アーロンは観念した。美しい夢は終わってしまったのだ。

チャーリーは拳銃を差しだした。「アーロンの拳銃だ。こいつは少女たちめがけて発砲した。ジョーダンを撃ったあとで少女たちも殺すつもりだと言っていたらしい。ここにいる全員が証人だ。結束バンドで足を縛っているから、歩かせるなら切ってくれ。かつぐには重すぎるからな」

「デブだもの」バービーはそう言ったあとで両手を口にあてた。「ごめんなさい。そういうのって、心のなかで思っていても言っちゃだめなのよね」

「こいつに殺されかけたんだから、好きに言えばいいさ」チャーリーが片目をつぶる。

捜査官たちが結束バンドを切ってアーロンを立たせ、引きずるようにして建物を出ていった。チャーリーが窓から見ていると、アーロンは庭の中央へ連れていかれ、うつぶせに倒された。

アークエンジェルを名乗っていた男たちも腹ばいになって手錠をかけられるのを待っている。すでに手錠をかけられた者は地面にあぐらをかいて座るよう指示されていた。アーロンを見たアークエンジェルたちは驚きに目を見開いたあとで視線をそらした。〈フォース・ディメンション〉の崩壊を突きつけられてショックを受けたのだろう。

手錠をかけられる前に逃げようとする者もいたが、唯一の出入り口であるゲートはSWATチームによってふさがれていた。

既婚者の住む建物でも、物音に驚いて飛びだしてきた夫たちを、武装した捜査官が次々と捕らえていった。

「FBIだ！　今すぐ床に伏せろ！」

驚きながらも指示どおりにした夫たちはたちまち手錠をかけられ、庭に引きずりだされた。

「これで五人だ。夫婦は六組だろう？　あとひと組はどこだ？」

泣き叫ぶ赤ん坊を抱いた幼い妻たちが出てきて、手錠をかけられた夫の姿に目を見開いている。

「お嬢さん、結婚しているカップルがあとひと組いるはずなんだが、どこにいるかわかりますか？」捜査官が尋ねた。

少女のひとりが前に出て、指さす。「アークエンジェル・ラリーと妻のマリアが右手のいちばん奥の部屋に住んでいます」

「ありがとう。男たちが全員拘束されるまで、お子さんと一緒に建物内にいてください。安全になったら迎えに来ますから」

少女たちがうなずいた。

捜査官が奥の部屋へ駆けていく。

ほかの夫婦が物音に驚いて外に出てきたというのに、ひと組だけ騒ぎに気づかなかったとは考えにくい。

いやな予感がした。妻と子どもを人質に立てこもるつもりかもしれない。

「FBIだ。ドアを開けろ！」奥のドアを強くノックする。

ドアの向こうから男女が争う声が聞こえ、何かが割れる音が響いた。

「突入する」

先頭の捜査官がドアを蹴破ると、拳銃を持った男がよちよち歩きの子どもを抱いていた。

「FBIだ。銃を置け。誘拐罪で逮捕する」

「刑務所には行かない！」男はわめき、わが子の頭に拳銃を突きつけた。「そこをどかないとこの子を撃つ」

次の瞬間、奥の部屋から若い母親が出てきて、夫の後頭部にライフルを突きつけ、躊躇（ちゅうちょ）なく引き金を引いた。

あたりに血と脳が飛び散り、赤ん坊が泣きわめく。

男の体がぐらりと傾いた。その腕から落ちそうになった子どもを捜査官のひとりがきわどいところでキャッチする。

別の捜査官が母親の手からライフルを奪った。

母親は真っ青な顔で震えていた。

「ア、アンディを死なせたりしない。この人、すぐに暴力をふるうから――」

少女の腕には新しいあざも、消えかけたあざもあった。鼻から血が出ている。やつれて青ざめた顔が、彼女の苦労を物語っていた。

赤ん坊が泣きながら母親のほうへ手をのばす。

「アンディは大丈夫ですか？　けがは？」

「大丈夫です。あなたが守ったんですよ」捜査官が子どもを渡そうとしたが、少女の手はぶるぶると震えていた。

「ああ、よかった」それだけ言うと少女は床に崩れ落ちた。

戸口で様子を見ていた母親ふたりが声をあげる。

「アンディはわたしたちが面倒を見ます。マリアを運んでもらえますか？」

捜査官がアンディとマリアを共同スペースのような部屋へ運ぶと、幼い妻たちは泣いているアンディの服をぬがせて体についた血をぬぐった。ほかの子どもたちもベビーサークルのなかで泣いている。

ソファーに寝かされたマリアが意識をとりもどした。

「みなさん、もう大丈夫ですからここで待っていてください。男たちを施設の外へ出してから戻ってきます」

捜査官は無線機を口にあて、死者一名と報告しながら外へ出ていった。

取り残された少女たちは鍵のかかっていないドアを茫然(ぼうぜん)と見つめた。外に出ようと思えばいつでも出られることが信じられない。

「……ＦＢＩだって」ひとりがつぶやき、赤ん坊を抱き直す。

ほかの少女たちもうなずいた。

「わたしたちを助けに戻ってくるって」別の母親が、現実であることを確かめるように言う。

度胸のいい少女が共同スペースを横切ってドアに近づいた。自由を阻んでいたドアの隙間から外をのぞいて、アークエンジェルたちが庭の中央に座らされているのを確認する。

「みんな手錠をかけられて地面に座らされてる。わたし、荷造りするわ。ここから出してもらえるのよ。家に帰れるんだわ」

「でも家族が受け入れてくれるかしら？　ずっと学校にも行ってないし、赤ちゃんもいるのに。わたし、怖い。わたしの帰る場所はまだあるのかしら？」マリアが泣きだした。

ラリーの死から二十分後、囚人護送用のバスが到着した。一台めがいっぱいになって二台めの扉が開き、三十三人の男たちが全員バスに乗せられる。三十四人めは検視官の到着を待つことになった。

どのバスにも武装した看守がふたり乗っていて、席についた男たちを見張っている。

アークエンジェルたちは何が起きたかよくわからないまま看守の指示に従っていた。まるで彼らが誘拐した少女たちのように。

アーロン・ウォルターズがバスに乗ってくると、男たちの視線が自然と集中した。

「どうして警報が鳴らなかったんです?」ひとりが口を開く。

「あなたは気づいていたんでしょう?　なぜ逃げろと言ってくれなかったんですか?」別の男も言った。

「気づいたときにはすでに手遅れだったのだ」

「やっぱりずっと監視されていたんじゃないか!」年配の男が怒鳴る。「だから何カ月も前に報告したんだ!　森のなかのキャビンに人が出入りしているって!」

「休暇用のレンタルキャビンなんだから人が出入りするのは当然だ」

「ちがう!　さっき、村に買いだしに行ったときによく見かけた男たちがいた。あそこに出入りしていたのはFBIだったんだ!」

アーロンは男の主張を無視した。ミスを認めるということは、自分の能力不足を認めることと同じだ。

「そんなことよりもわれわれは裏切られたんだぞ。ジャド・ビヤンがFBIにしゃべったからこんなことになったのだ」

アーロンの発言に男たちが静まり返った。

バスの後方に座っていた男が冷静に反論する。「それはあなたがあの少女に手をあげたからだ。あの事件以来、すべてがおかしくなった」

アーロンは顔を伏せて目をつぶった。

〝やはりあのとき、親子ともども殺しておけばよかったのだ〟

声に出したわけではないが、アーロンの思念は何人かのメンバーに伝わった。車内に重い沈黙が落ちる。

進化した人類を夢見た組織は、このようにしてなんとも陳腐な終わりを迎えたのだった。

捕らえられた男たちがバスに乗りこむのを見たチャーリーは、無線でハンクを呼びだした。「少女たちはあとどのくらいで避難できる?」

「三十分ほどだ。持って帰りたいものがあればまとめておくように伝えてくれ」

「わかった」

チャーリーは少女たちを見た。「聞こえただろう? あと三十分ほどでここを出るから荷造りをしよう」

ジョーダンは戸口の近くに落ちているモップの柄を拾いに行った。

「それは必要ないよ。もう安全なんだから」

ジョーダンは首をふった。「持っていきたいの。そのほうが落ち着くし、また何があるかわからないし」モップの柄をベッドに置いてバッグをとりに行き、バスルームに行ってタンポンをひとつかみとってきてバッグに入れる。

　チャーリーは、軍を除隊するときに武器を返納しろと言われてパニックを起こす兵士たちを思い出した。ジョーダンも似たような心境なのだろう。ジョーダンだけではない。荷造りのために散っていく少女たちを見ていると、家に帰ることを単純に喜んでいる子ばかりではないようだ。

　少女たちから離れてワイリックを呼びだす。

「なんですか？」

「ハンクが、あと三十分くらいで少女たちの避難を開始すると言っている」

「では三十分後にそっちへ到着するようにここを出ます。母親のところへ行く前に病院へ寄って、ジョーダンの傷を診てもらったほうがいいでしょうか？」

「いや。緊急性はなさそうだからタラに任せよう。そのほうがタラも納得するだろうし」

「わかりました。では三十分後に」

　ワイリックは通信を終えると〈ユニバーサル・セオラム〉がカルト集団に出資していた証拠を記録したUSBメモリをポケットに入れ、荷物を持って廊下に出た。

　次はチャーリーの部屋だ。クローゼットからダッフルバッグを出して着替えなどを詰める。ジープの鍵は言われたとおりの場所にあった。すべての荷物を廊下に出しおわると、順番にジープへ運ぶ。

四往復して荷物を積みおわり、キッチンから水のボトルを何本かもらって運転席に乗る。そしてうっそうとした林道を引き返した。初めて通ったときさほどの不気味さはない。舗装道路に出たところで山からくだってくる囚人護送車に出くわした。護送車に乗せられた男たちはワイリックをちらりと見ただけで、すぐに視線をそらした。突入作戦に彼女が果たした役割がどれほどのものかを知ったら、さぞ驚いたにちがいない。

護送車が通過したあと、今度は民間バスが二台、山道を登ってきた。一方には夕日の絵が描かれていて、もう一方にはカウボーイと草原を走る馬のシルエットが描かれていた。リゾート用の豪華なバスだ。つらい思いをしてきた少女たちの心を少しでも癒やそうという気遣いだろう。

二台めの民間バスのあとをついて舗装道路に出る。ゲートではセキュリティーチェックをしていて、SWAT隊員がワイリックの顔を知っているにもかかわらず身分証の提示を要求した。

ワイリックは素直に身分証を出した。「チャーリー・ドッジとジョーダン・ビヤンを迎えに来ました」

隊員がうなずいた。「ご苦労さまです。それから助言をありがとうございました。あなたの言ったとおりでしたよ」

「何が？」

「突入前にこちらの動きを察知した者がいました。その可能性を考えていたおかげで冷静に対応できました」

ワイリックはうなずいた。ふとゲートのそばにハンクがいることに気づく。「レインズ捜査官に渡したいものがあるから呼んでもらえます？」

隊員が親指を立て、無線でハンクを呼んだ。

ハンクがふり返って了解の印に手を挙げる。

「ゲートを通っていいかしら？」

「少女たちは左側の建物に――」隊員はそこで言葉を切った。「そんなことは言わなくてもご存じですね。どうぞ」

ワイリックはギアをドライブにしてゆっくりとハンクのそばへ進んだ。

「これをあなたに」そう言ってハンクの手にＵＳＢメモリを落とす。

「何かのデータか？」

「〈フォース・ディメンション〉の資金源に関するデータです。急いで確認しないとゴミになるから注意してください。一斉検挙のことが知れたら、出資者は証拠隠滅にかかるでしょうから」

「こんなものをいったいどうやって――」

「とにかく急いで分析させてください」

ワイリックはブレーキから足を離した。

ハンクはゲートそばにとまっている通信車まで走っていき、通信員にＵＳＢメモリを渡した。

「データをアップロードしてヴィッカース捜査官に送るんだ。本件にかかわる重要データとしてすぐに分析するよう伝えろ」

「了解しました」通信員がパソコンの差し込み口にＵＳＢメモリを差した。

20

衛星画像や設計図でしか見ていなかった施設を目の当たりにして、ワイリックは奇妙な感覚に陥った。夢で見たものが現実の世界に入りこんできたような感じだ。目指す建物はすぐにわかったのでジープを入り口の横につける。

頭上には太陽が輝き、雲ひとつない青空が広がっているというのに、施設が発する気配は暗く、重かった。小さく身震いしてから建物へ続く階段をのぼる。ドアは薄く開いていて、なかは兵舎のように鉄製のベッドが並んでいた。

部屋の奥にチャーリーと少女たちがかたまって座っている。ワイリックが近づいていくと、少女たちの視線が集中した。

ジープのエンジン音だけでワイリックが来たことに気づいたチャーリーだったが、彼女が戸口に現れたとき、すらりとしたシルエットに息をのんだ。長い脚や、歩くときにかすかに揺れる腰に見とれずにいられない。

少女たちがざわついたのに気づいてワイリックを手で示す。

「アシスタントのワイリックだ。〈ドッジ探偵事務所〉に欠かせない人物なんだよ。ジョーダンの居場所がわかったのは彼女のおかげだし、この救出作戦も彼女がいなかったら成功しなかった」

ワイリックは白いTシャツとスキニージーンズを身に着けていた。ぴったりしたブルージーンズが長い脚をさらに長く見せている。足もとだけはいつもの派手なファッションの名残なのか、ホットピンクのテニスシューズだ。

ワイリックの頭を見て、さっそくひとりの女の子が尋ねた。「シラミがいるから髪を短くしたの？ ママが、お兄ちゃんの髪を同じようにしたことがあるよ」

「ちがうわ。がんになったの。薬のせいで髪が抜けちゃったのよ」

「また生えてくる？」

ワイリックはほほえんだ。「生えてこないけど、おかげでシラミに悩むこともないからいいの」

少女が納得したようにうなずく。

興味津々の女の子たちに交じって、ジョーダンがこちらをさぐり見ている。

ワイリックはジョーダンの思念を受け入れると同時に、自分もジョーダンの心にさぐりを入れた。

彼女がレイプされたのではないとわかってほっとする。彼女の体験に過去の記憶が刺激され、あふれだしそうになったので急いで心を閉じた。ジョーダンに醜い過去を見られたくなかった。

ふいにジョーダンが立ちあがった。

「助けてくれてありがとう」そう言ってワイリックの腰に腕をまわし、頬をドラゴンのタトゥーに押しつけて目をつぶる。

ワイリックはひるんだ。他人とそこまで親しくふれ合う習慣がなかったからだ。それでもジョーダンがドラゴンに近づくために抱きついてきたことがわかったので、少女の背中に手をまわした。

「あなたのドラゴンは強い？」ジョーダンがささやく。

「すごくね」

「ワンダーウーマンと同じくらい？」

「ええ」

ジョーダンの頭部に治りかけの生々しい傷あとを見つけて、ワイリックの眉間に深いしわが寄った。子どもにこんなひどい仕打ちをするなんて、いったいどういう神経をしているのだろう。

「あなたみたいな女の子たちがたくさん閉じこめられていると知って、チャーリーと一緒にみんなを助けようって決めたの」

少女たちが息をのみ、チャーリーを見る。

「本当に？　わたしたちのことも助けに来てくれたの？」

「もちろんだ」

少女たちがチャーリーにあれこれ質問を始めたが、ジョーダンはワイリックを見つめていた。抱擁を解いて尋ねる。

「あなたもふつうの人じゃないでしょう。わたしたちよりいろいろできるのね」

ワイリックが肩をすくめた。「同じ人間なんていないわ。人より得意なこともあれば、苦手なこともある」

「でも、あなたはぜんぶできる」

「わたしの力はあなたを見つけるのに役立った。それで充分よ」

ワイリックは少女たちをふり返って声をあげた。「さあみんな、トイレをすませてきて。あまり行きたくなくても行っておいたほうがいいわよ。バスにもトイレがあると思うけど、山道を走っているときに用を足すのはたいへんだから」

少女たちがくすくす笑いながらトイレのほうへ歩きだす。

「わたしたちはジョーダンを救ったんじゃなくて、迎えに来ただけでしたね」

チャーリーは首を傾げた。「どういう意味だい？」

「あの子を救ったのはワンダーウーマンです。ここにいるあいだずっと、ジョーダンは悪と戦うワンダーウーマンになったつもりでいたんです。そうすることで精神のバランスを保っていたんでしょう」

「だから武器を持っていたのか」

チャーリーはジョーダンのベッドに置かれたモップの柄を持ちあげ、ぎざぎざの先端にふれた。

「武器って、その棒のことですか？」

「アーロンを追いかけてこの建物に入ったとき、ジョーダンが棒きれを手に突進してくるのが見えたんだ。アーロンに銃口を向けられても、ジョーダンは逃げるどころか立ち向かっていった。見あげた根性だ」

ワイリックはチャーリーの肩越しに外を見た。

「赤ん坊を抱いた少女たちがバスに乗っています」

チャーリーは部屋の奥に声をかけた。「もうすぐここにも迎えが来るぞ」

少女たちが大きくふくらんだゴミ袋を手に戻ってきた。それぞれの私物だ。ほとんどの女の子は着の身着のままでここへ連れてこられた。一泊分とはいえ着替えをバッグに詰めてきたのはジョーダンくらいのものだった。

「うちのママは、わたしがここにいることを知っていると思う？」ミランダが尋ねた。

「まだ知らないだろうが、じきに連絡がいくはずだ」

ミランダがため息をついた。「ミッシーも帰れたらよかったのに」

ジョーダンは首を傾げた。「ミッシーって誰？　結婚した子？」

ミランダが首をふった。「結婚して一週間ぐらいで死んじゃった子なの。いきなりだったからびっくりした。朝食のときに死んだって言われて、それだけだった。お葬式もなんにもなし」

チャーリーが身を乗りだした。「亡くなったのはその子だけか？」

ミランダは肩をすくめた。「わたしは二年前に来たから、その前のことはわからない。わたしが来たときはもう女の子たちがいっぱいいたよ」

「ミッシーの遺体はどうなったんだい？」

「男の人たちがキルトで包んで、正面のゲートから運んでいったわ」ケイティが言った。

「シャベルを持ってたから、森のどこかに埋めたんだと思う」

ミランダがうなずいた。「あれを見たときは、自分もいつか山に埋められるんじゃないかってすごく怖くなった」

チャーリーのまなざしが険しくなる。

「ワイリック、この子たちのそばにいてくれ。ハンクと話してくる」

チャーリーは足早に外に出て無線でハンクを呼びだした。子どもたちには聞かせたくない内容だったからだ。

「こちらハンク。今、そっちへ迎えをやったぞ」

「結婚していた女の子で亡くなった子がいるそうだ。把握しているか？」

一瞬の沈黙のあと、ハンクが小さく悪態をついた。「いや。どうしてわかった？」

「少女たちから聞いた。名前はミッシー。結婚して一週間ほどで亡くなったそうだ。朝食のときにそれを告げられて、キルトで包まれた遺体がゲートから運びだされるのを見たと言っている。男たちがシャベルを持っていたそうだ」

「森に埋めたんだな。情報をありがとう。付近を調査する」

チャーリーは深呼吸して部屋に戻り、ミランダの横に座った。

「ミッシーのことを言ったの？」

「ああ。遺体を見つけてご両親のもとに戻さないといけないからね」

ミランダの頬を涙が伝った。「ミッシーはいつもやさしくしてくれたの。一緒に帰りたかった」

ジョーダンは亡くなった女の子のことを考えた。二度と母に会えないままここで死ぬのかもしれないと何度も思ったが、実際に死んだ女の子がいたのだ。チャーリーとワイリックが見つけてくれなかったらと思うとぞっとする。膝にのった棒に手をふれる。

数分後、六人の捜査官が入ってきた。

「さあ、バスに乗ってここを出ましょう」

少女たちが期待と不安の混ざった表情で列をつくる。

ミランダがジョーダンをふり返った。「もう会えない？」

「そんなことないよ。みんなのこと、忘れないから」ジョーダンは立ちあがり、少女たちをひとりずつ抱きしめた。

「ジョーダン、ありがとう。あなたが助けてくれたのよ」ケイティが言った。

「あなたはすごく勇敢だった」バービーがささやく。

ジョーダンは首をふった。「みんなのほうがすごいよ。わたしよりずっと長く、ここでがんばってきたんだもの。それってめちゃくちゃ勇気があるし、強いってことだよ」

ジョーダンはミランダの正面に立った。「今はスナップチャットとかインスタグラムとか便利なアプリがいっぱいあるから、ここを出てもいつだって連絡がとれるよ」

「スナップチャットって何？」

女の子たちが首を傾げたことにショックを受ける。それだけ長く監禁されていたということだ。誘拐されたとき、SNSを知らないほど幼かった子もいるだろう。

「インターネット上でお話しできるアプリだよ。家に帰ったらお父さんとお母さんに教えてもらったらいいよ。お互いに名前がわかっていれば連絡できるの」

ミランダがうなずいた。「ジョーダン、大好きよ。あなたはわたしのワンダーウーマンなんだから」

「わたしたちのことを忘れないで。わたしたちも忘れない」別の少女が言う。

「さあ、出発します」

捜査官の指示で、少女たちはぞろぞろと建物を出ていった。

見送るジョーダンの顔がくしゃくしゃになる。

「ぼくらも行こう。バッグを持つよ」

チャーリーの言葉に、ジョーダンはうなずいてモップの柄を手にとった。

連れだって出口へ向かう途中、ジョーダンはもう一度だけがらんとした部屋を見まわした。クローゼットのドアが大きく開いている。ベッドの上の上掛けやシーツがぐちゃぐちゃだ。床にぬれたタオルが落ちていた。

「待って」ジョーダンが声をあげた。

「どうした？　忘れものかい？」

「写真を撮ってもらえない？」

「この部屋の？」

「うん。わたしも入れて写して」

「もちろんいいよ」

ジョーダンはモップの柄をぎゅっと握って部屋の中央に移動した。戦士のような猛々しい表情でチャーリーのほうをふりむくと、顎をあげ、両脚を大きく開いて、モップの柄を槍のように突きだした。

「お願い」

携帯を構えるチャーリーはうなじの毛が逆立つのを感じた。ジョーダンにフォーカスをあてて何枚か撮る。ジョーダンが礼を言って歩きはじめてもシャッターを切りつづけた。

「お母さんに送ろうか？」

「ううん。ママはまだ心の準備ができていないと思うから、わたしの携帯に送ってくれる？」ジョーダンがメールアドレスを告げる。

「あなただって心のケアをしないとだめよ。こんな経験をして平気でいられるはずがないんだから」ワイリックが言った。

チャーリーはジョーダンのバッグを手にとった。「さあ行こう」

ジープに乗りこんだところで、ワイリックがキャンプ道具から枕と毛布をとりだしてジョーダンに渡した。「眠れそうだったら寝てね」キャビンから持ってきた水のボトルをホルダーに差す。

ジョーダンはうなずき、枕と毛布を膝に抱えて窓の外に視線をやった。少女たちがバスに乗りこんでいく。ジョーダンに気づいて手をふってくる子もいた。

検視官を乗せた車が到着し、霊柩車も坂道をあがってくる。アークエンジェル・ラリーの遺体を運ぶためだ。

チャーリーはゲートでいったんジープをとめ、車を降りた。不思議そうに見守るワイリックをよそに、誰もいなくなった施設の写真を撮る。あとでジョーダンに送るためだ。善良な子どもたちが救われ、悪者は刑務所に送られる。今朝、ここでひとつの正義が成されたのだ。

運転席に戻ったチャーリーはバックミラーに目をやった。「もう一度、お母さんと話すかい？」

ジョーダンがうなずく。

タラの番号に発信してから携帯をジョーダンのほうへ差しだす。

「もしもし、ママ？」

ジョーダンの声が女戦士から十二歳の子どものそれに戻った。

〈フォース・ディメンション〉に捜査のメスが入ったと知って、マスコミは蜂の巣をつついたような騒ぎになった。囚人護送車がレキシントンの刑務所に到着するころには、通りの左右にぎっしりとテレビ局のバンや記者の車が並んで、野次馬も相当な数が集まっていた。

記者たちに知らされているのは、行方不明者リストに載っていた子どもたちがまとまって施設で見つかったことだけだ。どうして子どもたちが連れ去られたのかはもちろん、超能力を持った赤ん坊を産ませる計画のことも知らなかったし、施設で亡くなった少女がいることも明らかになっていなかった。

三十三人の男たちが手錠をかけられ、足かせをつけられてバスから降りてくると、盛んにフラッシュがたかれる。

記者たちはまだアーロン・ウォルターズの名前すら認識していなかったが、泥と血で汚れた長くて白いローブはいやでも注目を集め、アーロンは自然とカルト集団の顔に――悪の象徴になったのだった。

〈ユニバーサル・セオラム〉の本部で会議の準備をしていたサイラス・パークスの携帯が鳴った。発信者はDNAラボの責任者のケニス・フィールズだ。

「ケニス、あとでかけ直していいか？　ちょうど会議の準備を――」

「CNNを見てください。今すぐに」

サイラスは執務机の上のリモコンをつかんでテレビの電源を入れた。手錠をかけられた男たちの映像を見ても、最初はなんのことかぴんとこなかった。リポーターの口から〈フォース・ディメンション〉という単語が出たところでどきりとする。その目に白いローブをまとった男の顔が飛びこんできた。

「くそ！　なんてこった！」

「どうします？」ケニスが尋ねる。

「ただちにすべてのデータを抹消するんだ。赤ん坊に関する報告書はシュレッダーにかけ、パソコン内のファイルも削除しろ」

「すべてですか？」

「そうだ」サイラスはそう言って電話を切り、別の番号に発信した。二度、呼び出し音が鳴ったあと、相手が出る。

「なんでしょう？」

「ジャド・ビヤンは見つかったか？」

「最後に確認できたのはケンタッキーのバリアにあるホテルです。駐車場に車は残っていますが、チェックアウトしてすぐヘリに拾われたそうです。それ以降の目撃情報はありません。カードが使われた形跡もありませんし、口座から金を引きだした様子もありません」

サイラスはうめいた。ＦＢＩの仕業にちがいない。

「追って連絡するまで任務は中止だ」

「了解しました」相手が電話を切った。

冷静に考えろ、サイラス。

ビヤンの娘はどこにいるのだ？　おそらく母親のもとに戻ったのだろう。アーロンの話によれば、娘はかなり強力な超能力の持ち主らしい。さまざまなプロジェクトに使えると思っていたのだが……こうなったら娘のことはあきらめるしかない。だがジャド・ビヤンには報復しないと気がすまない。

アーロンも見過ごしにはできなかった。FBIの取り調べが始まったら、あのデブはきっとしゃべる。

会議をキャンセルして何本か電話をかける。予期せぬ大火事が起きたときは火事の原因を追及するよりもまず、火の粉がふりかからないように防火対策をとるべきなのだ。〈フォース・ディメンション〉に対する出資が明るみに出ないようにしないといけない。受話器を取りあげて秘書を呼びだす。

「なんでしょう?」

「今日の予定はすべて延期してくれ。問題が起きた」

キャビンを出発して二時間、ジャド・ビヤンはうとうとしながら車に揺られていた。とりあえずセーフハウスに連れていかれるようだ。

ふいに運転手の携帯が鳴った。〝死者一名〟という言葉を聞いて姿勢を正す。〈フォース・ディメンション〉のことを話しているにちがいない!

運転席とのあいだを仕切る鉄格子をつかんで顔を近づける。「娘は? ジョーダン・ビヤンは無事ですか？」

運転手が親指を立てて通話を続ける。

ジャドはほっとして座席に体重をかけ、目をつぶった。「神様とチャーリー・ドッジのおかげだ」


レキシントンの刑務所に到着したアークエンジェルたちは、まとめて待機房に収容された。容疑は児童誘拐と性的虐待だが、あの施設で亡くなった少女が複数いることがわかったら殺人罪にも問われることになる。いずれにせよ彼らの先行きは暗い。

アーロンも同じ待機房にいたが、近づいたり声をかけたりする者はいなかった。ＦＢＩに捕らえられ、自分たちと同じように地べたに伏しているアーロンを見て以来、アークエンジェルたちはマスターの権威に疑問を覚えはじめたのだ。

当のアーロンは、白いローブからオレンジ色の囚人服に着替えさせられたことを屈辱に感じていた。アークエンジェルたちと同じ牢に入れられたことも気に食わない。彼らが自分に怒りを感じているのはわかっていた。声に出して非難する者はいなくても視線や態度がとげとげしい。

真の裏切り者はジャド・ビヤンだというのに、彼を責める者は少なかった。娘をかばうのは父親の本能だからだ。その分、怒りの矛先がアーロンへ向かう。

ラリーの死の噂が立ち、さらに自分の子どもに銃口を向けたせいで妻に撃ち殺されたことが判明すると、アークエンジェルたちはさらに動揺した。

ラリーは仲間内でも抜きんでた力を持っていた。予知能力が高くてアーロンにも一目置かれていたのだが、一方で残酷で自分本位な男でもあった。身内に殺されるというのはいかにもラリーらしい最期だった。

牢のなかでアーロンは何度も今後の展開を予知しようとしたものの、男たちの話し声や鼻の痛みに気をとられてうまくいかなかった。目を閉じると、宿舎で意識をとりもどしたとき、目の前に立ちはだかっていた少女の顔が思い浮かぶ。立場が逆転したことを思い知らせるようにこちらを見おろしていた。あの子の顔面をあざだらけにしたのは自分だ。殴ったときは深く考えていなかったが、これこそ因果応報というべきかもしれない。

ＦＢＩが少女たちに用意したバスには食料や水が用意されていて、既婚者のバスにはおむつやミルクもあった。もちろんトイレもついている。それぞれのバスに女性の捜査官がふたり乗っていた。

最初に出発した既婚者のバスは赤ん坊の泣き声で騒がしかった。母親たちの表情は硬く、喜びよりも不安の色が濃かった。子連れで帰省したところで家族が歓迎してくれるかどうかわからないし、周囲の偏見にさらされる可能性も高い。捜査官たちも現実の厳しさを知っているだけに気休めは言えなかった。

スプライトたちのバスは静かだった。ジョーダンを失って風船の空気が抜けてしまったかのようだ。赤ん坊のいる少女たちと同じように、家族の反応が不安なのだ。

「みなさん、聞いてください」

スプライトのバスを担当する勤続十三年のバティ・バロウ捜査官が沈黙を破った。

「今後の予定を簡単に説明します。現在、ご両親に順番に連絡をとって、みなさんが無事であること、これからレキシントンの病院で健康診断を受けることを伝えています」

「病院で注射を打たれるの？」バービーが不安そうに言う。

バロウはバービーの手をやさしくたたいた。「病気じゃなければ注射はしませんよ。みなさんがけがをしたり病気になったりしていないかを確かめたいだけなんです」

「わたしたちが処女かどうか確かめたいんでしょう？」ミランダが言う。

バロウが言葉に詰まっていると、ケイティが代わりに答えた。

「処女に決まってるわ。じゃなきゃあそこを追いだされていたもの」

女性捜査官たちは顔を見合わせてから、少女たちに向き直った。

「追いだされるってどういうことか教えてもらえる？」

ケイティが膝の上で手を組んだ。「処女じゃないとあそこにはいられないんです。初潮を迎えたら結婚できるようになって、あの人たちの赤ちゃんをつくるから」

「赤ちゃんをつくる？」

ケイティが目にかかった髪を払った。「そうです。だって赤ちゃんをつくるために集められたんだもの。超能力を持つ赤ちゃんを産むために」

捜査官たちはショックを受けた。十代そこそこの少女たちがクッキーのつくり方を説明するくらいの気軽さで出産のことを話題にするとは。

バロウがジャーガンズを見た。「本部はこのことを知っていると思う？」

「どうでしょうか。確認してみます」ジャーガンズは少女たちから離れた席に移って携帯をとりだした。

少女たちを乗せたバスがレキシントン市の境界まで来ると、市警のパトカーが合流した。三台のパトカーが前方を走ってローズ・ストリートにあるアルバート・B・チャンドラー病院へバスを先導する。後方にもFBIの車両とパトカーが続いた。

「ここはどこ？」ケイティが窓の外を見て尋ねる。

「レキシントンよ」バロウが答えた。

「レキシントンってどこの州にあるの？」

「まだ州をまたいでいないの。だからケンタッキー州よ」

少女たちがいっせいにおしゃべりを始めた。

「どうかしたの？」バロウは尋ねた。

「ケンタッキー州にいるってことを初めて知ったから」ミランダが答える。「誘拐されたとき、どこへ連れていかれるのか教えてもらえなくて、あそこに着いてからも森のなかだってことしかわからなかったの」

「まあ」バロウはショックを受けた。「あなたはどこの出身なの？」

「カリフォルニア州のラホヤ」ミランダが答える。

バロウは女の子を順番に指さして出身地を確認していった。

「アーカンソー州のパインブラフ」

「ニューメキシコ州のサンタフェ」

「オクラホマ州のプライアーです」

「メリーランド州のボルチモア」

「マサチューセッツ州のボストンから来たの」

少女たちは順番に答えていき、最後にバービーの番になった。

「あなたはどこから？」ジャーガンズが尋ねる。

バービーが泣きだした。「わからないの。前はテキサス州のグレイプバインに住んでいたんだけど、引っ越しのときジェラルドにここに連れてこられたから。パパとママがどこへ引っ越すと言っていたか、もう覚えてないの」

ジャーガンズはたまらなくなってバービーの隣へ移動し、膝に抱きあげてやさしく体を揺すってやった。

「大丈夫だから心配しないで。ＦＢＩはサンタクロースと同じくらい子どもの家を見つけるのが得意なのよ。あなたの家だってすぐに見つかるわ」

「本当に？」

ジャーガンズはうなずいた。「本当ですとも！　ほら見て！　あの大きな建物が見える？　すごくのっぽの建物があるでしょう。今からあそこへ行くの」

少女たちが立ちあがって窓に近づき、ビルを見つめる。

「病院に着いたらひとりひとりにカウンセラーがついて、検査のあいだずっとそばにいるわ。誘拐されたときのことや、あそこでどんな生活をしていたかなど、なんでもカウンセラーに話してちょうだい」

少女たちはうなずいて静かに席に戻った。

いつもの朝がこんな展開になるとは誰も予想もしていなかった。みんな未知の世界に怯えていたが、怖いのを我慢するのは慣れっこでもあった。

21

ジョーダンはもう二時間近く、後部座席で毛布をかぶって眠っていた。モップの柄は座席に立てかけてある。

ときおり寝言を言っているところからして夢を見ているのだろう。聞きとれる言葉はおだやかでないものが多く、ジャド・ビヤンが抵抗する娘をどうやってケンタッキー州まで連れていったのかが推測できた。しばらくしてジョーダンが泣きはじめる。ヘビとネズミという単語が聞こえてきた。

チャーリーは手の関節が白くなるほどハンドルを握りしめていた。少女を苦しめた男たちに対する怒りが噴きだしそうだったからだ。

それを見たワイリックは、足のあいだに置いたバッグからハーシーズのチョコレートバーをとりだした。パッケージを破り、半分に割る。

「食べてください」

チャーリーがチョコレートバーを横目で見て、無言で受けとる。ワイリックも礼など期待していなかった。甘いチョコレートで張りつめた神経を少しでもゆるめてほしかっただけだ。

ふたりでチョコレートを食べていると、ジョーダンがむくりと上体を起こして目をこすった。

「チョコレートのにおいがする」

「あなたも食べる?」

「食べたい!」

勢いよく手が突きだされる。

「スニッカーズもあるし、ピーナツ入りのエムアンドエムズもあるけど?」

「エムアンドエムズがいいです」

「キャッチして」ワイリックはエムアンドエムズの袋を後部座席めがけて放った。

「ありがとう」

「水は?　まだある?」

「あるけど、これ以上飲んだらトイレに行きたくなりそうだし」

「十分ほど走ったところに休憩所があるから、そこにとまろうか?」

「お願いします。あの、レキシントンまであとどのくらいかかりますか?」

「一時間ってところかな」

チャーリーはバックミラーを見た。ジョーダンがエムアンドエムズの袋を破ってチョコレートをいくつか口に放りこむ。そしていかにも幸せそうに目をつぶった。袋半分ほどをいっぺんに食べてから、水を飲む。

「ママはわたしたちがどこにいるか知ってるんですか？」

「さっきメールを送ったところよ。レキシントン市内に入ったらもう一度メールするから」ワイリックが答える。

ジョーダンは背もたれに体重をかけて、今度はひと粒ずつエムアンドエムズを口に運んだ。

数分後、ジープがハイウェイを降りて長距離トラックドライバー用の休憩所に入る。チャーリーはガソリン計量器の横に車をつけた。

「危険はないと思うが、念のために給油が終わってから、みんなで車を降りてトイレへ行こう」

ジョーダンはどきりとした。「マスターの仲間がわたしを連れ戻しに来る？」

「いや、それはない。ただ、きみのけがのことをお母さんに話していないから、レキシントンに着いたらどうして教えてくれなかったのかと責められるにちがいない。このうえ、きみがトイレに行く途中に転んでけがをしたなんてことになったら、ぼくはどうなることか」

「そんなにドジじゃありません」ジョーダンがくすくす笑う。

チャーリーが給油のために車を降りたところでワイリックがジョーダンをふり返った。

「じろじろ見る人もいるかもしれないけど相手にしないでね。わたしはこんな外見だから知らない人に因縁をつけられるんだけど、そのたびにチャーリーが守ってくれるの」

ジョーダンが不思議そうな顔をする。「あなたはすごくきれいなのに」

ワイリックはほほえんだ。「ありがとう。でも髪の毛も胸もないでしょう。そういうことをからかうやつもいるの」

「そんなの最低。わたしはあなたのこと、すごくかっこいいと思うけどな」

「あら、あなただってかっこいいわ。だからお願いがあるの」

「何?」

「車を降りるときは棒を置いていくこと。チャーリーがついてるし、あなたは棒がなくても充分に強いから。その棒が大事だってことはわかる。グラスに帰ったら、お母さんに手伝ってもらって部屋の壁にでも飾ったらいい。ただ、その棒がなきゃどこにも行けないなんて思っちゃだめ」

ジョーダンはしばらく考えてからうなずいた。

ワイリックはにっこりして窓の外に視線を移した。休憩所を利用する人たちや、空を流れる白い雲を見る。

「いい天気」ジョーダンが言った。

「あなたの帰還を祝っているんだわ」

チャーリーが給油ポンプを計量器に戻すのを見て、ワイリックはシートベルトを外した。

「終わったみたい。さあ、行きましょう」

ふたりは車を降りてトイレと売店のほうへ歩きだした。チャーリーが一メートルほどうしろをついてきて、トイレが終わるまで外で待っていてくれた。

「ペプシを買わなきゃ」ワイリックはジョーダンを見た。「あなたは何がいい？」

「ドクターペッパー」

チャーリーも冷蔵棚からスイートティーのボトルをとって、三人でレジへ向かった。

ワイリックの話を聞いたばかりなので、ジョーダンは周囲の人たちを観察していた。ほとんどの人はこちらを見ても、少し目を見開く程度で通りすぎていく。たまにじっと見てくる人もいるけれど、無視できないほどではない。

レジの順番がまわってきて、チャーリーがクレジットカードを出して暗証番号を入力しているとき、若い男ふたりが店に入ってきた。男たちがチャーリーをじろじろと値踏みする。その視線がワイリックに移り、最後にジョーダンにたどりついた。見くだしているような目つきだ。

チャーリーが男たちに気づいて、ワイリックとジョーダンを自分の体でかばうように立った。

男たちの視線がチャーリーの顔にあがった。

「失せろ」チャーリーがうなるように言った。

ワイリックがジョーダンの肩に腕をまわす。「さあ、車へ行きましょう」

チャーリーが出口のほうへ足を踏みだすと、男たちは道を空けたが、そのうちひとりは相変わらずこちらを見つめていた。ジョーダンのなかに、男たちを懲らしめたいという気持ちがむくむくとわいた。

「ねえウッドロウ、じろじろ見るのは失礼だってママに教わらなかったの？　他人のことより自分の心配をしたほうがいいんじゃない？　ボスはあなたが横領しているのを知ってるし、ラバーンは妊娠していることを奥さんに言おうとしてるんだから」

チャーリーがジョーダンをふり返る。

ワイリックはくるりと目玉をまわし、ジョーダンをせかして店を出た。

ふたり組は茫然と立ちつくしている。ドアが閉まる直前、男たちの声が聞こえた。

「あの子はどうしておまえの名前を知ってるんだ？」

「そんなの知るか。それより家に電話しないと。本当だったらやばい」

ジープに戻る途中、ワイリックはジョーダンをちらりと見た。ジョーダンは平然としている。

追いついてきたチャーリーは、ジープに乗ったとたんに口を開いた。「どうしてあいつの名前がわかった？」

ジョーダンが肩をすくめた。「聞こえたんです」

「あいつの浮気相手は本当に妊娠しているのか？」

「避妊しないなんて馬鹿な男」

ジョーダンのませた発言にチャーリーがげらげら笑いだす。

ジョーダンは赤くなった。「ママがよく言ってたんです。避妊しないのは馬鹿だって」

「きみのお母さんは本当に賢い女性だ。さあシートベルトをして。もう少しでお母さんに会えるぞ」

家に帰るのがうれしい反面、これからのことが不安だった。父親に誘拐されたと知ったら、学校の友だちや近所の人が好き勝手を言うにちがいない。

そう思ったあとで、あの場所から戻ってこられなかった少女のことを考える。自分は生きていて、ママという味方もいる。それで充分だ。

ドクターペッパーをもうひと口飲んで足に毛布をかけ、毛布のあいだに挟まっていたエムアンドエムズの袋からチョコレートをひと粒とる。

宙に放ったチョコは放物線を描いてジョーダンの口に収まった。

「ゴール！」ジョーダンは不安を吹きとばすように明るく言った。

タラはホテルの窓から見えるレキシントンの街並みに、ダラスの街並みを重ねていた。職場の窓から毎日のように高層ビルや渋滞する車、通りを行き交う人々を見おろしているというのに、今日の眺めはなぜか胸に迫るものがある。窓の向こうで働く人たちや車のハンドルを握る人たち、ひとりひとりの人生を想像してしまうのだ。

やっと娘に再会できるせいで感傷的になっているのだろう。空は青く晴れわたって、母娘の再会を祝福しているようだ。タラの心を曇らせているのはただひとつ。ジョーダンがどんな過酷な体験をしたのかがわからないことだった。それはあの子の人生にどんな影響を及ぼすのだろう。

携帯が鳴ったとき、ジョーダンだと思って慌てて画面を見た。だが、発信者は法律事務所のクライアントのひとり、ドワイト・グッドールだった。留守番電話に切り替わるのを待とうかとも思ったが、仕事をしているほうが気がまぎれると思い直した。

「もしもし？　タラ・ビヤンです」

ドワイトがよく響く声であいさつした。

「おはよう、ミズ・タラ！　お邪魔じゃなかったかな？」

「大丈夫です。本日のご用件はなんでしょう？」

「それはこちらの台詞だよ」

タラが眉をひそめた。「え？」

「知ってのとおり、きみのボスとはゴルフ仲間でね。数日前にプレイしたとき、娘さんのことをちらりと聞いたんだ。〈フォース・ディメンション〉とかいうカルト集団のことも」

タラはため息をついてベッドに腰かけた。「そうなんです」

「で、今、妻とCNNを観ていたら、FBIが〈フォース・ディメンション〉を一斉捜査して、メンバーをレキシントンの刑務所に護送したというから――」

タラは話の途中でリモコンをとってテレビをつけた。手錠をかけられ、足かせをした男たちがバスから降りてくる映像が映る。この男たちが娘を誘拐したのだ。

ドワイトがまだ話していることに気づいて、タラは必死で電話に意識を引き戻した。

「おそらくきみはこのニュースを事前に知っていて、すでにレキシントンにいるんじゃないかと思ったんだが、私の推理は当たっているだろうか？」

チャーリーから誰にも居場所を告げてはいけないと言われたが、ドワイトは得意客でつきあいも長い。

「さすがです」

「ついでに推理すると、まだ娘さんはきみのもとに戻ってきていないんじゃないかな？」

「名探偵になれますよ」

ドワイトがうれしそうに笑った。「いずれにせよ、ジャニーが――妻が、ダラスに戻るときは民航機を使わないほうがいいんじゃないかと言うんだ。マスコミが親御さんのこともかぎまわっているかもしれないだろう。よければうちのプライベートジェットをレキシントンへ向かわせようか?」

タラは息をのんだ。

「まあ、なんてお礼を申しあげればいいか! 実はマスコミのことは少し心配だったんです。ぜひお願いします。今夜には予定がわかると思いますので改めてお電話してもよろしいですか?」

「もちろんだ。早く娘さんに会えるといいね」

タラの目に涙が浮かんだ。「ありがとうございます。本当に、心から感謝します」

「何年も訴訟で世話になっているんだから、このくらいは当然だよ。じゃあ、電話を待っているから」

「はい。本当にありがとうございました」

タラは電話を切って胸にあてると、テレビに視線を戻して音量をあげた。さっきと同じ映像だが何度でも観たかった。今度は男たちの顔をひとりひとり観察する。

長髪で恰幅(かっぷく)のいい男だけが白くて長いローブを着ていた。あの男がおそらくリーダーだ。ローブは汚れ、顔に血がついていた。鼻がひどく腫れている。

痛みにもだえ苦しめばいいと心のなかで願う。

チャーリーは三時間ほどでレキシントンに到着すると言っていたが、そろそろ約束の時間だ。昼時でもあるのでホテルの内線で食事を注文した。チャーリーとワイリックも食べられるように多めに頼む。それがすむとふたたび部屋のなかを行ったり来たりしながら、昼食と娘と、どちらが先に到着するだろうかと考えた。

ジョーダンは道路標識を読みあげて、母親との距離をカウントダウンしていった。レキシントンの街に入ったところで脚にかけていた毛布をとる。

「ここはもうレキシントン？」

「そうよ。ダウンタウンまではまだ距離があるけどね」

チャーリーがバックミラー越しに笑いかけた。「もうすぐだ」

「ママは、わたしに会うのが怖いだろうな」

「怖い？　あなたのことが心配でたまらないのよ」

「きみはどうだい？　お母さんに会うのが怖い？」

ジョーダンはうなずいた。その頬を涙が伝う。「だって前とはちがうから。もう何も知らなかったころのわたしには戻れません」

「きみがタラの娘だってことはぜったいに変わらない。それだけでいいんだ」チャーリーはミラー越しにジョーダンの視線を捉えた。

ジョーダンが涙を拭き、窓の外に視線を移した。家や人が飛ぶように過ぎていく。

「もうひとつ質問していいですか？」

「なんだい？」

「ジャドはどうなると思いますか？」

「詳しいことはわからないけど、ＦＢＩの捜査に協力したし、〈フォース・ディメンション〉の件が裁判になったら証人になるだろうから、刑を軽くしてもらえると思うよ」

ジョーダンはしばらく黙ったあと、うめき声をあげて顔をおおった。

「どうした？　気分が悪いのか？　どこかに車をとめようか？」

「ううん。平気です」言葉とは裏腹に、ジョーダンは毛布で体をおおった。「ジャドの顔とマスターの顔が溶けていくのが見えたんです。誰かがマスターを殺そうとしてる。死んでもらわないと具合が悪いって」

チャーリーとワイリックが顔を見合わせる。

「誰にとって具合が悪いの？　誰がアーロン・ウォルターズを殺そうとしているの？」

「わからない。男の人。ボスって呼ばれてる」

ワイリックはｉＰａｄに〝サイラス・パークス〟と書いてチャーリーに見せた。

チャーリーがうなずく。「そいつがお父さんも殺すのか？」

「ううん。パパは自分で命を絶つ」ジョーダンは宙の一点を見つめて瞬きもせずに言った。それから毛布に顔をうずめ、車がとまるまでひと言も言葉を発しなかった。

　ジープがホテルの駐車場に入る。

　チャーリーはこのホテルを選んだタラに心のなかで拍手を送った。五階建てのすっきりした建物で、チャーリーも以前に利用したことがあるのでレイアウトが頭に入っている。一階のロビーにフロントとショップがあって、上の四階分はベッドルームが一室もしくは二室ある客室だ。どの部屋にも小さなキッチンがついていた。

「ジョーダン、着いたよ」

　ジョーダンは毛布を置いてモップの柄を持ち、ワイリックがドアを開けると車から降りた。

　チャーリーはジョーダンのバッグを肩にかけて駐車場係に鍵を渡した。それからワイリックと一緒にジョーダンを挟むようにしてエレベーターへ向かう。

　ジョーダンのあざやモップの柄を見て不審そうな顔をする人もいたが、ほとんどの客は無関心だった。エレベーターの前まで来て、ワイリックが上ボタンを押す。ドアが開き、運よく空のエレベーターに乗ることができた。

　四階でエレベーターを降りたジョーダンは小さく震えていた。顔色も悪い。

　ワイリックがジョーダンの手を引いて廊下を歩きはじめる。

　四二五号室の前まで来ると、チャーリーがドアをノックした。

一瞬の間があって、ドアが勢いよく内側に開いた。タラが目にいっぱい涙をためて両腕を広げる。

「ああ、よかった！　本当によかった！」

「ママ！」ジョーダンはモップの柄を握ったまま、母親の胸に飛びこんだ。

チャーリーはドアを閉めた。タラたちのあとをついてリビングへ向かう。

タラはソファーに座って娘を抱き寄せた。体のどこかにふれていないと安心できないのだろう。顔の傷に気づいたときは小さく息をのんだが、あれこれ質問して娘のトラウマにふれるのを恐れているようだった。

「さあさあ、今日は朝早くから活動していたんでしょう？　昼食を頼んだのでどうぞ食べていってください。洗面所はその先の右側です」不自然なほど明るい声で言う。

「わたし、トイレに行きたい。すぐに戻るね」

ジョーダンがそう言って立ちあがったとき、ワイリックが右手を差しだした。ジョーダンがしぶしぶモップの柄を渡す。

「こんなものはなくても大丈夫よ。わかるでしょう？」

ジョーダンはうなずいた。「でも捨てたくない」

タラは事情がわからないながらも娘の肩に手を置いた。「だったらとっておけばいいわ。家に持って帰りましょう」

ジョーダンは安心したようにうなずいて洗面所へ向かった。ドアが閉まったとたん、タラが切りだす。

「いったいなんのことですか？」

「心の準備ができたら本人が話すと思いますが、娘さんはあの施設に連れていかれた瞬間から救出されるまでずっと抵抗していたようです。顔の傷は、マスターと呼ばれていた男にやられました。たびたびルールを破った罰だと言って」

テレビで観た白いローブの男を思い出して、タラは腸が煮えくり返る思いがした。あの薄汚い男が大事な娘を傷つけたのだ。

「CNNで〈フォース・ディメンション〉の男たちがバスから降りて刑務所に向かう場面を見ました。白いローブを着ていた男じゃありませんか？」

「そうです」チャーリーはワイリックが持っているモップの柄を指さした。「一斉捜査は奇襲的に行うはずでした。ところが一部の超能力者がこちらの動きを読んでいました。白いローブの男はアーロン・ウォルターズといって、あの組織のリーダーです。私たちがゲートを入ったとき、アーロンは少女たちのいる建物めがけて走っていました。ジャドの裏切りを知って、復讐のためにジョーダンを殺そうとしたのです。すぐに追いかけましたが、アーロンのほうがひと足早く建物にたどりついて拳銃を構えたのでタックルしました。そのときです。ジョーダンがその棒を手に突進してくるのが見えたのは。ほかの少女たちはベッドの下に隠れていたのに、ジョーダンは拳銃を向けられても抵抗しようとした。見あげた根性の持ち主です」

タラは悲鳴をあげそうになって両手で口を押さえた。十二歳の娘が棒きれを手に他人を攻撃しようとしたなんて想像もできない。ジョーダンはそこまで追いつめられたのだ。

タラの顔を見たワイリックはおだやかな口調で補足した。「ここへ来る途中、ジョーダンと約束をしました。モップの柄を捨てる必要はないけれど、あれがないと何もできないなんて思わないでほしいと。部屋の壁に飾ったらどうかと提案したら、ジョーダンは納得したようでした。あれを飛行機にのせるのはたいへんそうですが、ジョーダンはダラスまで持って帰りたがると思います」

タラが震えながら息を吐いた。「だとしたら今朝の電話はまさに天の恵みです。裕福なクライアントがニュースを見て、プライベートジェットをレキシントンに迎えに行かせようかと提案してくれたんです。電話で都合のいい時間を告げれば調整してくれるそうです」

「それは渡りに船ですね」

ワイリックが言ったとき、バスルームのドアが開いてジョーダンが出てきた。

「ママ、ヘアブラシを借りたよ」

タラがうなずく。「かしこまってどうしたの。いつも使っているくせに」

ジョーダンはにっこりしてテーブルに並んだ料理に目をやった。「もうお腹ぺこぺこ。お昼にしようよ」みんなの返事も待たずにチョコレートのかかったイチゴをつまんで口に入れる。

チャーリーが声をあげて笑った。「きみは本当にチョコレートが好きなんだな。車のなかでチョコレートを食べたときも、においで目を覚ましたもんな」

「うちのバレンタインをご覧にいれたいわ。チョコの食べすぎで毎年気持ち悪くなるんですから。さあ、みなさんも召しあがってください」

「食べものを勧められたら断らないことにしているんです」ワイリックはそう言ってさっさと皿をとった。

「食事の前に手を洗ってこようかな。ぼくの分も残しておいてくださいよ」

チャーリーが戻ってくるころ、女三人はテーブルを囲んでにぎやかにおしゃべりをしていた。話題はいろいろだったが、ジョーダンがいた施設のことだけは誰もふれようとしない。

チャーリーはサンドイッチと冷たい飲みものを手にソファーに座った。困難な依頼をやりとげた充実感を覚えながらも、いつまでも余韻に浸っているつもりはなかった。母と娘の時間を邪魔したくないし、そろそろダラスに帰る時間だ。

ワイリックは母娘の再会に静かな感動を覚えていた。自分の母が生きていたらどうなっていただろうと想像せずにいられない。

センチメンタルな気分を切り替えるために、立ちあがってデザートをとりに行く。おいしい食事の締めは甘いものと決まっている。

食事が終わり、チャーリーたちが暇（いとま）を告げると、ジョーダンがチャーリーにしがみついた。「助けてくれて本当にありがとう」

チャーリーはジョーダンの顎に手を添えて上を向かせた。「きみは信じられないくらい強い子だ。どんなときも自分を信じて前に進むんだよ」

「はい！」ジョーダンは元気に返事をしたあと、今度はワイリックを抱きしめた。「わたしを見つけてくれてありがとう。ドラゴンにもお礼を伝えて」

ワイリックはジョーダンの頬を両手で挟んだ。「光栄だわ」

タラがふたりをドアまで送っていく。

「娘を連れて帰ってくださって、本当にありがとうございました。ダラスに帰ったら請求書を送ってください。それから弁護士が必要なときは――」

「迷わずあなたに電話しますよ」チャーリーはそう言って部屋を出た。

ふたりは無言でロビーへ降り、ジープを正面にまわしてもらった。

「どこかで車をとめて休もう。このまま運転するのはきついし、ダラスへ戻るのは明日でもいい」

「ボスはあなたですから」ワイリックがノートパソコンを開いた。

「よく言うよ」チャーリーはそう言ったあと、ワイリックのしかめ面に気づいた。「どうした？」

「盗まれた大砲をさがしてくれという依頼が入っていますが……」

チャーリーは首をふった。「適当に断ってくれ」

22

夕食はジョーダンの希望でチョコレートパイとスイートティーになった。食事が終わってしばらくすると、ジョーダンはめっきり口数が少なくなった。銃口を向けられたのは今朝のことだというのに、夜には母親が隣にいてやさしく抱きしめてくれる。あまりにも急激な変化に心が追いつかないのだ。

娘の様子に気づいて、タラは声をかけた。「そろそろパジャマに着替えて寝る準備をしましょうか。それならテレビを観ながら眠ってしまっても平気でしょう」

「わかった」

タラは部屋のなかを見まわした。「チャーリーがバッグをどこかに……あ、ソファーの横に置いてあるわね。寝室まで運んであげる」

ジョーダンが黙ってあとをついてくる。タラがバッグをベッドの足もとに置いたところで、ジョーダンがぽつりと言った。

「パジャマは一度もバッグから出さなかったの」

タラはどきりとしてふり返った。「出さなかったって、どうして？」

「いつ逃げるチャンスがくるかわからないから。家を出るとき、普段着とよそ行きの服を一着ずつ入れたの。パパがすてきなレストランに連れていってくれるかもしれないと思った。でもあそこに連れていかれて……。それと、殴られた日に生理が始まったの」

タラの目から涙が噴きだした。「ああ、かわいそうに！」

ジョーダンは小さく肩をすくめた。「一緒にいた女の子たちが生理用品をくれたけど、ママに訊きたいことがいっぱいあった」

「ごめんね、肝心なときにそばにいられなくて。ごめんなさい」

「連れていかれたときに着ていた服と着替えの普段着を代わりばんこに着たの。夜、手で洗って。あそこで着ていた服はもう二度と着たくない」

「もちろんそうだわ。明日はよそ行きの服を着ればいいのよ。やっと家に帰れるんですもの。おしゃれしなくちゃ」タラは涙をぬぐった。「さ、シャワーを浴びてらっしゃい」

ジョーダンがうなずく。そしてバッグの底からパジャマをひっぱりだして、バスルームへ向かった。

娘がいなくなると、タラはまた涙を流した。初潮を迎えた日にそばにいてやれなかったことが悔しかった。それでも、ジョーダンがようやく監禁されていたときのことを話してくれた。家に帰って落ち着いたら、もっと話してくれるだろう。

どうかあの子の話をちゃんと受けとめられますように。正しい言葉をかけてあげられますようにと心のなかで祈る。

ジョーダンがバスルームから出てきたので、タラもシャワーを浴びに行った。髪を拭きながら出てくると、ジョーダンはベッドに入ってテレビを観ていた。音は消してある。

「おもしろい番組がないの？　有料の映画でも観る？」

ジョーダンは母親のベッドルームをちらりと見てから、視線をあげた。「ねえママ」

「なあに？」

「今日は一緒に寝てくれる？」

「もちろん。その前に帰りの飛行機のことで電話をしてくるわね」

ジョーダンはうなずいて目を閉じた。顔のあざや腫れがなければ、家にいると錯覚しそうだ。

電話を終えたタラは部屋の明かりを消した。バスルームの常夜灯がドアの隙間を淡く照らしている。ドレッサーの上からくたびれたクマのぬいぐるみをとって、ジョーダンの枕もとに置いた。

「あなたが生まれて、初めて家に帰った日もこの子と一緒に寝たのよ。だから今日も連れてきたの」

「ありがとう、ママ」ジョーダンは小さな声で言い、クマのぬいぐるみを抱きしめてベッドの上で丸くなった。

タラは愛情を込めてジョーダンの頭をなでた。

ジョーダンがびくりとして顔をしかめる。

「ママ、そこにも傷があるの」

驚いたタラはベッドサイドのランプをつけて娘の髪を慎重に分けた。かさぶたになった傷を見て息をのむ。この傷ひとつをとっても、ジャドが娘にどんな仕打ちをしたかがよくわかった。

「ああ、ごめんなさい。痛い思いをさせてしまったわね」ジョーダンの頬に手をあてる。「ねえ、ジョーダン。あなたが戻ってきてくれてママは本当にうれしいの。この世であなたより大事なものはない。つらいでしょうけどママとふたりで乗り越えましょう。いつだってママがついてるから」

ジョーダンがうなずく。そして迷いながらも口を開いた。「わたしをあそこへ連れていくとき、パパはわたしの首に注射をして眠らせたの」

「なんですって！」

タラは愕然(がくぜん)とした。わが子にそんなことをするなんて信じられない。あの組織はジャドをモンスターに変えたのだ。

「パパに会えてあんなに喜んでいたのに、悔しかったでしょう」

ジョーダンが堰を切ったように語りだした。誘拐されたと気づいたときどんな気持ちだったか。ジャドの思念から〈フォース・ディメンション〉がどういう組織かわかって絶望したこと。言いつけを破って罰を与えられたこと。過酷な体験が次から次へと明らかになった。

タラは涙を流しながら何度も相槌を打った。あまりのひどさにかける言葉が見つからないほどだった。

古い建物にひとりで閉じこめられ、ヘビやネズミを殺したこと。

ほかの少女たちと同じ建物に移されて、食事のときしか建物から出してもらえなかったこと。

毒が入っているのではないかと思うと食事に手をつけられなかったこと。

みんなの前でマスターに何度も逆らったこと。

繕いものをわざとめちゃくちゃにして気絶するまで殴られたこと。

ジョーダンは悪いものを吐きだすように語り、最後は泣きながら眠ってしまった。

タラは頭が混乱していた。こんな話を聞いたあとでどうして眠れるだろう。やり場のない怒りが体じゅうをうずまいている。

家に帰ったらすぐ、ジョーダンをかかりつけの医者のところへ連れていこう。気を失うほど頭を打ったというのに、ちゃんとした医者に診てもらっていないとわかったときはパニックを起こしそうになった。

今この瞬間、ジャド・ビヤンの眉間に銃口を押しあてられるものなら、一秒の迷いもなく引き金を引く自信があった。

ジョーダンが母親と再会したころ、ほかの少女たちは病院に到着して、ひとりずつカウンセラーをあてがわれ、健康診断を受けていた。検査のあいだも施設での食事や生活環境についていくつも質問をされる。病院の外には、少女たちのことをかぎつけたマスコミが集まりはじめていた。

リポーターたちはあの手この手で少女たちのいる検査室に忍び込み、写真を撮ったり質問をしたりしようとした。少女のプライバシーを守ろうと担当カウンセラーが奮闘したものの、ひとりを追い返したらもうひとりが現れるといった具合できりがない。

ついに警備員が呼ばれて病院への人の出入りを制限することになった。

ほっとしたのもつかの間、少女たちが取り乱しはじめた。

少女たちにとってマスコミよりも恐ろしいのは仲間から引き離されることだった。つらいときも苦しいときもみんなで手をとり合って乗り越えてきたのに、検査室のなかにはカウンセラーと医師しかいない。仲間の姿が見えず、声も聞こえない。ひとりぼっちだ。

「家に帰りたい」ついにケイティが泣きだした。頭からシーツをかぶってそれ以上何も話そうとしない。

　バービーは二度も吐いた。

　ミランダはベッドの上に座ってシーツをたぐり寄せ、知らない人の前で横になるのはいやだと主張した。

　年少の女の子はベッドから飛びおりて部屋の隅に縮こまり、また別の少女は検査室を飛びだし、悲鳴をあげながら廊下を走った。

　病院にはありとあらゆる傷を治す薬がそろっていたが、少女たちの心の傷に効く薬はなかった。カウンセラーが食事になればまた仲間と一緒にいられるからとなだめて、ようやく検査を続けることができた。

　健康診断が終わり、少女たちは食堂で再会した。好きなものを食べていいと言われたものの、迷ってばかりでなかなか決められない。メニューが多すぎるうえに、もう何年も選ぶ自由など与えられていなかったせいだ。仕方がないのでカウンセラーがそれぞれの好きそうなものを選んでやると、少女たちはようやくリラックスして、トレイの上の料理を興味深そうに眺めた。

　程度の差こそあれ、少女らはひとり残らずＰＴＳＤにかかっていた。若い母親は貧血気味で、赤ん坊は標準体重に達していなかった。また、建物の外で過ごす時間がほとんどなかったために、全員がビタミンＤ不足だった。

「これからどこへ行くの？」食事を終えたケイティがバロウ捜査官に尋ねる。

「次は警察署ね」

「どうして警察に行かなきゃいけないの？　わたしたちも逮捕されるの？」ミランダが不安そうな表情を浮かべる。

「まさか。そんなことがあるわけないわ」ジャーガンズ捜査官が首をふった。「警察で、あなたたちが体験したことを話してほしいだけよ。どうやってあそこに連れていかれたかとか、どんな生活をしていたかとか、カウンセラーに話したでしょう？」

ミランダはうなずいた。

「みんなの体験を知らせて、悪い人たちにちゃんと罰を与えるの。心配しなくても、わたしもバロウ捜査官も一緒に行くから」

少女たちはバスに戻ってレキシントン市警本部へ移動した。事情聴取が終わったころには日が暮れかけていた。ふたたびバスに乗せられて、今度はホテルへ向かう。めまぐるしい環境の変化と疲れから、何人かが泣きだしたのも無理はなかっただろう。

バービーを含めてすべての少女の親と連絡がつき、明日から少女たちを家へ帰すための手続きが始まる。担当するのは連邦保安局だ。

ホテルに到着した少女たちは、施設にいたときと同じように――つまり既婚者と赤ん坊のグループと、未婚の少女のグループに分けられた。それぞれの部屋にＦＢＩの捜査官が付き添い、連邦保安局の担当者に引き継ぐまで世話係を続ける。

スイートルームに人数分の折り畳みベッドが運びこまれ、炭酸飲料とピザとアイスクリームも届けられた。赤ん坊には離乳食やミルク、ベビーリークルなども準備された。

スイートルームの豪華さや快適さはこれまで住んでいたところとは雲泥の差だったが、少女たちにとって何よりもうれしかったのは、みんな一緒にいられて、好きなものを食べられることだった。

スプライトたちはベッドの上で肩を寄せ合い、テレビにかじりつきでアニメを観た。テレビを観るのは誘拐されて以来だ。あまりにも急激な変化に、少女たちの笑い声はたびたびヒステリックになった。

既婚者の部屋では、慣れない環境に赤ん坊が落ち着かず、むずかってばかりいた。おむつの交換や食事の世話など、やることは次から次へとある。

腹が満たされた赤ん坊がベビーサークルのなかで遊びはじめるころ、母親たちはぐったりしていた。それでも久しぶりの炭酸とピザを逃すはずがない。ジュースがぬるくなっていても、ピザが冷めてしんなりしていても、おいしいを連呼しながら懐かしい味を噛(か)みしめた。

ただひとり、マリアはちがった。

その日、十五歳の誕生日を迎えたマリアは、子どもを守るために夫となった男の命を奪った。この先も誕生日が来るたび、いまわしい記憶に苦しむだろう。安全で快適な環境に慣れるにつれて、罪の意識がのしかかってくる。

マリアは食事をしているあいだもぽろぽろと涙をこぼし、何度も子どもの様子を確かめた。息子がベビーサークルのなかで眠っていても安心できないのだった。

「聖書に……」ついにマリアが口を開いた。「人を殺してはならないと書いてあるでしょう」

母親たちが動きをとめる。

犯した罪の深さを自覚して、マリアはがたがたと震えだした。「わたしは許されないことをしたんだわ」

「マリア、あなたは罪のない人を殺したわけじゃない」付き添いの捜査官がなだめた。「わが子を守るために行動しただけよ。今、息子さんが生きているのはそのおかげなの。神様もわかってくださるわ」

母親たちがそうだ、そうだとうなずいて、マリアの勇気を讃(たた)える。

「今日は……わたしの誕生日なんです」マリアがぽつりと言った。「十五歳になりました」

「お誕生日おめでとう」捜査官がほほえむ。「あなたくらいしっかりした十五歳は見たことがないわ」

「お誕生日おめでとう、マリア」仲間たちも口々に祝福した。「いいことがたくさんありますように。わたしたちはこれからだもの」

チャーリーたちはナッシュビルで一泊することに決めた。ワイリックが適当なホテルを選んで車を誘導する。

「あそこです」ワイリックが〈ナッシュビル・エアポート・マリオット〉を指さした。

チャーリーはホテルの前に車をつけ、あとは駐車係に任せて必要な荷物をおろした。ロビーに入るとフロント係が笑顔であいさつした。「〈ナッシュビル・エアポート・マリオット〉へようこそいらっしゃいました」

「キングサイズのベッドがある部屋をふたつとれるだろうか。チェックアウトは明日。隣同士か向かい合わせの部屋がいいんだが」

「かしこまりました。少々お待ちください」フロント係がパソコンを操作して空室を確認する。「五階にご希望どおりのお部屋があります。隣同士ですがいかがでしょう?」

「それでいい」チャーリーは身分証明書とクレジットカードをとりだした。

ワイリックは一刻も早く食事をしてバスタブに浸かりたかったので、余計なことを言わないようにした。

ルームキーをもらってエレベーターで五階にあがる。どちらも口を開かなかったが、居心地の悪い沈黙ではなかった。

チャーリーが部屋の前で足をとめる。「荷物を置いたらまず食事へ行かないか？　十分後でどうだろう？」

「わかりました」ワイリックはカードキーで自分の部屋のドアを開けた。

隣の部屋からチャーリーのたてる物音が聞こえてくる。ワイリックもベッドの上にバッグを置いて、すぐに身支度をした。

十分後、ふたりは一階にある〈チャンピオンズ〉に足を踏み入れた。広くて明るい雰囲気のレストラン＆スポーツバーで、半分以上のテーブルが埋まっている。店内には食欲をそそる香りがただよい、三十台もある大画面テレビがさまざまなスポーツ番組を映していた。

チャーリーはさっそく番組に見入っている。

ワイリックはそれほどスポーツに興味がないので、席につくとまずメニューを開いた。

若い男性の給仕係がテーブルにやってくる。「こんばんは。このテーブルを担当するジャスティンです。飲みものは何になさいますか？」

「ブルームーンビールの生はあるかな」

「ございます」

「じゃあそれで」

給仕係がワイリックを見る。

「わたしはスイートティーをお願い」

ジャスティンがにっこりしてうなずいた。「すぐにお持ちします」

ワイリックはテーブルの中央に置かれたプレッツェルをつまんだ。

チャーリーが携帯をチェックする。アニーの施設から連絡がないか気になるのだろう。ダラスを離れるとき、彼はいつも携帯を気にしている。

〈モーニングライト・ケアセンター〉から着信がないことを確認したチャーリーは、残りのメールは無視することにして携帯をポケットに戻した。

給仕係が飲みものを運んでくる。

「お料理は決まりましたか？」

「ぼくは決まった。ニューヨークストリップステーキをミディアムレアで」チャーリーが言う。

「わたしはスモークチキン。ソースはバーベキューディップにするわ」ワイリックも続いた。

「前菜はどうする？」チャーリーがワイリックを見る。

「あなたに任せます」

「ブーンブーンシュリンプ（フライにしたエビにスパイシーなソースをかけて食べる南部料理）を試してみたいんだが。食べたことがないんだ」

「オーケーです」

ジャスティンがワイリックをちらりと見た。

「けっこう辛(ホット)いですよ」ワイリックは目を細め、給仕係の頭の先からつま先まで値踏みするように視線をはわせた。

「いいのよ、坊や。わたし、そそる男(ホット)が大好きだから」

思わせぶりな口調に、チャーリーがにやりとする。

ジャスティンが真っ赤になった。「し、失礼しました。それではお料理の準備をしてまいります」

「若者をからかっちゃだめじゃないか」給仕係が離れたところで、チャーリーが言った。

「病みあがりの女は辛いものが食べられないとでも思っているのかしら」ワイリックはぶつぶつ言いながらスイートティーを飲み、プレッツェルを口に放りこんだ。

チャーリーの目はすでにスポーツ番組に釘(くぎ)づけだ。

ワイリックは彼の視線の先を追った。ふたつのスクリーンでプロバスケットボールと競馬を同時に観ているようだ。

プレッツェルに手をのばしかけたチャーリーがワイリックのあきれたような表情に気づいた。

「なんだ?」

「べつに」

「きみの好きなスポーツは？」

ワイリックが首をふった。「スポーツなんてやったことがないからわかりません。知っているのは野球でバッターがホームランを打ったり、アメフトでエンドゾーンにボールを持った選手が入ったりすると、観客が熱狂するってことくらいです」

「きみは運動神経がいいからどんなスポーツでも楽しめるんじゃないかな」

ワイリックは肩をすくめた。「ジョギングは嫌いじゃないです。〈ユニバーサル・セオラム〉の室内トラックで、毎日、ランチタイムに走っていたので」

「へえ。どのくらいのタイムで走るんだい？」

「気にしたことがないけど、一キロ二分十秒くらいかしら」

チャーリーは唖然（あぜん）とした。言われたことを理解するまでにしばらくかかる。「今のは冗談か何かか？」

ワイリックは首をふった。「冗談だとして、どこがおもしろいんです？」

チャーリーが携帯をつかんで調べはじめ、しばらくして顔をあげた。

「やっぱり！　男子の世界記録だってもう少しかかるぞ。ちなみにそれは一九九九年にどこかの国の、ぼくには発音できない名前の男が打ち立てた記録だ。女子の世界記録は二分二十八秒だ」

「さすがわたし」ワイリックが熱のこもらない口調で言った。「そんなことよりお腹が空きました」

タイミングよく、給仕係がエビ料理と皿を運んでくる。

「ごゆっくりどうぞ」ジャスティンはそう言って逃げるようにテーブルを離れた。

「うまそうだな。きみからどうぞ」

ワイリックはとり皿をとってエビをのせ、ひと口食べた。「おいしい！　これにして正解でしたね」

チャーリーもエビを食べて満足そうにうなずいた。それでもワイリックのタイムのことが頭を離れない。「今でも同じくらいのペースで走れるか？」

ワイリックはため息をついた。「さあ。そんなことどうでもいいです」

「世界でいちばん速い人類になれるんだぞ」

ワイリックはチャーリーのほうへ身を乗りだした。「それでなくても人間離れしているんです。わたしは世界記録保持者なんかより無名の凡人になりたいわ」

チャーリーはしばらくワイリックを見つめたあと、彼女の言いたいことを理解した。

「ジェイド・ワイリック、きみがどれほど稀有な人材かってことを、ぼくはときどき忘れてしまうんだ。すまなかった」

「許します」

それからふたりは黙々と料理を平らげた。

「デザートは？」

「わたしらしくないけどパスで。今ほしいのはバブルバスとふかふかのベッドです」

チャーリーはうなずくと給仕係を呼んで食事代を部屋につけてもらった。事件の解決を祝ってチップを弾む。

「朝は何時に出発しますか？」エレベーターに乗ったところでワイリックが尋ねた。

「九時には出発したいから七時半くらいに朝食でどうだ？」

「今は食事のことなんて考えたくもないですけど」

「明日になれば腹が減るさ」

部屋に入ったワイリックは、チェーンをかけるなり服をぬぎはじめた。

翌朝はワイリックの運転でナッシュビルを出発した。パンケーキとベーコンをたらふく食べたチャーリーは早くも助手席で眠っている。ダラスに戻ったら本格的に不動産屋をさがそうなどと考えていると、チャーリーがアニーの名前を呼んだ。

思わず助手席を見る。チャーリーはぐっすり眠っていた。そのまま五秒ほど、広い胸や平らな腹部に見入る。マゾヒストではないので、ベルトから下へ視線をさまよわせることはしなかった。

昼に運転を交代し、地平線にダラスの高層ビル群が見えたのは午後三時ごろだ。

「もうすぐ到着する。タラとジョーダンはもう家に着いているかもしれないな。早くもとの生活に戻れるといいんだが」

ワイリックは自分の幼いころを思い出した。「ジョーダンは若いから、新しい自分ともじきに折り合いをつけられるでしょう。監禁されていた期間の長い子ほど苦労するでしょうね。赤ん坊のいる子はなおのことたいへんだわ」

「ＦＢＩは〈ユニバーサル・セオラム〉と〈フォース・ディメンション〉の関連をつかめるだろうか」

「難しいでしょうね。サイラス・パークスは馬鹿じゃないし、証拠隠滅はあの人の十八番ですから」

ようやくジープがタウンハウスの駐車場に入った。ベンツの隣に車がとまる。

それぞれの荷物をおろしたところで、チャーリーが言った。「今日はもう仕事はなしだ。帰って休んでくれ。ぼくはアニーに会いに行く」

「それじゃあ、また明日」

ワイリックはベンツに乗ってエンジンをかけた。タイヤをきしませて駐車場を飛びだす。

「まったく、いちいちやることが派手だな」

チャーリーは息を吐いた。キャンプ道具を地下の備品庫に戻さなければならないが、片づけを急ぐ理由もない。まずは〈モーニングライト・ケアセンター〉へ行くことにする。家でソファーに座ったら、腰があがらなくなりそうだった。

アニーに会いに行くのがますますつらくなってきている。それでも彼女が息をしているかぎり、会いに行かないという選択肢はない。

23

〈モーニングライト・ケアセンター〉の駐車場に車をとめて助手席の袋をつかむ。

受付に日勤のピンキーが座っていた。

「こんにちは」

「どうも」

チャーリーは面会者リストに名前を書いて内扉の前に進んだ。ブザーが鳴って扉が開く。いつもと同じように独特の香りが鼻をついた。業務用洗剤のにおい。患者の居室の前を通ったときに、ごくわずかにただよってくる尿のにおい。年老いて、朽ちかけながらも鼓動を打つ肉体のにおい。

まっすぐ共用スペースに向かい、思い思いのことをしている患者たちを見渡す。テレビではクイズ番組がやっていたが音は消してあった。大きな音で落ち着きをなくす患者もいるからだ。

窓の近くに寄せた車椅子の上で、年配の男が眠っていた。庭には色とりどりの花が咲き乱れているが、彼はその美しさを認識できるのだろうか。似たような年代の女性が、部屋の中央にあるテーブルと壁際に置かれた椅子のあいだを行ったり来たりしながら〝わたしの財布をどこへ置いたの〟と見えない誰かを問いつめていた。

アニーは見当たらない。

チャーリーに気づいたスタッフが小走りでやってきた。「こんにちは。アニーなら自分の部屋にいますよ」

チャーリーは眉をひそめた。「いつもここにいるのに、具合でも悪いんですか?」

スタッフが首をふった。「そんなことはありませんが、最近は部屋にいることが多いんです」

「そうですか」チャーリーは礼を言って共有スペースを出ると、左へ折れた。アニーの部屋は廊下をまっすぐ進んで三つめだ。

ドアの前で立ちどまり、深呼吸してからなかに入る。

アニーはベッドに横たわって壁掛けのテレビを観ていた。やはり音は消してある。黄色の長袖シャツとグレーのニットパンツをはいて、薄いブルーの毛布を腰の下あたりまでかけていた。ちなみに外は三十二度にもなろうかという暑さだ。

彼女がこちらを見ようともしないので、ベッド脇の椅子を引いて座った。アニーはテレビを観つづけている。顔のあざは消えかけていたが、頭の傷はまだステープラーでとめてあった。そしていつもはきれいにとかしてあるアニーの髪が、今日はぼさぼさだった。

前に見たときより十歳も年老いたように見える。

「やあ、アニー」そう言って腕に手をあてる。

アニーがなんの反応も示さなかったので涙が出そうになった。

ノックの音がして、けがをしたときに病院に付き添っていたレイチェルが入ってきた。

「こんにちは。少しお邪魔していいですか」

「その節はお世話になりました。アニーのけがはどうですか?」

レイチェルはベッドの足もとに移動して毛布を整え、アニーの足をぽんぽんとたたいた。

「治りましたよ。健康面は問題ありません。ただ、眠っている時間が増えました」

「人と話はしますか?」

「そうですね、ときどきひらめく瞬間があるようで……つまり、こちらのことを認識したんだなとわかるときがあるんです。でもすぐに困惑したような顔つきになって、またもとの、虚ろな感じに戻ってしまいます」

「そうですか」チャーリーは持ってきた袋からボディーローションをとりだした。「これでよくアニーの足をマッサージしたんですが、今、やっても大丈夫でしょうか?」

「いいと思いますよ。ちょっと試してみましょう。アニーがさわられるのをいやがったら、残念ですがそこでやめましょう。いやがらなかったらさっと気持ちがいいんです」

レイチェルは毛布をめくってアニーの足を出し、ゆっくりと靴下をぬがせた。

チャーリーは椅子から立ちあがってアニーの足もとに移動し、低い声で話しかけながら彼女の足をさすった。「アニー、ぼくだ、チャーリーだよ。足をマッサージしようか。ライラックの香りのローションがお気に入りだったろう?」

アニーが何も言わないのでいやではないのだと判断し、彼女の右足を自分の膝にのせる。ローションをてのひらに出してあたためてから、ゆっくりと足全体にのばした。

アニーが足を引かないのを見てレイチェルがにこりとする。

「大丈夫みたいですね。何かあったらバスルームのコードをひっぱってください。すぐに来ますので。それではごゆっくり」

チャーリーはアニーの足を両手で包んで、しばらくじっとしていた。かつてのアニーは、こうするとくすぐったいと笑ったものだ。彼女にふれているのに反応がないことが悲しかった。

力を加減しながらマッサージを始める。指の一本一本をもみ、土踏まずからふくらはぎまで、ローションが浸透するように丁寧にもみほぐした。それが終わると左足に移る。さっきと同じ手順で時間をかけてマッサージする。

夢中になってもんでいるうちに一時間が経過し、気づけばアニーは眠っていた。

「気持ちがよかったんだね」ささやいて靴下をはかせ、毛布をかける。

両手にもローションを塗ろうかと思ったものの、すやすやと眠っているのでやめておいた。額におやすみのキスをして部屋を出る。

共有スペースにはほとんど人がいなくなっていた。すれちがったスタッフが足をとめて内扉のロックを開けてくれた。受付のピンキーが電話に応対していたので、ほっとしつつ退出時間を書いて建物を出る。

ダラスの車の流れに合流すると、とたんに現実が戻ってきた。

自分もアニーもまだ生きている。だが、ふたりの時間は終わってしまった。それぞれの場所で、それぞれの時間を生きていくしかないのだ。

家に帰る前にスーパーマーケットへ寄って買い物をした。缶ビールと炭酸飲料、食パンとハム、牛乳とシリアル、卵とベーコン。ベーカリーコーナーで甘い焼き菓子を買ってスーパーを出た。

タウンハウスに到着すると、ジープと部屋を二往復して荷物を運んだ。同じフロアに住んでいる女性が部屋から出てきたが、知人というわけでもないので軽く会釈しただけですれちがった。荷物を運びおわるとドアに鍵をかけ、片づけを始める。

最後に残ったのはライラックの香りのローションで、置き場はバスルームの棚だ。

アニーの施設へ行くといつも心がすり減る。気分転換のためにTシャツとスエットパンツに着替えて、裸足（はだし）でリビングに戻った。

朝食を食べたきりだがあまり空腹を感じなかった。リクライニングチェアに座ってテレビをつける。ようやく適当な番組が見つかったので両手を頭のうしろで組んで背もたれに体重を預けた。アニーのローションの香りがして、なんとなく彼女のそばにいるような感じがした。

ワイリックも食料の買いだしをしていた。ふだんなら事前にネットで商品を選んで駐車場まで運んでもらうのだが、今日はその時間がなかったので店内に足を踏み入れる。人がたくさんいるところは苦手だ。必要最低限の食料を買い、二十分もしないうちに車に戻った。

家に帰ると思うと緊張がほぐれる。マーリン邸の地下の部屋は豪華ではないけれど安全だ。ワイリックにとって安全性は豪華さよりも価値があった。自分の家を買うときはその両方がそろった場所をさがすつもりだ。

門をくぐると庭師が芝生の手入れをしていた。仕方のないこととは思いつつ、見知らぬ人が敷地内にいるのは気持ちが悪い。いつも駐車する場所は芝刈りが終わっていたので、ふつうに車をとめる。荷物をすべて運ぶのに三往復しなければならなかった。

マーリンに出張から帰った旨をメールして、食料を冷蔵庫にしまう。次にパソコンの電源を入れ、最後に着替えなどを寝室へ運んだ。

ドローン本体がなくなってガラクタ同然のコントローラーをクローゼットに突っこむ。汚れた服を洗濯機に入れ、着ている服もぬいで洗濯機をまわした。シャワーを浴び、鏡に映るドラゴンのタトゥーを見ながら体を拭く。

もうじき日が暮れる。朝食を食べたきりなので、冷蔵庫をあさってチキンポットパイをオーブンへ入れた。グラスに氷を入れてペプシを注ぎ、パソコンの前に座る。

株式仲買人のランダル・コーンから何通もメールが届いていたので、電話した。

「もしもし?」

「ダサ男くん、わたしよ」

「その呼び方はやめてくれって言っているじゃないか」

「四通もメールが届いていたから電話したの」

ランダルがため息をついた。「お薦めの株があったんだけど、もう買い時じゃなくなった。それが一通め。残りはゲーム会社の株についてだ。過去半年で約六億ドルの儲けが出ている」

「そう」ワイリックはさらりと返した。「しばらく家を空けていたのよ。いろいろ確認して二、三日じゅうにメールするわ。輸送会社の株はぜんぶ売ってしまおうかと思っているの」

「きみの金だから好きにすればいい」ランダルはそう言ったあとで尋ねた。「不在の理由は旅行？　それとも仕事？」

「ちょっと地獄まで行ってきたの。連絡をありがとう」

ペプシを飲んでほかのメールを確認し、必要のないものは削除して、返事が必要なものには返信した。マーリンに今月分の家賃を送金し、アメリカの銀行四つとスイスの匿名口座に送金する。

オーブンのタイマーが鳴った。

ポットパイをとりだして皿に移す。パイ生地にフォークを突き刺すと湯気が立ちのぼった。ペプシと一緒にリビングに運ぶ。

観たいと思っていた映画を再生して、ポットパイに息を吹きかけて冷ましてから頬張った。〈ル・コルドン・ブルー〉というわけにはいかないが好きな味だ。ワイリックは食事を楽しんだ。

タラとジョーダンは朝早くから活動していた。前の晩、ジョーダンは拳銃を手にしたアーロンに追いかけられる夢にうなされ、タラは娘のことが心配でろくに眠れなかった。

パジャマをぬいだジョーダンは施設で着ていた二着の服とテニスシューズを捨て、赤と白の花模様のトップスと赤いミニスカートにサンダルをはいた。あざを目立たなくするために軽くメイクもする。鏡を見て、以前の自分を少しだけとりもどせた気がした。ぬいぐるみのクマに感謝のキスをしてからバッグにしまう。

空港まではタクシーに乗った。スタッフに案内されて、駐機場の端にとまっている自家用ジェットまで歩く。

ミニスカートをはいて棒きれを持った少女がタラップをのぼる姿は、ある意味、異様だった。タラも乗ってタラップが格納される。ふたりは座席についてシートベルトを締めた。

飛行機が滑走路から飛び立つと同時に、ジョーダンの心も浮きあがり、ぐんぐんスピードをあげながら家を目指して飛びはじめた。

ドワイトの自家用ジェットは内装もすばらしいがサービスも一流だった。シートベルトを外していいとアナウンスが入るとすぐ、ジョーダンは朝食のビュッフェテーブルに吸い寄せられた。

「酔いどめもあるから、必要なときは言ってね」

「大丈夫」ジョーダンが赤く熟れたスイカを口に運んだ。

タラはにっこりしたが、ジョーダンの〝大丈夫〟が〝大丈夫〟でないこともわかっていた。ふたりで窓の外の景色を見ながら朝食を楽しむ。

ジョーダンは救出されて以来ずっと学校に戻るのを恐れていたのだが、いよいよその問題を避けて通れなくなった。

「ねえママ」

「なあに？」

「わたしが登校する前に、学校に連絡する？」

タラは目を瞬いた。「あなたを家に連れて帰ることばかり考えていて、その先のことは何も決めていなかったわ。学校のことが心配？」

ジョーダンは肩をすくめた。「心配っていうのとはちがうけど、汚れたものを見るような目で見られるのはいやだなと思って」

「今年はホームスクールにしても——」

「だめ！」ジョーダンは強い調子で否定した。

長いあいだ監禁されていた少女たちは教育の機会を奪われたのだから、好奇の目で見られるのがいやだというだけで学校へ行かないなんてありえない。

「あの人たちに人生を台なしにされるつもりはないから」

タラは娘の手に自分の手をかぶせた。「ママはいつだってあなたの味方よ」

「わかってる。一緒にいた女の子たちに、ママがぜったい見つけてくれるって言っていたの。ママはぜったいあきらめないって」

タラは涙をこらえた。「そのとおりよ。だから一流の探偵を選んだの。チャーリーに頼んで本当によかった」

「チャーリーは命の恩人だね。ＦＢＩが男の人たちを捕まえるあいだ、ずっとそばにいてくれたんだよ。わたしをさがしているときにほかの女の子たちも閉じこめられているってことがわかって、ひとり残らず助けるって決めたんだって」

「そうなの？」

「うん。わたし、ずっとそのことを考えていたの」

「そのことって？」

　ジョーダンが顔をあげた。「ママはいつも広い視野を持ちなさいって言うでしょう。自分のことだけ考えていたら見えないものがあるって」

　タラはうなずいた。

「わたしがあそこに連れていかれなかったら、ママがチャーリーに仕事を頼むことはなかったし、女の子たちは閉じこめられたまま、ずっと見つからなかったかもしれない」

　タラの体をショックが貫いた。言われてみればそのとおりだ。皮肉なことにジャド・ビヤンが家族を裏切ったからこそ、たくさんの少女たちが助かったのだ。

「そんなふうに考えたことがなかった。でもあなたの言うとおりだわ。あなたが苦しい経験をしたからこそ、みんなが家に帰れるのね」

　ジョーダンはうなずいて、大きく息を吐いた。「なんだか疲れちゃった。このシートは倒せるのかな？」

「レバーをひけばいいのよ。枕とブランケットを持ってくるわね」

ジョーダンの目には涙がたまっていた。「すごく疲れたの。百歳のおばあちゃんになったみたい」

飛行機が着陸したあと、タラの車で家へ向かう。車を私道に入れたところでタラがジョーダンに声をかけた。「着いたわ」

目を開けたジョーダンは、ゆっくりとあがるガレージのドアを見た。

タラがガレージに車を入れてガレージのドアを閉め、セキュリティーシステムを切って車を降りる。ジョーダンも荷物を持って母親のあとに続いた。

ついに帰ってきた。自分の世界に戻ってこられたのだ。安堵の波が次から次へと押しよせて、ぴったりな言葉が出てこなかった。

「家はいいでしょう」

「うん」母親のあとをついて二階にあがる。「荷物を片づけて着替えるね」

自分の部屋に入ってドアを閉めたジョーダンは、無意識に携帯をさがした。携帯電話は机の上の充電器にささっていた。留守のあいだの着信をチェックすると、チャーリーから施設で撮った写真を添付したメールが届いていた。

がらんとした部屋のまんなかに、あざだらけで鼻や唇が腫れあがった自分がいる。髪はぐちゃぐちゃで、折れたモップの柄を握りしめている。

いろいろな感情が込みあげてきた。これがわたし流のワンダーウーマンだ。恥ずかしがることなんてない。わたしはサバイバーなんだから。

ほかにもカメラのほうへ歩いてくるところや、施設全体の写真が添付されていた。チャーリーがそんな写真を撮っていたことすら知らなかった。

いつかママにも写真を見せよう。今日はまだそのときではないけれど。

携帯を置いて服を着替える。着古してくたくたになったTシャツとスエットパンツをはいて携帯をポケットに入れた。一階におりて、板張りの床のひんやりした感触を楽しみながら裸足で歩く。

ここはわたしの家。もう誰もわたしを捕まえることはできない。

この先どんなにたいへんなことがあっても乗り越える自信がついた。

明日は木曜日だ。今週はママと家でのんびりして、月曜日になったら、ママは仕事へ、わたしは学校へ戻るんだ。

翌朝、出勤したワイリックはペールピンクのキャットスーツに八センチヒールの黄色のアンクルブーツをはき、目もとにピンクとグリーンのアイシャドウを入れていた。仕上げとして右目の下に銀の涙をふたつ描き、唇は透明なグロスを塗るだけにした。

思いつきで花屋に寄り、黄色い薔薇を十二本買って机に飾る。

チャーリーが出勤してくるころ、事務所にはコーヒーのいい香りがただよい、給湯室にはひと口サイズのピーカンタルトが並べてあった。留守中に受けたメールはチャーリーのiPadに転送ずみだ。

出勤したチャーリーが足をとめたのは、ワイリックのファッションやメイクのせいではない。奇抜な格好には慣れっこだ。

チャーリーの目を引いたのは薔薇だった。十二本の薔薇の花を見て、送り主は誰だろうと考える。

ワイリックが顔をあげた。「何か?」

「花が飾ってある」

「探偵ならもう少し気の利いたことを言ってください」ワイリックはそっけなく言った。「返信が必要なメールはiPadに転送ずみです」

チャーリーは眉をひそめた。ワイリックに秘密はつきものだ。だがどういうわけか、異性に関する秘密があるとは想像していなかった。

ワイリックのプライベートに口を出す権利はないのだからと自分に言い聞かせ、コーヒーを注ぎに給湯室に寄る。

コーヒーとともにミニタルトを三つとって所長室へ入った。

ワイリックのいる部屋から話し声が聞こえてくる。しばらく耳を澄ましたあとで、留守電を聞いて折り返し電話をしているのだとわかった。

通常業務の始まりだ。黄色い薔薇のことは少し気にかかるが、それ以外はすっかりいつもどおりだった。

午前中は駆け足で過ぎていき、じきに正午というころ、ワイリックが所長室に飛びこんできてテレビをつけた。

「いったいどうした?」

「女の子たちが両親のもとに帰るところを特集しているんです」

最初にケイティが、次にミランダと両親の姿が映った。ブロンドの小柄な女の子はカメラから顔をそむけている。施設にいたときも内気そうだった。バービー……そうバービーと呼ばれていた子だ。

十三人のスプライトと、赤ん坊を連れた母親たちの帰還をひとりずつ紹介している。

「たいへんな騒ぎだな。次はきっとハリウッドのプロデューサーたちに追いまわされるぞ」

「ジョーダンの話題は出てきませんでしたね」

「ジョーダンの名前を伏せるようハンクに頼んだからだ。ジョーダンはまだ行方不明者のデータベースに名前が載っていなかったから、厳密にはFBIの捜索対象じゃなかった」

「でもジョーダンの友人や学校関係者は知っています。タラの同僚も」ワイリックが言った。「さらにFBIに情報を与えたのがジャド・ビヤンだとわかったら、みんな動機をさぐろうとするでしょう」

チャーリーはワイリックを見た。「何が言いたい？」

「遅かれ早かれ真実は明らかになるということです」ワイリックはそれだけ言うとドアまで歩いた。「昼は外で食べますか？　それとも何か注文しましょうか？」

「外で食べるつもりだ。ついでに何か買ってこようか？」

ワイリックは首をふった。「ダイエット中なので」

そんなことを言っておきながら所長室を出たあと給湯室に寄ってミニタルトをとる。

チャーリーは所長室からワイリックのうしろ姿を眺めた。無駄な肉など一グラムもついていないし、それは本人にもわかっているはずだ。

薔薇の花の次はダイエット。やはりロマンスが花開こうとしているのだろうか。

タラとジョーダンはお気に入りのピザレストランに行った。クリスピー生地のペパロニピザを食べているとき、タラの携帯に次々とメールが届きはじめた。食事のときは携帯をさわらないのが家族のルールだが、こうも連続するといやな予感がする。

「食事中だけど、何かあったみたいだからチェックさせてね」

タラの言葉にジョーダンがうなずき、グリーンペッパーをよけてピザを口に運んだ。

メールを開いたタラは息をのんだ。

「どうしたの？」ジョーダンがピザを皿に置く。

タラは返事もせずにCNNのウェブサイトを開き、多くのアメリカ国民と一緒に少女たちの帰還に伴う混乱を目撃した。

「なんてこと！　あなたが巻きこまれなくて本当によかったわ」

「巻きこまれるって何に？」

「ほかの女の子たちのことがニュースになっているの」

ジョーダンは勢いよく立ちあがって母親の隣に移動した。

つらい経験を分かち合った仲間たちが家や店の前で待ち伏せされて取材攻撃にさらされているのを見て、ジョーダンは衝撃を受けた。

「かわいそうに」タラがつぶやく。

赤ん坊を抱いた女の子の顔が映る。リポーターは幼い母親の顔にレコーダーを突きつけて、夫だった男のことが恋しいかと尋ねた。返事は聞こえなかったが、女の子の顔つきを見れば答えは明らかだった。

「どうしてこんな無神経な質問をするの？　わたしたちがどんな目に遭ったか、ぜんぜんわかってないの？」

「悲しいけれど、わかっていないんだと思うわ。あなたたちが経験したような苦しみは、当事者になってみないと本当には理解できないのよ」タラは携帯をバッグに戻した。

ジョーダンが無言で席に戻り、ペパロニをひと切れつまんで口に入れる。たった今観た映像のことが頭をぐるぐるとまわっていた。行き場のない悲しみを押し殺して、顔をあげ、ほほえむ。

「もうお腹いっぱい。残りは持ち帰りにしてもいい?」

タラはため息をついた。せっかくのランチが台なしになってしまった。食事中に携帯なんか見たせいだ。

「いいわ」

帰りの車内は静かだった。到着するとジョーダンは二階へ着替えに行き、タラはキッチンのスツールに腰をおろした。

残りもののピザはカウンターの端に置いてある。パントリーの上の柱時計は絶えず時を刻んでいた。

ジョーダンと離れていた時間をとりもどすことはできない。そのあいだにジョーダンが体験したことをなかったことにもできない。

激しい怒りが込みあげてくる。怒りを吐きださないとどうにかなってしまいそうだった。ジャドの顔を思い浮かべる。

「まったくなんてことをしてくれたの。あなたがつけた心の傷はけっして癒えない。ジョーダンはすっかり別人になってしまった。助けたくても、どうすればあの子の心に届くのかわからない。ジャド・ビヤン、あなたなんて死んでしまえばいいのよ！」

金曜の朝

チャーリーが事務所に向かって車を走らせているときに携帯が鳴った。スピーカーにして応じる。

「もしもし？」

「ハンク・レインズだ。最新の情報を伝えたくて電話した」

「どうかしたのか？」

「施設の外で四人の少女の遺体が見つかった。うちふたりは赤ん坊と一緒に埋められていた」

チャーリーは言葉に詰まった。震えながら息を吐く。

「最悪だ。身元はわかったのか？」

「DNA検査はこれからだ。とにかく、きみとワイリックの協力がなければさらに多くの子どもが犠牲になっていただろう」

「お互いに持っている情報を出し合ったから成功したんだ。亡くなった子どもたちのことは本当に気の毒に思う。でも身元の確認がとれたら、四人の家族の苦しみになんらかの答えを与えられる。ワイリックにも伝えるよ」

「よろしく頼む」ハンクはそう言って電話を切った。

チャーリーは暗い気持ちのまま事務所に到着した。

ワイリックは喪服を思わせる黒のスラックスに光沢のある黒のトップスを合わせていた。胸もとが広く開いてドラゴンの頭部がのぞいているのを見ても、チャーリーの心は沈んだままだった。デスクには血のような赤い薔薇が飾ってある。

チャーリーの顔を見て、ワイリックはすぐに異変を察した。

「なんですか？」

「さっきハンクが電話をしてきて、施設の外から四人の女の子の遺体が見つかったと教えてくれた。うち二体は赤ん坊と一緒に埋められていたそうだ」

ワイリックが顔面にパンチを食らったように顔をしかめた。

チャーリーは一瞬、彼女が泣きだすのではないかと思ったが、ワイリックは素早く平静さをとりもどした。

チャーリーは大股で所長室へ入り、たたきつけるようにドアを閉めた。他人の人生をなんとも思っていない醜悪な連中に天罰がくだることを祈りながら。

24

〈フォース・ディメンション〉の敷地の外で遺体が見つかったことは夕方のニュースで放送された。ジョーダンはキッチンにいて料理をつくる母の手伝いをしていた。ニュースを聞いたタラが手をとめて、野菜を刻んでいたジョーダンのそばに行き、肩を抱き寄せる。現場の映像が流れ、アナウンサーがこれまでにわかったことを告げる。

「ママ、どうしてその子たちは殺されたの？」

タラはジョーダンを抱き寄せた。「殺されたのではないと思うわ。赤ちゃんと一緒に埋められていた子は、おそらくお産で命を落としたのでしょう。残るふたりも、流産して出血がとまらなかったとかではないかしら」

ジョーダンは目を見開いた。

「病院に連れていってもらえなかったの？　それで死んでしまったの？」

タラがため息をついた。「そうとも言えるでしょうね。何より十代前半ではまだ子どもを産む体の準備ができていないのよ。赤ん坊を産み落とすには体が小さすぎるの。ふたりの少女がお産で亡くなったのだとして、お医者様にもかからなかったのだとしたら、長く苦しんだかもしれない。そんなことをする連中にはどんな罰を与えても足りないわね」

ジョーダンはうなずいた。亡くなった少女たちの苦しみが頭から離れなかった。

その夜、ジョーダンは遅くまで眠れなかった。

テレビや新聞は少女を〝犠牲者〟と呼ぶ。でもジョーダンもほかの少女たちも、自分たちをサバイバーだと思っている。チャーリーが送ってくれた写真を見直して、あそこで経験したことを何度も思い返した。痛みや恐怖が繰り返し甦ってきて、思考のスイッチを切ることができなかった。目を閉じると暗い渦に吸いこまれそうだ。

真夜中を過ぎたころ、ジョーダンは気づいた。自分の体験したことを封印したまま生きていくことはできないと。何もなかったふりをして学校に通うことなどできるわけがない。わたしたちの物語を――わたしたちの真実を、自分の言葉で伝えなくては。

ジョーダンは携帯の写真をノートパソコンに転送して机の前に座った。文書作成ソフトを起ちあげて思いを綴りはじめる。一時間が過ぎ、二時間が経とうとするころ、ようやく文章が完成した。最初から読み直して推敲する。

自分の思うとおりに書けたことに満足して、チャーリーが撮ってくれた写真を添付し、ダラスの新聞社とテレビ局に片っぱしから送りつけた。どこか一社くらいはファイルを開いてくれるだろうし、気に入れば掲載してくれるかもしれない。どこもとり合ってくれなかったとしても、挑戦したのだから満足だ。

十二歳のジョーダンにわからなかったのは、そのメールがマスコミに火をつけることだった。翌日の夕方までに、ジョーダンのストーリーは全国のテレビとSNSの話題を独占することになる。

午前三時をまわったころ、ジョーダンはようやくベッドに入り、誘拐されてから初めて、夢も見ずに眠った。

朝食用にパンケーキの生地でもつくろうかと考えながら、タラはリモコンをとってテレビをつけた。見たこともない娘の写真が画面いっぱいに映しだされて、愕然とする。娘が監禁されていた場所を実際に観るのは初めてだった。さらにアナウンサーの語る物語は、タラが初めて聞くことばかりだ。

「なんてことでしょう！」タラはうめき、携帯をとってチャーリーにかけた。呼び出し音が鳴りつづける。

あきらめて切ろうとしたとき、チャーリーの声が聞こえた。

「もしもし？」

「チャーリー？　タラ・ビヤンです。朝早くにすみません。FBIはジョーダンの名前を出さないとおっしゃいませんでしたか？　今朝はどのテレビ局もあの子のことばかりなんです。それに見たこともない写真が放映されています。ひょっとして事情を――」

チャーリーが悪態をついた。「ちょっと待ってください。テレビをつけますから」

まさにタラが言ったとおりになっていた。写真を見たチャーリーは、情報を流したのはジョーダンしかいないと確信した。

「ネタ元はFBIじゃありません。ジョーダンは捜査官と接触していませんし、私にもあそこで起きたことはほとんど話してくれませんでした。それとあの写真を撮ったのは私ですが、ジョーダンに頼まれたからで、家の携帯に送ってくれと言われたのでそのとおりにしました。お母さんにも送ろうかと尋ねたら、あなたはまだ心の準備ができていないだろうと言っていました」

「つまり……これはぜんぶあの子がやったということですね？」タラの頬を涙が伝った。

「あの子は何を考えてそんなことをしたんでしょう？　わたしはどうしたらいいんでしょう？　自分の娘なのに、どう接していいかわからないんです」

「タラ、落ち着いてください。ジョーダンは強い子だし、自分のことがよくわかっていると思います。何がきっかけでこんなことをしたのかはわかりません。ただワイリックが、たとえジョーダン本人が望んだとしても過去から逃げることはできないと言っていました。学校も、友人も、あなたの同僚も、彼女が行方不明だったことを知っています。あの施設にいたということは、事件の被害者として扱われるということで、それはどうすることもできないのです。おそらくジョーダンは友人たちから腫れものをさわるような態度をとられたくなかったのでしょう。だから自分の言葉で世間に真実を訴えたのではないでしょうか」

タラはうめいた。「先日、保護された少女たちがマスコミの取材攻撃に遭ってたいへんな思いをしているのをテレビで観たんです。昨日は施設の外で見つかった遺体の話をしました。そのときからあの子なりに考えていたのかもしれません」

「今回のことでマスコミが非難されるのはまちがいないでしょうね。世間はジョーダンの味方でしょうし、そうなれば記者たちも報道を自粛するはずです。ともかく、あなたはどんと構えていればいいんです。ジョーダンなりのやり方で立ち直ろうとしているのですから、見守ってあげてください」

タラはシャツの裾で涙をぬぐってから、ティッシュに手をのばした。「そうですね、わかりました。朝から本当に申し訳ありませんでした。わたしがもっとしっかりしないと」

「あなたは充分にやっておられますよ。まずは今日一日を乗り越えましょう。少しずつでいいんです」

「ありがとうございます」タラは通話を切った。

すぐに携帯が鳴る。テレビ局や地元の新聞社からだとわかったので、マナーモードにして携帯をポケットに入れた。

そのあと洗面所で顔を洗って、二階へ向かった。

ジョーダンのストーリーは瞬く間に広まった。十二歳の女の子がワンダーウーマンになったつもりでカルト集団に立ち向かったと聞いて、世間は彼女の勇気に感動し、共感した。〝ワンダーウーマンならどうする？〟というキャッチフレーズが流行し、国じゅうの人がジョーダンのことを話題にした。

マスコミはジョーダンを取材したがったが、十二歳の女の子に〝車にはねられた動物に群がるハゲタカのようだ〟と非難されたことで取材がしにくくなっていた。〈フォース・ディメンション〉の男たちもマスコミも中身は同じで、子どもを食いものにしているとまで書かれてしまったのだから。

ジョーダンの母親が弁護士だという事実も記者たちにブレーキをかけていた。この手の訴訟は高額になる。ジョーダンは文章の最後にこう書いていた。

〝わたしの母は弁護士です。とても腕のいい弁護士です。母はいつも「真実は人を自由にする」と言います。ここに書いたのがわたしたちの体験したこと――これがわたしたちの真実です。わたしたちはようやく自由を手に入れた。だからもうわたしたちを縛らないでください〟

全国各地に散った少女たちもジョーダンの書いた文章を読み、写真を見て、発言する権利をとりもどしたように感じた。

それぞれの場所で、愛する人たちの前で、少女たちが自分の物語を語りはじめる。両親はもうさがしていないからあきらめろと嘘をつかれて絶望したこと、ジョーダンが現れるまで、自分を押し殺し、男たちの言うとおりにするしかなかったこと。そしてジョーダンの提案で料理の勉強をするべき時間に室内ホッケーをして、遊ぶ楽しさを思い出したこと。少女たちは自分の声をとりもどした。ジョーダンが真実を語ったことで、少女たちも真実を語れるようになったのだ。

子どもたちの悪夢が、本当の意味で終わろうとしていた。


ジャド・ビヤンがニュースを見たのは、監視員とともに朝食をとっているときだった。娘の写真を見て、娘の言葉で語られる真実を聞いた。ニュースが終わったとき、ジャドは監視員を見た。

「〈フォース・ディメンション〉について証言させたいなら、今日のうちに撮影してもらえませんか。裁判が始まるころ、ぼくはこの世にいないでしょうから」

監視員たちはジャドの発言に疑問を挟まなかった。それは彼らの仕事ではないからだ。関係各所に電話をして必要な調整をする。昼にはカメラがセットされ、捜査官と弁護士がジャドの権利を読みあげた。ジャドは自分の名前を言い、これから話すことに関して一切の司法取引を望まないと断った。それから〈フォース・ディメンション〉について知っていることを洗いざらい話し、捜査官や弁護士の質問に答えた。

三時間に及ぶ撮影が終わったあと、ジャドはいつもと変わらない様子だった。食事をして、テレビを観て、それまでと同じように、日付が変わる少し前にベッドに入った。

監視員は夜も定期的にジャドの寝室を確認する。朝四時前にドアを開けた監視員が、シーリングファンからぶらさがっているジャドの遺体を発見した。シーツをロープ状にして首を吊ったのだ。

監視員はたたくように照明のスイッチを入れてジャドに駆けよったが、蘇生できる状態でないことはすぐにわかった。

「くそ!」監視員は叫んでパートナーを起こしに行った。『起きろ! 問題発生だ』

「どうした?」

「ジャド・ビヤンが首を吊った。検視官を呼んでくれ」

カーテンの隙間から入ってくる外灯の光が、母親の手を借りて壁にかけたモップの柄にちらちらと反射している。

ジョーダンはドアのほうを向いてベッドの上に丸くなり、ぬいぐるみのクマを抱きしめてぐっすり眠っていた。

サイドテーブルの上の時計が午前二時を告げたとき、心臓をつかまれるような苦しさに胸を押さえた。パニックになって起きあがる。

部屋の隅の暗がりに、首を吊る父のイメージがぼんやりと浮かんだ。悲しみと後悔の表情を浮かべている。〝本当にすまなかった〟という声が聞こえ、すべてが消えた。

ジャドが死んだのだとわかった。自殺したこともわかっていた。母親を起こしに行こうとしてやめる。今すぐに伝えなくても、いずれ正式な連絡があるはずだ。

部屋の隅をもう一度見たが、父の姿は消えていた。ベッドから出て窓辺へ行き、カーテンを持ちあげて外を見る。通りにも人影はない。

施設の窓からは無数の星が見えたのに、ダラスの空は明るすぎて星などほとんど見えなかった。父の死を悲しんでいないことをうしろめたく思うと同時に、父は自分でその権利を捨てたのだとも思った。

カーテンをもとに戻してベッドに入る。ぬいぐるみを抱え、今度は壁のほうに顔を向けて目を閉じた。無意識のうちに、もう勝手に部屋に侵入してくる者はいないと納得したのだった。

アークエンジェルたちは、刑務所では超能力などなんの役にも立たないことをすぐに学んだ。裁判にかけられたあとは刑期を務めるしかないことくらい、予知能力がなくてもわかる。刑期が何年になるのか、どこの刑務所に入れられるかといったことは未定だが、知ったからといってどうなるものでもない。

施設外で遺体が発見されたというニュースが伝わってきて、容疑に殺人罪が加わった。さらにジョーダン・ビヤンの投稿によって、よりよい社会を目指すという〈フォース・ディメンション〉の理念も崩れ去った。

ケンタッキー州では、誘拐した子どもを死なせた場合は死刑が求刑される。ＦＢＩが六体の遺体を回収し、うちふたりが赤ん坊とあっては、裁判で死刑以外の判決が出る可能性はないに等しかった。

男たちは弁護士を要求し、死刑をまぬがれる方法を模索しはじめた。そのなかにはアーロン・ウォルターズの姿もあった。

ジョーダン・ビヤンのニュースが世間をにぎわせているとき、サイラス・パークスは証拠隠滅に奔走していた。社内にある〈フォース・ディメンション〉に関するすべての記録が抹消され、金の流れもたどれないように入念な細工がなされた。

これで自分の関与を示すものはアーロン・ウォルターズの存在だけになった。〈フォース・ディメンション〉が一斉捜査されるなど予想もしていなかった。金をかけて要塞のような施設をつくったのに、アーロンがメンバーを追放し、その子どもを手もとに残すという失敗を犯したのだ。それが今回の捜査の引き金となった。アーロン・ウォルターズはなかなかの超能力者だが、マスターの器ではなかったようだ。

サイラスはアーロンに弁護士をつけ、口を閉じていれば命まではとらないと伝えた。それは奇しくもアーロンがジャドに言ったのと同じ台詞だった。

アーロンの今後について検討しているとき、刑務所に送った弁護士から電話があった。連絡するなときつく言っておいたのにあえて電話をしてきたからには、相応の理由があるはずだ。

「ミスター・パークス、フランク・マロリーです。どうしても確認したいことがあって電話させていただきました」

サイラスは眉をひそめた。「なんだ？　こちらの要求ははっきり伝えたはずだが」

「はい、わかっています。ただ、クライアントの意向が変わったようでして」

「どういうことだ？」

「本日、アーロン・ウォルターズから電話がありまして、これから会うことになっているのですが、殺人罪が加わって死刑を求刑される可能性が現実味を帯びたため、メンバーは一様に裁判を避け、終身刑になるよう検察と交渉する模様です。おそらくアーロンも同じようにするのではないかと」

「それは問題だ。ところで私は、問題の芽は見つけた時点で根絶やしにする主義でね。きみもそのつもりで対処してもらえると助かる」アーロンはそう言って電話を切った。

アーロンは牢（ろう）の隅に置かれたベッドに座って、食事をのせたカートが近づいてくる音に耳を澄ませていた。朝食の時間だ。

瞑想（めいそう）のあと、アークエンジェル・ロバートが運んでくる朝食をデッキで味わった日々が懐かしい。だが理想の世界はもうどこにもない。

隣の房でカートがとまった。アーロンは立ちあがり、トレイを受けとるために入り口に近づいた。ふたりの刑務官に付き添われた模範囚がカートを押してくる。

「朝食です」模範囚がいちばん下の段からトレイをとり、スロットに差し入れた。

アーロンはこちらをにらんでいる刑務官を無視して食事を受けとり、ベッドに座った。腹が突きだしているので、片手でトレイを押さえないと膝から落ちそうになる。

オートミールはもともとあまり好きではないが、刑務所のオートミールときたら段ボールを食べているような味がする。スクランブルエッグは粉末状の卵を水で溶いたものだし、あとはジャムつきトーストと冷めたコーヒーだけ。それでも空腹を満たすためには食べないわけにいかない。ここへ来てからいつも空腹状態だ。

まずはオートミールを口に運ぶ。ねばねばしたオートミールが歯にくっついて、甘みのないピーナツバターを食べているみたいだった。オートミールの皿が空になるころ口のなかがかすかに苦くなったので、ジャムつきトーストを食べる。焼いてから時間が経っていてしんなりしているが、ジャムは甘かった。卵とトーストを記録的な速さでむさぼり、冷めたコーヒーですべてを流しこむ。空になったトレイは廊下に戻した。

食事が終わると、次の食事までやることはない。腕立て伏せをする者もいるし、大声で悪態をついたり、歌を歌ったり、隣の房の囚人と世間話をする者もいる。マスターベーションをする者もいて、どうしてわかるかというと射精するときの声が聞こえるからだ。アーロンはまだ自分を特別だと思っているので、下々の者と同じことをするつもりはなかった。ベッドに横になって目を閉じ、周囲の喧騒(けんそう)を締めだそうとした。

だが、うまくいかない。

プライバシーと静けさがほしい。執務室の裏のデッキで日光浴をしたいと思った。エサ入れにやってくる鳥たちを眺めて、自分も宇宙の一部だと感じたかった。だが、心の平和は訪れず、集中することもできない。そんなことを考えているうちに気分が悪くなってきた。

起きあがろうとすると部屋がぐるぐるとまわりだす。腹部に鋭い痛みが走り、息をするたびに痛みが強くなった。助けを呼ぼうとしたが口のなかが泡とよだれでいっぱいだ。アーロンはあえぎ、むせた。暗闇が近づいてくる。頭が燃えるように熱い。体がびくびくと痙攣（けいれん）し、足が何度も壁を蹴った。

なんという皮肉だろう。

自分の最期が見えなかったとは……。

ハンクは通勤途中にジャド・ビヤンの自殺を知らされた。娘をあんな目に遭わせたのだから自殺するのも無理はない。最後に証言を映像に残したのがジャドなりの償いだったのだ。オフィスに到着するとヴィッカース捜査官が待っていた。

「おはようございます」

ハンクは首を傾（かし）げた。「おはよう。悪い知らせか」

「はい」

「USBメモリのデータのことか？」

ヴィッカースがうなずいた。「あのデータの裏をとっている最中、元となるデータが次々に消えはじめました」

ハンクはうめいた。「データをくれた人物に急いだほうがいいと言われた。こうなることを予想していたんだろう。犯人を挙げられるだけの証拠はとれたか？」

「いいえ。裏どりを進めていたんですが送金データが次々と削除されて、これでは金の流れを追えません」

「くそ！　今朝、重要参考人が首を吊ったんだ。泣きっ面に蜂とはまさにこのことだな」

二時間後、ハンクのデスクの電話が鳴った。

「FBIのレインズ捜査官です」

「レキシントン市警のクリテンドン本部長です。今朝、〈フォース・ディメンション〉のメンバーのひとりが房で死んでいるのが発見されました」

「名前はわかりますか？」

「アーロン・ジョセフ・ウォルターズ。逮捕時に白いローブを着ていた男です」

ハンクは心のなかで悪態をついた。「死因はなんです？」

「検視官によると砒素中毒の可能性が高いということでしたが、詳しくは解剖の結果を待たないとわかりません。検視官の見立てが正しいとすれば、おそらく朝食に砒素が混入していたのでしょう。すでに犯人特定に動いています」

「そうですか。あいつは〈フォース・ディメンション〉のリーダーだったので、うちにとっても大きな痛手です。毒を混ぜた人物がわかれば黒幕をあぶりだせるかもしれません。進展があったら教えてください」

電話を切ったハンクは、背もたれに体重をかけて両手で顔をこすった。〈フォース・ディメンション〉の背後にいっそう深い闇があり、すべてを操っていた人物が証拠隠滅のためにアーロンを殺したのはまちがいない。

「ちくしょう！」

日曜の朝早く、タラのもとにジャドの自死を知らせる電話があった。

出会った日のことから、結婚式、新婚生活、ジョーダンの誕生と育児、そしてジャドが犯した究極の裏切りまでがいっきによみがえる。

「ミセス・ビヤン？　あの、大丈夫ですか？」

「……大丈夫です。あの人にはふさわしい最期だわ」タラは震える声で言った。

ふり返ると、部屋の入り口にジョーダンが立っていた。説明しようとしたところで、ジョーダンが右手を挙げる。

「知ってる。わたしはあの人の娘だから」そう言ってジョーダンは二階へあがった。

その日の夕方、〈フォース・ディメンション〉のマスターを名乗るアーロン・ウォルターズが獄中で死んだと報道された。毒殺らしい。タラはジョーダンを学校へやるのが恐ろしくなった。自分の目の届かないところにいるときに、また何か起きたらどうすればいいのだろう。

ところがジョーダンは冷静だった。

「わたしの口を封じたってなんの得にもならないわ。あそこにいたのはごく短い期間だったし、ひどいことをされたけど、それをやった人たちは死んでしまったか、牢のなかにいるもの。だから心配しないで。映画プロデューサーとかジャーナリストでわたしに興味を持つ人はいるかもしれないけど、そういう人たちはママを通さないと面倒なことになるってわかってるでしょう。明日は予定どおり学校に戻るから、ママは落ち着いて見守ってて。わたしがもとの生活に戻れるのはママの支えがあるからなんだよ」

タラはジョーダンを抱きしめて、絹のようにやわらかい髪や子どもらしい体のぬくもりを胸に刻んだ。「どれほどあなたを愛しているか、言葉では伝えられないわ。いつかあなたに子どもができたら、今のわたしの気持ちがわかるでしょう。ママはいつでもあなたの味方よ。学校へ行くのはいいけれど、ひとりで行動しないようにしてね」

「でもママ――」

タラはジョーダンの肩に手を置き、その目をまっすぐにのぞきこんだ。

「カウンセラーのミセス・タイラーが、しばらくのあいだあなたの送迎を買って出てくれたの。授業が終わったらカウンセラーの部屋に行って、家まで送ってもらって」

ジョーダンはにっこりした。「わかった」

「家に帰ったらママにメールをちょうだい。一時間以内に帰るようにするから。約束よ」

ジョーダンは母の首に腕をまわして抱きついた。「約束する」

「じゃあ、明日、学校に着ていく服を選びましょう」

母と娘は手と手をとって二階へあがった。

月曜は朝から蒸し暑かった。南のほうに入道雲ができはじめていて、夕方には雨が降ると予報されている。

前の日に選んでおいた服に着替えながら、ジョーダンは壁に掲げたモップの柄を食い入るように見つめた。飾るのはいいけれどすがってはいけないというワイリックの言葉がよみがえる。そもそも学校に武器を持ちこむのは禁止だ。頼れるのは自分自身だけ。

薄い黄色のニットシャツは女の子らしいデザインで裾にラッフルがついている。色あせたデニムのスキニージーンズは膝のほつれがいい味を出していた。

お気に入りのサンダルからのぞくつま先にはネオンイエローのペディキュアをした。朝、洗ってブローした髪は肩のまわりにベールのように垂れかかっている。

軽いメイクであざを隠し、腫れが治まった唇にピンクのグロスを塗る。殴られて以来、初めてのグロスだ。

友だちの反応は予想がつかないけれど、おしゃれをすることで自分に自信が持てたし、それで半分は成功したようなものだった。本の入ったバッグと財布を持って階下におりる。

足音に気づいてタラが顔をあげた。「おはよう！　ワッフルが焼けたわよ」

ジョーダンはにっこりして荷物を置いた。「ありがとう。お腹ぺこぺこ」

スツールに座ってワッフルを口に運ぶ。「おいしい」

タラも自分のワッフルにシロップをかけながら時計を見た。「あと十五分で家を出ないと」

ジョーダンはうなずいて食事を続けた。

十五分後、母親の車で学校へ向かいながら、ジョーダンはワッフルをふたつ食べたのは失敗だったかもしれないと思った。胃がむかむかする。

〝どうかすんなりなじめますように〟

娘の緊張した表情に気づいても、タラは何も言わなかった。起きてもいないことを心配しても仕方がない。

「今日はあまり仕事が忙しくないの。だから困ったときは遠慮なく電話してね。最初から無理しないで早退したっていいんだから」

ジョーダンはうなずいた。話しているあいだにも中学校までの距離が縮まっていく。

「ほら、あそこにミンディがいる」

母に言われる前から、ふたりの弟と歩くミンディの姿に気づいていた。だが横を通りすぎるときも、怖くて手をふることができなかった。

学校のマスコットでもあるライオンのブロンズ像の横で、タラが車をとめた。

「一緒に行ってほしいならそうしてもいいのよ。先生にあいさつしたいから」

「ううん。電話してくれたんだからいいよ。ひとりで行く」

タラはにっこりしてジョーダンの頬にキスをした。「じゃあまたあとでね。行ってらっしゃい」

ジョーダンはキスされたところにそっとふれてからドアを開けた。

「大好きよ、ママ」そう言って昇降口へ向かう。

タラはいつまでもそばにいたい気持ちをふりきって車を発進させた。それが娘のためだ。

最初は誰もジョーダンに気づかなかった。ところがひとり、またひとりと生徒たちが足をとめ、しまいにジョーダンは周囲の視線を浴びながら昇降口をくぐることになった。

誰も話しかけてこない。

〝この先もずっとこうなの？〟

不安を押し殺し、顔をあげて職員室へ行く。

職員のひとりが顔をあげて満面の笑みを浮かべた。椅子から立ちあがってジョーダンを軽く抱きしめる。「ああ、戻ってくれてよかった。心配したのよ」

「ありがとうございます。何か署名する書類はありますか？」

「ああ、そうそう。これにサインをちょうだい」職員がジョーダンのほうへ紙切れを差しだす。

ジョーダンが名前を書いているあいだに校長室から校長が出てきた。カウンセラーのミセス・タイラーもやってくる。ふたりは交互にジョーダンにあいさつして、学校に戻ってくれてうれしいと言った。事件のことにはひと言もふれなかった。

「授業が終わったらわたしの部屋に来てね。家まで送るから」ミセス・タイラーがほほえむ。

「ありがとうございます」ジョーダンは大きく息を吸って廊下に出た。

昇降口を入ったときのみんなの反応を思い出して、ある程度の覚悟をして教室へ向かった。いつもどおり廊下は生徒でいっぱいだったが、今日は全員が壁際に並んで、ジョーダンを見ていた。

ジョーダンは逃げだしたくなった。

いいえ、逃げたりなんかしない。わたしはあの地獄を生き抜いたんだから。みんな友だちだし、ちょっと怯えているだけかもしれないし……。

突然、スピーカーから校長の声が聞こえてきた。

「みなさんおはよう。今日は夕方から雨が降りそうですが、雨雲を吹きとばすようなすばらしいことが起こりましたね。私たちの仲間、ジョーダン・ビヤンが戻ってきたのです。彼女がいなくなってからずっと無事を祈ってきました。みんなの祈りが天に通じたのです。お帰り、ジョーダン・ビヤン！　ブロンテライオン中学の全員が、きみを待っていたんだよ！」

拍手が波のように広がって、生徒たちの歓声とともに校内に響き渡った。ジョーダンは笑みを浮かべ、泣かないように目をぱちぱちさせながら廊下を進んだ。

廊下のいちばん奥にスプライトたちが並んでいるような錯覚を覚える。ミランダが、ケイティが、手をふったり笑ったりしながら自分を待っていてくれる気がした。

ジョーダンは心のなかで叫んだ。

〝ママの言うとおりだったよ。真実が自由を連れてきてくれた。わたしたちはもう誰にも縛られることはない〟

エピローグ

クライアント候補とランチミーティングをするために準備しているチャーリーのところへ、ワイリックがやってきた。チャーリーの全身を眺めて片眉をあげる。

チャーリーは両手を広げてみせた。「何がだめなんだ？」

「その格子柄が」

チャーリーは薄い格子柄のスポーツジャケットを見おろした。「これのどこが悪い？」

「茶色ですよ」

チャーリーはうんざりした顔で目玉をまわした。「犯罪者を見るような目つきをしていないで、クローゼットからましな服を選んできてくれ」

ワイリックは素早く隣の部屋のクローゼットへ移動した。チャーリーの気が変わらないうちに着替えさせないといけない。

チャーリーはジャケットをぬいでミニバーにかけ、時計を見た。急がないと遅刻する。

そこへ携帯が鳴った。

「もしもし?」

「チャーリー、ハンクだ。ジャド・ビヤンが首を吊った。それからワイリックがくれたUSBメモリにあった送金記録はすでに削除されていた」

「冗談だろう?」

「冗談だったらどんなにいいか」ハンクがため息をついた。「ニュースを見ただろうがアーロン・ウォルターズも死んだので、裁判はないだろう。ほかのメンバーは罪を認める代わりに減刑してもらおうと必死だ。現時点でカルト集団の資金源を暴く手がかりは残っていない」

「残念だ。誰よりきみが悔しいだろうが」

「もう慣れたよ。保護された子どもたちは全員家族のもとに戻った。それで満足するしかない。タラ・ビヤンにもジャドの死は伝えてある」

「タラが遺体を引きとることにならないといいんだが。これ以上、つらい思いをしてほしくない」

「ジャドの血縁者をさがすよ。きみと仕事ができてよかった。今後の活躍を祈る」

「そっちも。ありがとう」

ワイリックがブルーのデニムジャケットを手に戻ってきた。

「デニム? 本気か?」

「テーラーメイドですし、白いシャツに黒いパンツと黒いブーツなんだから色味も合います。これを着て、黒のステットソンをかぶってください。白じゃなくて黒ですよ」

「正義の味方は白い帽子をかぶるものだと思っていたよ」皮肉を言いながらデニムジャケットを受けとる。

「自分に似合う装いをするのがヒーローです」

「きみが似合うと思うものを着るんだろう」チャーリーはそう言いながらも黒のステットソンを頭にのせた。

「そういえばハンクが電話してきた。ジャド・ビヤンが自殺したそうだ。それと、きみがFBIに渡した情報の元ネタはすべて消されていたそうだ。ウォルターズが死んで、ほかのメンバーは刑を軽くしてもらおうと必死らしい」

ワイリックは唇を引き結んだ。「最悪ですね。FBIのアシスタントじゃなくてよかったです」チャーリーについて事務所の玄関まで移動する。

「何時ごろ戻ります？」

「優秀なアシスタントが次の依頼を決めるまでには戻るさ」

チャーリーが出ていき、事務所のドアが閉まった。

訳者あとがき

チャーリーとワイリックの新たな活躍を楽しみに待っていてくださったみなさま、お待たせしました。今回、ふたりは父親によって連れ去られた十二歳の少女を救うべく、ケンタッキー州へ向かいます。

シリーズ第一巻にあたる『明けない夜を逃れて』を未読の方もご安心を。事件は一巻ずつ完結します。ただシャロン・サラの得意とする人間描写を存分に味わうには、やはり一巻から読むことをお勧めします。潮の満ち引きのように離れたり近づいたりする主人公たちの関係性や、それぞれの抱える苦悩がぐっとわかりやすく身近に感じられるようになるでしょう。とくにヒロインのワイリックが誘拐された少女たちに自分自身を重ねたり、〈ユニバーサル・セオラム〉に復讐しようとしたりする理由は一巻の大富豪失踪事件に詳しく書かれています。そちらも読みごたえ充分ですよ。

一巻も読んだけれど細かいことは忘れてしまったという方もおられるでしょうから簡単におさらいをしますと、ヒーローのチャーリー・ドッジはダラスで活躍する私立探偵で、ヒロインのワイリックはそのアシスタントです。チャーリーには若年性アルツハイマーを患った妻のアニーがいて、三年前からアルツハイマー患者専門の施設に入っています。愛する妻が自分のことさえ認識できなくなる過程を目の当たりにしながら何もできないことに、チャーリーは深く傷つき、その痛みを忘れようと仕事に没頭する日々を送っています。

一方のワイリックは〈ユニバーサル・セオラム〉という巨大シンクタンクが遺伝子操作で生みだした超人類で、乳がんのサバイバーでもあります。組織に母を奪われ、さらに自分自身も病をきっかけに組織に見かぎられたワイリックは、たったひとりでがんを克服し、ひとりで生きていく決意を固めました。そこへ現れたのがチャーリー・ドッジだったのです。チャーリーのまっすぐで誠実な人柄やぶれない正義感、妻に対する深い愛情は、ワイリックのふつうではない人生になかったものばかり。株の売買やゲームソフト制作で金銭的にはなんの不自由もないワイリックが、一流とはいえ一介の探偵のアシスタントを務めているのは、人としても異性としてもチャーリーに対する強い憧れがあるからでしょう。そんな気持ちを胸に秘めて少女たちのために戦うワイリックは、今回も文句なしに輝いています。

二〇二〇年七月にはこのシリーズの第三巻が本国にて発売されましたが、これほど密度の濃い物語を次から次へと発表するシャロン・サラこそ超人類ではないかと訳者は考えます。次回はテキサス州の山でキャンプ中に消えた少年をさがすという依頼のようですが、同時期に〈ユニバーサル・セオラム〉がワイリックに対する攻撃を再開し、さらにアニーの容態が悪化して……チャーリーは探偵としてだけでなく、大事な女性ふたりを守るために究極の選択を迫られることになりそうです。

ハードボイルドとサイエンス・フィクションをミックスして、ロマンスのエッセンスをちょうどよく垂らしたシャロン・サラの世界をどうぞお楽しみください。

岡本　香

二〇二〇年九月